After
完美
未婚夫
I've

Linda Green
琳達・格林 —— 著
趙丕慧 —— 譯

Gone

媒體名人盛讚

引人入勝。這是一部勇敢的故事，每一個字都直入人心！

——《週日泰晤士報》暢銷作家桃樂絲・昆森

精雕細琢，又步步疑雲，讓我一路屏氣凝神！我想將作者與吉莉安・弗琳或是艾莉絲・希柏德比較，但是這麼做不對。這本書是百分之百的琳達・格林，而琳達・格林簡直是太精采了！

——暢銷書排行榜第一名作家阿曼達・普勞斯

懸疑得讓人幾乎受不了！——而且最後來了一個非常有力的轉折。故事極其逼真，會讓家長們心生警惕。

——《週日鏡報》

強而有力又發人深省，會讓你寤寐難忘。

——《太陽報》

這本小說太妙了，我根本就欲罷不能……從頭到尾都讓我的胃揪成一團！

——BBC廣播讀書俱樂部

值得一讀，有創意，有意趣。

——《關上門以後》作者B．A．芭莉絲

一部寫愛、傷痛、犧牲的故事，而且轉折得極巧妙。

——英國浪漫小說得獎作家米莉．強森

真實可信，一翻開就停不下來。我不想要故事結束！

——《今日美國報》暢銷作家露易絲．簡森

一本無與倫比的小說。

——愛爾蘭暢銷作家喬．史潘

驚人！為了翻頁快一點，害我被紙割傷了！

——心理驚悚小說作家珍妮．布萊克赫斯特

紀念珊曼莎·杭特

每個人都會在某個時間點失去母親。可是這種事應該是發生在你的母親年紀很大的時候：滿臉皺紋，彎腰駝背，而且虛弱不堪。

她們不應該英年早逝。不應該在每個月經期仍按時報到，尚未收到過「女人四十一枝花」卡片，甚至是在開始使用抗皺保養霜之前。

生命結束得如此粗暴，如此提早，一點道理也沒有。世界不再轉動。你的根基被挖空，你腳下的地面隨時會塌陷，彷彿是在玩某種迷宮遊戲，知道自己隨時都會掉進洞裡。

無常啊，人生真是無常。如果有人跟你說不是的，說你這麼想不對，那你得記住矢口否認的人才是瘋子。因為人生只有一點是肯定的，那就是人皆有死，而且那一天來得可能比我們預期的更早。

第一部

潔思

二〇一六年一月十一日週一

在我感覺到他的手摸到我的屁股之前一兩秒，我就聞到了他的口臭。也真是奇怪，在大眾運輸系統上伸鹹豬手的傢伙好像衛生習慣一定不好。

「你幹什麼？」我揚聲大叫，一面轉身面對他。在驗票閘門前排隊的人群立馬分出了一條紅海。通勤族最恨的事情第一就是班車誤點，第二就是正面衝突。

那個口臭又手不老實的傢伙顯然沒料到會是這個結果，左看右看，急著想推諉責任。

「對，就是你，穿著發亮灰色套裝的中年大叔。怎樣，摸女人屁股摸上癮了是不是？」

他兩隻腳動來動去，看著地面，隨即朝驗票口推擠前進。

「逃啊，逃去上班啊。我敢說你公司的女同事一定等不及想見到你。下次管好你的髒手，聽到了沒有？」

我瞄了瞄後面，看見莎蒂挑高一道眉看著我。

「怎樣？」我說。「我還覺得便宜了他呢。」

這時我的面前出現了一條直通驗票閘門的大道，我逕自通過，在閘門後等待莎蒂。

一個黑髮年輕人停在我面前。「厲害，」他笑嘻嘻地說。「要不要我幫妳去追他？」

他的白襯衫上罩著一件李子色夾克，好像以為今天是週五，穿著輕鬆。

「我真正想要的是請男性族群都滾一邊去，不要來煩我。」

他唇上的笑意盡失。「了解，」他說，掉頭離開。

「妳這是幹嘛？」莎蒂瞪著我問。「他又沒有惡意。」

「哼，那也不見得。」

莎蒂搖頭。「我真搞不懂妳。今天是什麼見人就咬日嗎？」

「經前症候群加肚子餓，兩者結合只有一個字：煩。走吧，我需要食物。」

我的早餐（我討厭『早午餐』這個說法，所以我死也不肯用，即使是已經過了十點半了）需要一份大號的藍莓馬芬（我希望是我一天五種糖分中的一種）以及一罐探戈汽水（Tango）（這可能也算一種）。媽以前總說早晚有一天我沒辦法再吃喝這些垃圾食物卻還能保持苗條的身材。我把這當許可證，趁我還能多吃就盡量吃。

我站著等付帳，聽見腳步聲接近。莎蒂用手肘推了我一下。我抬頭。那個提議要去追色狼的人就站在那邊，手上握著一束花。其實不是一束，而是一捧花。別人應該是叫那個捧花吧。手工製作的，話說回來，我也沒看過機器會製作花束。

「為稍早的事致歉，」他說。「謹代表男性族群。我們並不全是混蛋。」

排隊的顧客全都安靜了下來，我發覺自己的臉頰變得跟花束中的玫瑰一樣紅了。

「謝謝，」我說，接過了花束。「你不必這麼做的。」

「我知道，可是我想做。我也想請妳吃晚餐，可是我不確定會不會換來一頓公然的訓斥，所以我把名片放在花束裡。如果妳想接受邀請，就打給我。還有，謝謝妳讓今天早晨變得不一樣。」

他轉身走掉了，步態極其自信，再增一分就會變成招搖過市了。

「我恨妳，」莎蒂說。「我真不懂為什麼會挑上一個陌生人會送她花的人當好朋友。」

「不是妳挑我的，」我回說，「是我挑妳的，記得嗎？主要是因為整個幼稚園裡妳的鉛筆盒最漂亮。」

「喔，隨便啦，反正我恨妳。妳根本都不必出力。妳穿羽絨衣、內搭褲和馬汀大夫鞋，還是有陌生帥哥約妳出去。」

「我可能不會打給他，」我說，壓低了聲音，知道排隊的人在聽。

「那妳就比我以為的還要笨。」

「嗯，反正我是不會馬上打的。」

「玩欲擒故縱那套是吧？」

「不是，我只是餓昏了，除非等我把藍莓馬芬裝進肚子裡，否則我是什麼事都不會做的。」

莎蒂笑吟吟地看看我，再看看花束。除了玫瑰之外，還有百合和一堆別的花，我連名字都叫不出來。「這束花一定花了他不少錢，」她說。

「真可惜他不知道只要給我一個藍莓馬芬我就很滿意了，」我說。她哈哈笑。儘管這麼說，我還是把花束再稍微握緊了一點。

里茲市中心就是週一早晨的老樣子：灰濛濛的，下著毛毛雨，微微帶著些週末之後的精神不振。我立在路口，有人塞了一本免費雜誌到我的手裡，我接住了，不是因為想看雜誌，而是因為我能體會黎明即起、把雜誌塞進壞脾氣的通勤族手裡的那些人的辛苦。我一面過馬路一面把雜誌捲起來，塞進背包的側袋。我前面的女人伸出右臂，臂上吊著一個鼓起的大皮包。我實在很想跟她說她這樣子就像是胳臂被小男生扭歪了的芭比娃娃。我深信如果女性族群再這樣子下去，將來生出來的小女娃一定也會是右臂突出，準備一出生就讓接生婆掛上個大皮包。

莎蒂循著我的視線看過去，對我會心一笑。我們兩個都是背包大軍的忠實小小兵。

「不知道他們會不會為鮑伊[1]做點什麼，」莎蒂說。「也許可以放映《魔王迷宮》和《初生之犢》。」

「對啊，」我說。「我敢說一定會有一大票人來。」

我決定不跟莎蒂說，她在火車上已經說了一大堆大衛．鮑伊的事了，說真的，我早就聽膩了。每次我看臉書就會看到一堆人向他致敬，每一個都是「願他安息」的那一套，好像他們真的認識他，真的感受到什麼切身之痛似的。從來也不停下來想一想真正失去了摯愛之人，甚至是他們生命中最重要的人，會是什麼樣的心情。

我們離開了馬路，進入了較溫暖的購物中心。不知道是哪個聰明人想到的點子，建築物沒有牆壁，所以大家都得坐在餐廳外用餐，即使在理論上說是在室內，卻還是得穿著大衣裹著圍巾。

[1] 大衛．鮑伊（David Bowie, 1947-2016），英國搖滾樂音樂家、詞曲創作人、唱片製作人暨演員。四十多年來一直是流行音樂界的重要人物，他的作品，尤其是在一九七○年代的音樂探索，在樂壇具有開創性的角色。

我跟著莎蒂步上電扶梯。電影院是在「休閒」樓層，餐廳也都在這一層。這裡是時髦獨立的一區，軟軟的沙發，披薩會送到你的座位來。所以我才願意在這裡工作（嗯，這是一個原因，另一個原因是十一點才上班，即使是輪早班）。我沒辦法在多廳影城上班，那會像是讓催狂魔把你的靈魂吸走。

妮娜是值班經理，今天居然跑出來站櫃檯。她俯視我的花束，揚起了一道眉。「希望妳可不是要在這裡建一個鮑伊神壇。」

「跟他沒關係。這花是別人送我的。」

「為什麼？」

「因為我跟一個男的說他是混蛋。」

「真好笑。」

「是真的，」我說。「那個混蛋並不是送我花的那一個。」

妮娜又是搖頭又是嘆氣。「所以事實就是妳自己在上班途中買了花，假裝是別人送的。」

「其實呢，」莎蒂搶在我之前開口，「是一個帥到破表的男人送她花的，他在車站自己跑過來，邀她出去。她太謙虛了，不願意承認。」

「喔，是嗎？那他的電話是幾號？」妮娜問。

我伸手到包裝紙裡拿名片，讀給她聽。「妳要的話可以打給他，」我說。「我可能不會打。」

妮娜翻了個白眼，回頭忙她的電腦。莎蒂朝我點頭，我們就往員工休息室走了。到了之後我才發現我手上仍拿著名片。

「他叫什麼名字？」莎蒂問，順著我的視線看過來。

「李．葛利菲斯。上面說他是里茲某家公關公司的副董事。」

「哇，大人物欸。打給他。」

「不要。搞不好他是在開玩笑。」

「嘿，如果妳不要他，我很樂意收二手貨。」

我微笑以對。我們回到大廳，塔黎克和亞德利恩正把新紅毯鋪到一號銀幕那兒。

「好了，兩位女士，」亞德利恩說，「正好趕上來先走一遍。」

「我先！」莎蒂大喊。我笑著看她在紅毯上扭腰擺臀地走來走去，為想像中的狗仔隊擺姿勢。

「等等，」我說，趴在她的面前。「是哪一部電影首映？」

「《女權之聲》，」她尖聲說，也跟著我一塊俯臥在地上。

「為什麼這麼吵？」妮娜問，從角落伸出頭來。

「猜是哪一部電影的首映！」我說。「妳要不要也來猜猜看？」

「不要。我只要妳們兩個不要再把這裡當成兒童遊樂區，快點去工作。」

莎蒂呻吟，等著妮娜回到櫃檯。「我敢說凱莉．墨里根❷不必受這種氣，」她說。

❷ 凱莉．墨里根（Carey Mulligan, 1985-），英國演員，二〇〇九年首度擔綱主演《名媛教育》便以出色的演技奪下了英國電影學院獎最佳女主角獎。

我一直等到午休時間才傳簡訊給李，趁員工休息室裡只剩我一個人之時。我要確定沒有別人在場，怕的是他只是在開玩笑。我決定要寫得簡短有禮。

嗨，再次謝謝你的花。讓我知道時間地點。我到週三都晚上七點下班，然後一整週都晚下班。潔思。

我猶豫了一秒，知道我可能會害自己很丟臉，可是又決定豁出去了。我深吸一口氣，按下傳送鍵。送出之後我才發覺我非常擔心他會不會回應，幸好，不用等到三十秒，我的手機就響了，有一通簡訊。他無疑不是那種需要擔心自己會顯得饑不擇食的男人。

嗨，潔思。太好了。週三七點半，植物學家如何？

「植物學家」是一間超新潮的酒吧，離購物中心很近。我沒去過，主要是因為我不是個超新潮的人，也不認識這類的人。

我回覆說我會到，好像只是我很平常的一種活動。他回覆：好，等不及見面了。

我坐在那兒，一副志得意滿的表情，莎蒂進來了。

「妳打給他了，對不對？」她說。

「傳簡訊。」

「而且妳要跟他去約會。」

「可能。」

「要是你們兩個要結婚，我就要去把那個摸屁股的傢伙抓出來，帶他去參加婚禮。」

「我不覺得我們兩個有結婚的可能。」

「為什麼？」

「呃，層級不同。」

「屁。妳哪裡配不上他。」

「我還是認為他只是圖新鮮。不管怎樣，星期三妳得一個人搭火車回家；而我呢，我會被一堆文青包圍，努力看懂一堆聽都沒聽過的雞尾酒。」

莎蒂氣呼呼地說：「希望他會付帳。」

「我也是。不然的話，我們一定會去吃Subway。」

後來我從邁瑟莫伊德車站走路回家，這才想到爸會問花是誰送的。我考慮要把花束拋到後面——跟新娘拋捧花一樣——可是瞧了後頭一眼，深信花束會被一個長髮過胖的傢伙接住，而他可能不懂得珍惜，於是我決定跟爸說個修訂過的版本。他可能還能接受有男人想跟我搭訕，可要是讓他知道有色狼騷擾我，他可能會嚇壞。

我走過一排排背對背的房屋，後院的曬衣繩活像是某個早已逝去的時代產物。我敢說南部人看到新聞上的節禮日洪災一定不敢相信還會有像邁瑟莫伊德這種地方。這地方之狹小和古老大部分時間都讓我很不痛快。有些人一輩子沒離開過這裡，連里茲都沒去過，更遑論是倫敦。我認為我會一畢業就跑到里茲工作就是為了這個原因。對，我理想中的工作並不是這個，可是起碼能讓我逃離邁瑟莫伊德。

我們的大門一打開就是馬路，後門是後院。要是我能租得起里茲的公寓（這一點相當值得懷疑），我早就想好了，要選高樓層的房間，這樣才不會一開門經過的行人就能好好地看你們家一眼。

我跟往常一樣從後門進去。爸在廚房，週一晚上是他難得的休假日，因為他上班的義大利餐廳休息。

「好香喔，」我說。爸抬頭看，視線立刻就從我的臉移到花束上。

「真漂亮。」

「對。」我把花放在流理台上，十分清楚我是沒辦法避不作答的。

「那，是誰送的？」爸仍在攪動爐子上的那鍋蔬菜，想假裝他不是那麼感興趣。

「今天早晨在車站遇見的人。」

他緩緩點頭，把木湯匙放在砧板上。

「他真客氣。」爸的語氣卻暗示他認為那個人是個連續殺人犯。我決定要把事情一口氣說完。

「對，我星期三要跟他吃飯。」

「是喔？」爸又拿起湯匙，起勁地攪動，其實壓根犯不著使那麼大的力氣。

「他幾歲了，這個傢伙？」

「我猜是七十好幾，頂多八十。」

他轉過來看著我。我換上了專門為他準備的笑容。

「真幽默，」他說。

「不然咧？他好像是快三十了，我也不知道。你要的話，星期三我會帶一份問卷去。」

「那妳以前根本就沒見過他？」

「對。」

「他今天早晨就這麼走上來送妳一束花，約妳出去？」

「對，差不多就是這樣。」

「妳不覺得有點奇怪嗎？」

「怎麼會。」我快要覺得乾脆就把色狼的事告訴他還比較輕鬆。

「我可覺得有點怪。」

「嘿，你總得讓我做點這一類的正常事啊。」

「可是這不是正常的事，對吧？送花給陌生人。說不定他一天到晚都在做這種事，是他用來騙漂亮女孩子的把戲。」

「爸，我說不過你。你不是一直叫我不要老是待在家裡嗎？」

「對，可我沒有要妳跟陌生人出去啊。」

「唷，他現在不是陌生人了，對吧？他送我花，約我出去。我說好。我還以為你會高興呢。」

我是在胡說，我知道他鐵定是這個反應，可是我也知道要如何在爭辯中對付他。他低頭看著腳。

「我為妳高興。只是經過上一次，妳知道，我不想再看妳受傷害。」

「凱倫是一個有感情障礙的王八蛋。」

「潔思。」

「哼，他就是！而且自從上一次之後我長大了不少——我是不會重蹈覆轍的。」

「那妳怎麼知道這個傢伙不像他？」

「我還不知道，可是他送我花，這可是好的開始；要是星期三我不喜歡他，我就不會再跟他見面。簡單。」

爸點頭。他盡量身兼母職，我也知道。可是我仍然好希望媽還在，能跟她說讓我自己從自己的錯誤中學習。

「好吧，我就給他一次機會。他叫什麼名字？」

「佛地魔。」

這段對話展開以來第一次，爸露出了笑容。

「真的？」

「他叫李，是里茲一家公關公司的副董事，其他的我一概不知——可是如果你在明晚午夜前把問題都列出來，我保證會在晚餐的時候問他，好嗎？」

我大步離開了廚房，上樓到房間去。十分鐘後再下樓，爸已經把花插進花瓶裡了。我對他微笑。有時他太費心了，讓人看了心痛。

莎蒂·沃爾德→潔思·芒特

兩分鐘前

妳爸跟我說了。我不相信妳走了。不敢相信妳再也不會逗我笑了。我好難過好難過救不了妳。永遠愛妳。安息吧，潔思。

潔思

二〇一六年一月十一日週一

我看見莎蒂的貼文時人在房間裡。我先看到了相片，是莎蒂跟我念小學時拍的。我的襪子堆擠在腳踝上，頭髮亂七八糟的。我們兩個都笑得像瘋子。我正要傳簡訊給她，卻看見了她寫的內容。

我再讀一遍，再一遍，一定是我的眼睛有問題。我等著另一則貼文跳出來，說她是在開玩笑。並沒有。所以我打給她。

「妳幹嘛貼那種東西？」

「嗄？」

「臉書上願你安息的那玩意。」

「鮑伊嗎？」

「不，是我。」

「我沒寫妳啊。」

「有，寫到我的動態時報，就在兩分鐘前。還有一張我們小學的相片，說什麼妳不敢相信我走了，妳好難過救不了我。妳等於是在說我死了。」

「我幹嘛要那樣？」

「我怎麼知道，所以我才打給妳啊。」

「我真的沒有貼文。」

「現在就上臉書，妳就會看到。」

「好。」電話另一端安靜了一分鐘。「什麼也沒有啊，」她說。「我有幾小時都沒貼文了，我看了妳的動態時報，也沒有啊。」

我看著自己的手機，把貼文唸給她聽。

「好變態喔。我才不會寫那種東西呢，就算是開玩笑。」

莎蒂的貼文下傳來了亞德利恩的回應。

「聽著，」我說，「亞德利恩剛剛傳的：『喔潔思，真傷心失去了妳。會懷念妳的笑容和我們一起的開懷大笑。安息吧，甜姐。』」

「搞不好是有人駭進了妳的帳號，」莎蒂說。「我覺得最有可能是妮娜，她很可能弄到了妳的手機號碼什麼的。」

「可是為什麼我看得到妳卻看不到？」

「誰知道。搞不好有什麼特別的方法。」

「那他們也一定駭進妳的帳號了，因為貼文是從妳那兒發出的。」

「換密碼。我也要換我的。應該就可以阻止了。」

「好，我等一下再打給妳。」

我登入帳號，我最記不住密碼了，所以我每次換新的都得要寫下來。我登出臉書，再登入，回到我的動態時報。莎蒂的貼文下現在有十一條新回應了，有一些還是畢業之後就沒再見面，也不在臉書上聯絡的人。我完全想不通這是怎麼回事，可是我要立刻就斬斷這種事。我開始打字：哈哈，真好笑。看來我的死訊是被過度誇大了——我依稀記得這句話是某本書或是某齣戲裡的。我按了送出，卻沒有出現。我再按一次，其實是兩次，還是沒有。我不懂。我想不通是怎麼回事。我又打給莎蒂。

「我換了密碼，可是貼文還是在。一大堆人回應，可是我的回應卻貼不上，它不肯讓我貼。」

「搞不好是病毒什麼的。」

「妳確定妳都沒看到？」

「百分之百確定。」

「我真不懂，怎麼可能？」

「一定是哪個十三歲的駭客做數學作業做得無聊，所以就玩這種病態的遊戲。」

我又是嘆氣又是搖頭。

「那妳覺得我應該怎麼辦？」

「掃描病毒，應該有用。再說，如果除了妳之外別人都看不到，那也沒什麼關係，對不對？」

「可是如果回應的人看得見呢？萬一他們以為我真的死了呢？」

「那至少亞德利恩會先傳簡訊給我吧？」

「大概吧。」亞德利恩很可愛。他的回應寫得很真誠，我其實滿感動的。不過我知道這種感動很白痴。

「可是他們在回應裡說的話，」我往下說。「真的就像是看到那種事會說的話。」

「唉，難道還會有人說他們很高興妳嗝屁了嗎？有人死了大家都會這麼說嘛。」

「亞德利恩叫我甜姐。他們怎麼會知道他叫我甜姐？」

「會不會是因為他在臉書上都叫別人甜姐？搞不好有什麼演算法會告訴你大家最常使用的詞彙。」

「搞不好妳猜對了，真的是妮娜呢。她可能會動什麼手腳。」

「她可能有動機，可是我看不出來她有那麼聰明。」

「嗯，那還有誰討厭我呢？」

「沒有人討厭妳，潔思。」

「凱倫呢？」

「他也不是金頭腦聯盟的吧？」

「那妳當時為什麼不說？」

「因為說了妳也不會聽。我看啊，妳乾脆明天早上當面質問妮娜，看她怎麼說。別在那兒瞎操心了。妳顯然還活著。好嗎？」

「好。」

另一端稍微停頓，我有一種預感，知道莎蒂要說什麼。

「妳沒事吧？我是說要是有什麼……」

「我沒事。」

「有事妳會跟我說吧？」

「妳知道我會的。」

「好。關掉手機，用筆電掃描病毒，發現多少就殺多少，等妳明天早上再看，一定什麼都沒有了。」

「好，謝謝。明天見。」

我把手機放下，打開筆電。說不定在筆電上我根本不會看到，可能只有手機上才有。我登入臉書，查看了兩小時來的貼文。什麼也沒有。沒有相片。我登入動態時報，再檢查一次。莎蒂的貼文立刻就跳了出來。現在回應有一大堆了。大家都在問是怎麼回事。還有人開始貼文到我的動態時報上來。高中同學朱爾斯，現在的同事塔黎克，還有幾位媽的朋友。他們說的話都一樣：他們有多震驚，不敢相信我走了，對家人的打擊太大了。

我把臉上的淚擦掉，告訴自己別蠢了。如果是病毒的話，製造病毒的人是不會停下來自問這種事對一個剛剛失去摯愛的人會有多麼可怕。莎蒂可能猜對了，是某個窮極無聊的小鬼頭在亂開玩笑。我不應該太在意。

我能聽見樓下的電視聲飄上來，聽起來不像足球——可能是烹飪節目。爸會看的節目也大概就是這兩類。我衡量了一會兒，是否下去跟他一塊看電視，只是讓頭腦清醒一下。像以前一樣窩在沙發上。他會喜歡的。他總說我們倆在一起的時間不夠多。不過我還是否決了。他可能會問我哪裡不對勁，不然就是又開始拷問我李的事。

我拿了耳機，插進手機，播放清單上的第一首歌。可是我就是沒辦法不去想貼文。我冷不防想起了車站那個色狼。萬一他是個科技宅男，決定要為了我今天早上害他當眾出醜而報復我呢？會不會是他不知從哪兒弄到了我的相片，在網路上肉搜我呢？

我摘掉了耳機，把手機丟到床鋪另一邊。站了起來，走向筆電，開始掃描病毒。我要讓筆電跑一夜，到明天早晨一切就會煙消雲散。

喬・芒特
二〇一七年七月十二日・英國邁瑟莫伊德

我在此沉痛地通知大家我親愛的女兒潔思昨天發生意外去世了。我失去了我的小女兒，我無法以言語形容她對我有多重要。我唯一的安慰是她至少現在是和她的媽媽在一起，黛博拉會為我們好好照顧她的。安息吧，美麗的女兒。

潔思

二〇一六年一月十二日週二

我死於意外。我緊緊閉上眼睛，再睜開來，只是想確定自己不是在作夢。我眼前的字句仍然不變。我打骨子裡變冷。筆電掃描了一整夜。未發現病毒。只怕看見這種結果會失望的人只有我一個吧。因為，如果不是病毒，那究竟是什麼？我正要打電話給莎蒂，又即時發現沒有意義——她是看不到的。我得在火車上讓她看貼文，她才會知道不是我憑空捏造的。

我把爸的貼文再看了一遍，眼淚刺痛了眼角。文字就像是出自他手中。我能看見他坐在那兒，以兩根手指在鍵盤上敲打（他從來不會用手機貼文，他說他的指頭太粗，按鍵太小，而且他也不會用預想文本）。他兩眼通紅。最愛的灰色開襟毛衣——媽在死前送他的耶誕禮物——口袋裡突出一張皺巴巴的面紙。這畫面感覺太過真實，太真實了，叫我心慌。感覺不像是隨意的，不像是某個駭客在胡鬧，而是像某人鎖定了我。

我直到又看了貼文一遍才注意到日期：二〇一七年七月十二日。我瞪著好久，大腦忙著處理眼睛看見的東西。誰有辦法改變臉書上的日期？那是一年半之後的日子，整整一年半。我捲動螢幕看昨晚的貼文。我昨天看到的時候寫的是兩分鐘前和一小時前，現在莎蒂的貼文寫的是二〇一七年七月十一日。我的呼吸又快又急。我上網查了「如何改變臉書上的日期」，發現真的可以，不由得鬆了口氣。原來你可以改動貼文的日期，最遠可以回溯到一九〇五年一月一日。可是再讀個一秒，我又看到貼文的日期不能變成未來的時間。不能。也就是說，不可能。

有人在整我。可能是某個以前的同學，知道我的近況，覺得嚇嚇我很好玩。爸的貼文下出現了幾則回應了。一個是我在義大利的表姐康妮，她在後面還加了個心碎的表情符號。另一則是和爸共事的餐廳主廚，請他要節哀。

迄今還沒有人問是哪一種的意外。我可能是被公車輾過。像我這種喜歡神遊太虛的人就會發生這種蠢事。可能是一邊過馬路一邊看手機。我發現自己在希望我死得不會太血肉模糊，至少我死了不會還要麻煩別人在馬路上撿拾我的屍塊。我可不想那樣，一點也不想。

我不會讓整我的人稱心如意的。我會向臉書反映，讓他們揪出幕後黑手，封鎖他們之類的。他們可以請警方介入，至少也可以威脅犯人說會報警。我只要這種事不再出現。

我披上了紫色蓬鬆的大浴袍，莎蒂說我穿這件好像是《怪獸電力公司》裡的臨時演員。我穿過平台走向浴室。我能聽見爸在樓下的廚房裡。我盡量把他坐在筆電前哭泣的畫面從腦海中驅逐。

通常在爸洗過澡之後我會把水溫調低，他喜歡比較燙的熱水，像他也比較喜歡燙一點的茶。可是今天我卻沒去動水溫，樂於接受任何能讓我不去想這件事的東西——即使是皮膚上的滾燙感覺。等我跨出浴缸，我的皮膚比平常要紅多了。我扯下散熱器上方架上的毛巾，包住身體。我最記得媽媽的一件事就是這個：我小時候洗完澡她幫我擦乾，一面唱著八〇年代的庸俗流行歌曲。

等我走進廚房，爸已經在喝可能是今天的第三杯咖啡了。他掛著笑容，走過來吻我的額頭。

有時我會躲開，提醒他我已經不是七歲小女孩了。今天我卻沒說什麼，只是回了他一抹淡淡的笑容。我知道他還不會去看臉書。有時他甚至會等到要上班了才會把手機打開。不過我倒是滿肯定他是看不見貼文的。對此，我衷心感激。

「還好嗎？」他問。

「嗯，只是沒睡好。」

「會冷嗎？會的話，我幫妳多準備一條毯子。」

「不用了啦。我只是好久都睡不好了。」

他點頭。我看見了花束，仍在餐桌上，跟昨晚的位置一樣。我差點就忘了李的事了。

「那今晚早點上床，明天還有重大約會呢。」爸說，把我的馬克杯端過來，放到我面前。

「哪有什麼重大約會，」我說。

「不然是什麼？」

「就是吃頓飯嘛。」

「對，」他說，眨了眨眼。我低下頭；甚至無法直視他的眼睛卻不想到那件事：我死了他怎麼受得了？

我和平常一樣在月台和莎蒂會合。我們並不總一起輪班，可如果是由克里斯或麗姿排班表，他們就會把我們倆排在一塊。中學時大家常會調侃我們兩個，英文老師叫我們「潔莎蒂」，因為他說我們兩個像連體嬰。不過我倒是滿喜歡這個稱呼的，有一個好朋友，而不是一群笨蛋裡的一個。或是三人行。三人行在學校裡是惡夢，因為你永遠也不知道該跟誰坐隔壁。

「他們現在從我爸那兒貼文了，」我說，伸手到口袋裡掏手機。「說我死於意外。還更改了日期，弄得像是明年的事。」

「怎麼可能？」莎蒂說。

「是不可能，谷歌是這樣說的，」我說，打開了臉書，進入我的動態時報。「所以我才會嚇到。病毒掃描也沒發現什麼。有人在故意整我。」

「給我看。我的還是什麼也沒有。」

我沒有回應，因為我正瞪著我的動態時報。恢復正常了。貼文不見了，我上下捲動。什麼也沒有。我抬頭看著莎蒂，手機拿在手上。

「不見了。」

「好。可能是密碼換掉需要一點時間才能生效。」

「可是剛才明明還有的啊，就在我出門以前。我出門前又看了一遍，因為我想拿給妳看。」

莎蒂看著我。我幾乎能聽見她在心裡斟酌用字。

「嗯，至少現在沒有了，這才重要。」

「我還是想讓妳看啊！」

「我相信妳，潔思。可是現在無所謂了，不是嗎？貼文消失了，妳不就是要它消失嗎？」

「對，大概吧。」

「妳可以通知臉書吧？說不定他們會跟妳說妳的帳號被駭了。」

「可是我現在連證據都沒有了，不是嗎？現在變成了我的一面之詞，沒有東西來證明那些詭異的貼文，他們連查都不會去查。」

「大概吧。不過呢，八成就像我說的，是香港某個滿臉青春痘的十三歲小鬼窮極無聊搞的鬼。」

我聽見了鐵軌傳來汽笛聲，一分鐘後就看見了火車。莎蒂說得對。我應該把這件事忘了，我知道。可是在我心底深處卻有一塊地方冷冰冰的，不肯忘記。有人故意針對我，明知道它會讓我多不好受。我不能就這麼饒過他。

妮娜今天又來跟我們這些接待小組的小老百姓一塊值班。接待小組只是一種冠冕堂皇的稱呼，其實我們就是端著披薩和漢堡（高檔次的，放了哈羅米起司，才能賣得更貴）在不同的銀幕間衝來衝去。大概就像是學校裡教的，收垃圾的現在稱作清潔隊員，木頭和金屬現在稱作抗腐蝕材料一樣。現在無論是什麼人什麼東西都得要冠上各種美化的名稱。

「今天沒花啦，」妮娜一看到我在走道上跟她擦身而過就說。我轉身看著她，想分析出她的假笑是否帶著罪惡感。

「是不是妳在亂搞我的手機？」我問。

「這是哪門子的問題？」

「我想得到答案的問題。妳對昨天送我花的人相當有興趣。」

「妳真的認為我會那麼不擇手段，搜尋妳的通訊錄去找妳號稱的男朋友？」

「也許妳是想要看我的臉書。」

「我為什麼會想看？」

「我怎麼知道，妳告訴我啊。有的人就是愛偷窺。」

「哼，我可不是其中之一。我對妳的私生活一點興趣也沒有。而且我建議妳，」她說，一根手指對著我的臉戳，「不要到處亂指控別人。」

我看著她，極力分辨她說的是否屬實。她染的金髮緊緊地紮成了馬尾，整張臉皮也好像被往後拉。她有一張卑劣茫然的臉，就像嫌犯的大頭照。但是撇開她那抹假笑不談，我不認為妮娜聰明到能駭進我的帳戶。

「好，這件事就到此為止，」我說，邁步走開。

我聽見後面很響的一聲冷哼以及模糊的咒罵聲，但是我不予理會。我去員工休息室泡茶，把水壺搖來搖去，確定裡頭有足夠的水，然後才按下開關。員工休息室裡沒有別人。我知道不應該，可就是忍不住。我從皮包裡掏出手機，上了臉書。

貼文又出現了，而且回應更多了，現在有幾十則了。一大堆悲傷的表情符號以及悼文。我握著手機的手指變緊繃。我不懂。難道是駭客又破解了我的新密碼？我登入帳號再更改一次密碼，然後我再查看，貼文仍在，而且日期全都是明年的七月。

水燒開了，可是我已經不想泡茶了。我大步離開房間去找莎蒂。

「看，」我說，匆忙跑進廚房，發現她正在分類番茄醬和芥末醬。「又出現了。」

我把手機直塞到她的面前，她退後一步，瞪著手機，再看著我，眉頭緊皺。

「很瘋狂吧？」我說。

「沒東西啊，」她輕聲說。我把手機轉過來。她說得對，是我平常的動態時報，沒有那些追悼文。

「我不懂！」我大喊。「剛才在休息室裡還有啊，我剛剛查過。」

莎蒂給我那種表情。是那種最壞的表情，意思是我真的不想傷妳的心，可是我覺得妳應該知道妳很不正常。

「暫時先別管它吧？」

「我知道一點道理也沒有，可是好像只有我能看到貼文。」

莎蒂緩緩點頭。「還是暫時別看吧。」

「好，」我說，把手機放回口袋。「妳說得對。」

她對我微笑，可是就連莎蒂，對這種事很有經驗，也藏不住她的關切。她回頭去排列芥末醬。

「嘿，」我說，「我來幫妳。把番茄醬拿給我。」

莎蒂·沃爾德→潔思·芒特

二〇一七年七月十二日二十點三十七分

我還是一直以為會看到妳的貼文。我看見了妳的名字，還以為會是妳，貼了什麼白痴東西，結果當然不是。是某人貼文來追念妳。最可笑的是妳根本就不知道有多少人愛妳。我知道妳有時候會有點自大得很討厭，可是妳不是，私底下不是。妳跟我們一樣沒有安全感，而且還更多吧。所以妳才會對李愛得那麼深。好像是妳不相信真的會有人愛妳。希望妳知道了，潔思·芒特，因為看看這個，看看有這麼多人排隊來說他們有多愛妳。妳這一走，大家的心都碎了。好白痴，對不對，等妳死了之後才說？就連妮娜知道了之後都哭了，而妳還以為她討厭妳呢。愛妳，潔思。我們都愛妳。而且我們瘋了一樣想妳。別擔心H。我保證我會想出一個辦法來照顧他的。

潔思

二〇一六年一月十二日週二

我讀了莎蒂的貼文好幾次，以及下方的回應。大家都送上了他們的愛，叫她要堅強，說李一定是心力交瘁。而且人人都想到了這個H。

我是躺在床上讀的，可是我的頭卻在轉圈，彷彿我在遊樂園裡坐迴旋飛碟。腦袋裡有太多思緒，左衝右突，撞擊著我的腦殼。我跟自己說全都是胡說八道，可是心裡有一塊小小的地方卻不願相信。那塊小小的地方忍不住荒唐地興奮著，興奮於我和李會交往一年半，也就是說我是雙倍的白痴，因為如果我相信這件事，一年半後我就會是個死人，那麼有沒有男朋友也就不怎麼重要了。

這件事最詭異的地方是無論幕後黑手是誰他都知道我的許多事情，因為我不是李的臉書朋友，也只在兩天前見過他，而且為時幾分鐘。那些慰問李的人甚至不知道這個人的存在。

我在床上坐起來，彷彿是希望坐起來就能夠讓世界不再轉動，結果卻像是立在迴旋飛碟的邊緣，雙腿顫抖，相信自己隨時都會被拋射出去。而且在紛雜的問題中有一個問題浮升而起，吸引了我的注意：誰是H？大家向H表達慰問，而且莎蒂跟我說她會照顧他，而我壓根就不知道H是誰。我想來想去也只能想到「跳跳舞」樂團裡的那個歌手，而且我很肯定他跟這件事一點關係也沒有。搞不好我是養了一隻叫H的貓。我想養貓，養一隻虎斑貓，可是我也知道要是我養了，我會叫牠米奈娃，就是《哈利波特》裡的麥教授。我是絕不會叫牠H的。

另外一件我想破腦袋也想不通的事是這些貼文的日期都是在一年半之後。難道那個幕後黑手就是要我認為這是我的未來？難道他們是什麼魔鬼算命師，而我只有一年半的壽命？這等於是社群媒體版的巫毒娃娃，上頭插了一百根針——旁邊擺著一個滴答滴答響的時鐘。難怪我會嚇成這樣。我想阻止它，可是我不知道該怎麼做。打電話給莎蒂只是白費力氣。我知道她已經在擔心我了，我也不想雪上加霜。我不能拿給爸看，因為說：「嘿，你知道你一直沒能從喪妻之痛中走出來吧，吶，現在有人說我一年半以後也會死掉。」是絕不可能的選項。我也不能去報警，因為警察看不見貼文。我一點證據也沒有。要是他們真的願意調查，也會查出我的歷史，斷定我是個怪人。

我嘆口氣，把頭靠著桌子。說真的，我也不能怪他們。這件事簡直是不可思議。我嘆口氣，猛地坐直，無法相信我居然會沒想到。我查了筆電，確定貼文都在，立刻截圖。我臉上掛著淡淡的微笑，好像是揪出了某人的罪行，而他還沒察覺。這抹笑只持續了幾秒鐘，因為等我查看截圖，卻只發現是平常的動態時報，人人都能看見的那一個。我的胃收縮。我再試一次，結果仍然相同。即使有人有辦法駭入我的帳戶，貼上那些玩意，他們也絕不可能阻止我截圖，絕對不行。

我又想到一個點子。我拿出手機，拍下了筆電螢幕。我連拍三張，只為了萬無一失。可是等我再查看，相片仍是正常的動態時報，根本就不是現在出現在筆電螢幕上的東西。我開始發抖，把筆電放到地板上。

我躺回床上。也許莎蒂說得對，也許我是快瘋了。也許只有我能看見是因為它只存在於我的腦子裡。而且我們都知道我的腦袋有什麼能耐。也許這一次只是不一樣，所以我才一開始沒能辨認出來。仔細想想，這倒說得通。如果取得自制在某方面受阻，你就會採取另一個方法繞過安全措施。要是我的心智在玩弄我，那它可真是太成功了。連我都不敢說我的腦袋會聰明到想出這種詭計來。我從鼻子裡笑出來。如果最佳的猜測是我快瘋了，那可就有得瞧了。

你聽說過有人的白血球會攻擊自身健康的細胞。要是我有什麼自我攻擊的內建程式呢？會不會是我太習慣了悲慘，所以只要有什麼開心的徵兆出現，我就會自動摧毀它？

我張開眼睛，立刻吃了一驚，我在夜裡不知何時從床上掉下來了。我伸長手臂去拿手機。更多貼文，更多回應。只有我能看見的更多悲傷。這是說光線足夠我看見的話。

我計算好了進廚房的時間，讓爸知道我沒空吃早餐。他從餐桌上抬頭。

「那邊有香蕉，」他說，朝流理台點頭。

「不用了，」我說。

「妳應該吃點東西。」

「我不餓。」

「為今晚的大約會留肚子是吧？」

「對，算是啦。」

爸仍看著我。

「現在毀約還不遲，」他說。「要是妳有疑慮的話。妳媽就在我們的第一次約會放我鴿子。我跟妳說過嗎？」

「我沒有疑慮，」我說。「還有，對，你們兩個都跟我說過很多次了。」

我看見了他的神情，趕緊俯視自己的腳。「我得走了，不然趕不上火車。別等門，好嗎？」

「玩得開心。要小心啊。」

我點頭，打開了門。出門時從窗戶往裡望，爸仍坐在餐桌前，瞪著那束花。

下班之後我在洗手間換衣服。我不知道跟一位副董在新潮酒吧裡約會應該穿什麼，所以我才把我最愛的復古連身裙帶來，這會兒一面扭著身體穿上一面忙著把靴底的一張黏答答的衛生紙弄掉。我的想法是如果要穿「錯」衣服，那起碼也得穿熟悉的衣服，讓我自在舒服而且人人都說我穿起來很好看的衣服。我從廁所出來，對鏡自照。上半身看來可以。要是鏡子會說話，它八成會說是白雪公主風。「紫色內搭褲和羽絨衣就不見得了，親愛的。」不過幸好我們的這個時代鏡子是不會說話的，所以我就逃過了那種羞辱。

我畫上了更深的眼線，搽了點亮銅色眼影，刷上兩層睫毛膏。再搽上潤唇膏就完工了。眼睛或是嘴唇，媽總這麼說，不需要都上妝。我把頭髮別在一邊的耳後，弄亂另一邊。打扮得狂治不羈有一個優點：我的頭髮在這方面好像是天生好手。

我從洗手間出來，亞德利恩拿著亨利牌吸塵器走向我。

「妳今天晚上特別美豔喔，甜姐。」他面帶微笑。我也微笑以對，卻無話可回。我滿腦子只想到他在臉書上追悼我的貼文。

「今晚是妳火辣辣的約會夜嗎？」他問。

「你怎麼知道？」

「這個地方隔牆有耳，」他說。「而且有些人的嘴巴還特別大。」

我搖頭。妮娜，沒有別人。

「唔，不管他是誰，他都是個幸運兒。」

「謝謝。我還是別讓他等比較好。」

「遲到是流行，達令，」亞德利恩扭過頭來說。「一定要遲到，別人才會注意到妳來了。」

我微笑，邁步走開。仍不確定紫色內搭褲是否合適。

我一整天都不肯去看手機。我跟自己保證不會去看。可是我立在電扶梯上，手就伸了過去，打開了臉書，我發誓這是不由自主的動作。

結果就像是誤打誤撞闖入了守靈會。每個人都哀傷莫名，抓住彼此尋找慰藉，也把安慰傳給最親近最靠近的人。而在我這件事上，顯然包括了我正要去第一次約會的人。這就像什麼詭譎的穿越時空電影，主角知道她會在電影的下半截中死亡。我需要記住，要是談話中出現了什麼彆扭的停頓，我可不能脫口說：「喔，對了，我死了之後大家都來安慰你。」

我抵達了「植物學家」外面，放眼所見盡是熟鐵欄杆和鄉村風味。我拾級而下。這裡有露天座位，今晚卻沒有人坐在戶外。一名女服務生衣著優雅，不像我，身上也沒有漢堡味，朝我翩然而來，面帶笑容。我迅速掃視了室內，在遙遠的一角看見了李。他穿著上次那件李子色夾克，但是底下的襯衫不一樣。我猜他大概是那種穿什麼都好看的討厭傢伙。

「嗨，」女服務生說。她期待地看著我，可是我卻怎麼也想不起李姓什麼。

「嗨，我，呃，來找他，」我說，指著李那邊。她點頭，儘管她很意外像我這樣的人居然會跟那樣的男人約會，她也把驚訝之情掩飾得很好。

「好，請跟我來。」

我乖乖跟著她。李抬頭看，對我嘻嘻笑，我發誓半個里茲城都因此而陷入黑暗；那個笑容絕對是由國家電廠發電的。

「嗨，潔思，」他說，站了起來，俯身吻了我的臉頰。「妳真漂亮。我真高興妳能來。」他當我是老朋友一樣招呼我，而不是兩天前他在火車站搭訕的人。我趕緊坐下來，急於把他為我哀悼的念頭逐出腦海。

「謝謝，」我說。「總算可以換換口味，不必在火車站隨便買點東西，再急急忙忙跑上車。」

「而且妳也不必近距離面對討厭的通勤族。」

「對。」

「妳常遇到那種人嗎？」

「夠常了。」

「就跟妳說的一樣，外頭有很多混蛋。」

「王八蛋。」

「妳說什麼？」

「我說有很多王八蛋。里茲好像塞滿了王八蛋。」

「喔，我很榮幸妳沒把我列入王八蛋集團。」

他說話時含笑望著我。我正要說在今晚結束前我可能會改變主意，不過我管住了嘴巴。女服務生回來了，問我們要喝什麼。我瞧了眼桌上的菜單，全都是我聽都沒聽過的調酒。李期待地看著我。

「你選吧，」我說。「我都可以。」

他挑高一道眉。我這才注意到他的眉毛有多漂亮：又黑又密，而且對男人來說線條相當有型。

「請給我們檸檬香片柯林斯，」他說。女服務生點頭。他對她微笑，但是並不是色瞇瞇的那種笑。

「好，」他等服務生離開後就說，「妳在哪裡工作？」

「購物中心的影城，」我答道，指著上方，但立馬就放下了手，因為我發覺這種手勢很可笑。「我在接待組，也就是說我是服務生，兼坐櫃檯，兼打雜。」

「妳喜歡妳的工作嗎？」

「工作就是工作嘛，不是嗎？」我聳個肩。「而且我可以看一大堆電影。嗯，電影片段啦。」

「他們很幸運能請到妳。」

「你可以去跟我的老闆說。」

「如果他們不知道珍惜妳，那我們正打算登廣告徵接待員。」

「我不確定那種工作適合我。我有時候有點口沒遮攔，要是你沒發現的話。」

李又微笑。「我倒不覺得。不過呢，我不會把今晚變成面試會。今晚純粹是玩樂。」

我低頭看菜單，主要是掩飾漸漸變紅的臉頰。我真正想吃的是漢堡，不過我覺得像李這麼世故的人恐怕是不會投漢堡一票的。

「我們兩個都選精緻百匯吧？」李說，彷彿是察覺到我的猶豫。「那個就跟下酒菜差不多，我們可以隨便混搭。」

「好像不錯。」

「不過開胃菜妳來選。」

「好。那我就選大蒜蘑菇。」

「妳是想把我嚇跑嗎？」他含笑道。

「不是。只是不想吃裝在罐頭裡的或是放在石板上的東西，而且我也不知道什麼是霹靂霹靂醬，可是光唸起來就不好聽。」

「妳喔，」李說，俯身向前，「真是清新空氣。」

「很好，」我說，「不過等我吃了大蒜你就不會這麼說了。」

談話中沒有彆扭的停頓，整個晚上都沒有。我們天南地北閒聊：里茲最美味的披薩是哪一家，垃圾電影，我沒有雨傘，他不會騎腳踏車。在甜點上桌之前，我滿腦子只能想到把我的一年半歲月跟這個傢伙共度是什麼感覺。而即使到時我真的死了，我覺得起碼我也會含笑而終。

「那，我現在還在非王八蛋集團中嗎？」李說。「還是說我最後還是跟其他王八蛋一樣可惡？」

「你還在非王八蛋集團裡，」我笑著說。「那我呢？你要把花收回去嗎？」

「不要，妳可以留下，」他說。「不過如果妳整晚都在看手機，這句話我可就要收回了。」

我吞嚥了一口，略感好奇他是否知道了真相。

「你為什麼這麼說？」

「我只是很討厭那種事，我覺得很沒有禮貌。我以前一個女朋友就老是那樣。氣得我要命。」

「那這段情大概沒能持續很久吧？」

他遲疑了一下才回答。「對，在我看來是玩完了。」

「可如果我是工作需要呢？」

「除非你是需要隨傳隨到的醫生之類的，有多少人真正需要時時刻刻都檢查手機？一個晚上不看總死不了吧。大多數的人只是滿腦子想著別人在做什麼，或是用臉書看愚蠢的影片罷了。」

我的雙手在桌下緊握，擠出笑臉。「那你最好別加入我的臉書朋友，我就是到處分享的那種人。」

「臉書已經退流行了。我現在根本就不上去。現在的小鬼頭都在用 Instagram。明年又會換個新花樣。這玩意就是這樣，變動個不停，而你就只能跟著它一起變。」

「哇，你現在真像是公關公司的人，」我說。

「抱歉。」他咧嘴笑。「反正也不應該由我來跟妳說什麼是最新流行。妳幾歲？」

「二十二。」

「看吧——妳比我小十歲。應該是妳來跟我說什麼是最新流行才對。」

我聳聳肩，盡量別讓他看出我被他的年紀嚇了一跳，也盡量別去想等我爸發現了他可要氣得跳腳了。「我不是跟著群眾走的人：我喜歡我行我素。穿我愛穿的衣服，做我愛做的事，說我愛說的話。而不是被某個部落客或是什麼應用程式左右。」

「還真有自由精神啊，是吧？」

「我就是不甩別人的那一套。」

「我注意到了。」他再次微笑。

我們的烤巧克力碎片餅乾麵團送來了，附帶兩支湯匙。他給了我一支，等我先挖第一口。

「好吃嗎？」他問。我點頭，不敢開口，因為我怕牙齒上會沾滿巧克力。

他拿起湯匙，也挖了一匙。「絕佳選擇。」

「如果你是十二歲，就一定要選你本來想選的那一樣，」我跟他說。

「妳十二歲的時候會選大蒜蘑菇？」

「對。我爸是廚師，我還在學走路就吃大蒜了。他說他不要我變成那種不肯吃爸媽吃的東西的孩子。他是半個義大利人。」我補充說。「所以不用說你也知道。」

「那妳的姓氏是不是什麼性感的義大利姓氏？」李問道。

「不是，就是芒特。念書的時候很好玩。我奶奶是義大利人，爺爺不是，所以我的姓氏還是很遜。」

「不過妳繼承了他的地中海長相。」

「只有眼睛。其他都像我媽。」

「那她一定非常美，」李說。

我低頭看餐桌。「她過世了，」我說。「七年前。癌症。不過她確實很美，每一方面都美。」

「很遺憾，」李說。

「沒關係。」

我伸手去拿杯子，卻被他握住了。

「我是真心的，我真的很遺憾。我不知道。妳一定很難過。」

「謝謝，」我說，極力自持。「我走過來了，我只能這麼說。我還是很想念她。」

「妳跟妳爸很親近嗎？」

「應該是吧。我仍然跟他住在一起。我們兩個都很不好受。」我不會再多說了，我說了這麼多已經很驚訝了。我通常不會這樣，尤其是跟剛認識的人。雖然說我可能是因為知道他是個大人物。起碼我的臉書上是這麼說的。

「那你的父母呢？」我問，急於改變話題。

「離婚了，」他說。「媽媽仍住在霍斯福思，我是在那裡長大的。我一星期去看她兩次。她的週日烤肉實在有夠棒的。」

「那你爸呢？」

李搖頭。「離婚後我幾乎沒看過他。」我想追問，可是我察覺到李不想談這件事。我忽然發現他仍握著我的手，感覺很好，感覺很對。

後來他仍握著我的手，在我瞄手錶，看見了時間時。

「完蛋了！」我說。「我得走了。最後一班火車十分鐘後就要開了。」

「我可以幫妳叫計程車，」李說。

「不用了，真的，沒關係。我去搭火車。」

李付了帳，以現金付款，我根本還沒有機會提議要付一半的錢。

「謝謝，」我說。「下次我請客。」

「喔，妳是覺得還有下一次嘍？」李問，兩邊眉毛都挑高了。

「對。至少需要兩次約會才能斷定某某人是不是王八蛋，有時候還需要三次。第一次他們都會非常努力要留下美好印象，所以會多方掩飾。第二次他們會稍微鬆懈，通常就會說蠢話。第三次他們以為安全了，各種的毛病就會出籠。」

「原來這是一種三次約會就三振出局的程序？」

「有可能。不過可不是每個人都能闖到第三關的。」

「那我能闖到第二關還真是幸運呢。」

「多虧了這個第一次。我最好快一點。」

「我陪妳走到車站。」

「那你得陪著我跑步。」

「沒問題。」

他跟著我到餐廳外，我拔腿就跑。一秒鐘後，我感覺到他牽住了我的手。

「哇，」他說。「尤塞恩·波特❸都跑不過妳。」

「其實應該列入奧運項目的，你知道。六分鐘趕火車衝刺。」

我們以全速在馬路上奔馳，衝進了里茲車站。我感覺到鼻水快流下來了，暗自祈禱要是他吻我的話，我不會滿臉鼻涕。我們跑到了驗票閘門，我伸手到口袋去掏車票。

「要是找不到，可以到我家過夜，」他說。「我的公寓就在十七b月台對面。」

「還真有點像哈利波特。你都穿牆過去嗎？」

「可惜不是。我得繞一大段路。」

我摸到了車票，拿出來給他看。「抱歉了，」我說。

「嗯，這個提議改天還是有效。」他跨步向前，吻了我的唇。就算我掛著鼻涕，他也太有禮貌，什麼都沒說。

「去吧，」他說，微笑著退開。「免得妳錯過火車。」

我微笑點頭，匆匆穿過閘門，跑上電扶梯，從另一邊下去，正好開往曼徹斯特維多利亞車站的火車駛入月台。

❸尤塞恩·波特（Usain Bolt, 1986-），牙買加田徑選手，目前是男子一百、兩百、四百接力的世界紀錄保持人。

我找到了一個窗邊的座位。我的手機響了。我接了起來。

我不知道妳怎樣，不過我現在還在喘。X

「玩得開心嗎？」我一進門爸就說。現在將近午夜了，我還以為他早就上床了呢。

「很開心，謝謝。原來佛地魔大人在真實世界中人還滿好的。」

他微笑。「那李呢？我會喜歡他嗎？」

「會，」我說。「我覺得你會。」

「那就沒事了。我要上床了。」

「你不必等門的，你知道。我是大女孩了。」

爸轉回來看我。「做父母的是不會有不擔心那一天的，潔思。等妳自己當媽媽了就會知道。無論你的孩子多大了，你都還是會擔心。」

喬・芒特

二〇一七年七月十四日・英國邁瑟莫伊德

大家都在詢問，所以我會在潔思的葬禮事宜敲定之後貼上網。我們只能等驗屍官調查結束。顯然這是猝死案的例行公事。謝謝大家寄來的慰問卡以及安慰的話，還有對潔思的追念。現在沒有什麼能撫慰我的痛苦，但是知道大家都在乎，知道潔思在這麼多人的心裡，的確是一件好事。

潔思

二〇一六年一月十四日週四

我很慶幸我死得突然。媽有一次跟我說讓她最痛的不在生理上，而是看著我們目睹她緩慢痛苦的死亡。猝死至少可以讓家人不用受這種罪。他們只需要處理震驚的情緒。我目前看到的每一則回應都帶著明顯的震驚。

我又一次思索會是什麼樣的意外。我記得小學有一次我們在畫吹畫，我卻把顏料吸了進去。顏料是紅色的，老師一轉頭看見我的嘴巴流出了鮮紅色的液體，險些就嚇得心臟病發作。應該就是像那種蠢事，我滿肯定的。我只是希望他們不會在我的墓碑上刻道：潔思．芒特在此安眠，她真的是笨死的。

我在床上坐起來，搖搖頭，發覺我越來越相信這個騙局了。中了他們的計，我知道。可是讀著爸爸的貼文，討論妳的葬禮安排，實在很難把它當玩笑，反而是非常嚴肅的事情。

我驀地想到可能不是意外。可能是我故意的。是自殺。所以才會扯上驗屍官。不過我是不覺得我有自殺的勇氣，即使我有自殺的理由。而且如果一年內我仍然和李在約會，我實在看不出我怎麼會可能想自殺。

我讓笑容偷偷爬上我的臉，想起了昨晚跟他手牽手跑向車站，感覺有多美好。而且還有第二次約會。這點我是有把握的。而且，要是我相信讀到的東西（我是不信的），那就還會有一大堆的約會。直到我被公車輾過之類的。

其實，我有可能是從月台掉下去的。一輩子都在跑步趕火車的女生這種死法還真合適。只是我會死得很難看。而且還是在大庭廣眾之下。兩者我都一點也不樂意。

我嘆口氣，下了床。看著手機，正在五斗櫃上充電，但是我決心不去碰。我需要的是不要再讀貼文了。他們搞不好有辦法能知道我有沒有打開來看。如果我不讀、不抱怨、不回應，他們最後就會覺得無聊，再去整別人。我沒辦法想像幕後黑手會有長期抗戰的耐力。

我當然希望沒有。因為一想到某某醫生從我僅餘的未來寄送我的死後報告給我就足以把我逼瘋。

「怎麼樣啊？」我一抵達車站莎蒂就說。

「很好，」我說，極力壓住笑意。

「多好？一到十分。」

「難說。可能是九。」

「那就是他付帳嘍。」

「人家是個十足十的紳士。」

「妳的意思是他沒提議要跟妳上床？」

「他說我願意的話可以在他家過夜。」

「那妳為什麼沒有？」

「唉唷，我有那麼饑渴嗎。第一次約會欸。」

「妳以前可沒這麼矜持。」

「對啦，那是很久以前的事了嘛。」

「不過他還是熱吻妳了吧？」

「算是啦。」

「幾分？」

「九分。」

「從不給十分的女生給了兩個九分！乖乖，我最好去買頂帽子。」

「少來。八字還沒一撇呢。他還有很多機會會搞砸，我也一樣。」

我這麼說是因為通常我都這麼說，可是話雖出口，我心裡想的卻是莎蒂在臉書上說的話。說我對李愛得那麼深，因為我覺得不會有人愛我。

「那妳幾時要再跟他見面？」

「他說他會發簡訊。」

「他們都那麼說。」

「他會的。」

「妳怎麼這麼肯定？」

「他就是會。」

我們上了開往里茲的火車。照舊是第二車廂。莎蒂現在不抱怨了。偶爾，乘客太多，我們不得不搭末節的車廂，她會看著我，看我是否沒事，不過卻一句話也不說。她知道沉默是金。

我的手機響了，有簡訊。我把手機掏出來，看見螢幕跳出李的名字。我一直到昨晚回家路上才把他的名字登錄進去。我打開來。

我們幾時再見面？既然妳開始上晚班，那午餐約會如何？週五？

「我就說吧。」我拿給莎蒂看。

她吹了聲口哨。「哇塞。他還真是說話算話啊。」

我回傳給他：週五可以。十二點半吧。我兩點上班。

他立刻回覆：好。那就十二點半老地方。衷心期待。X

我把手機放回口袋。

「怎樣？」莎蒂問。

「週五午餐。」

「好急喔。」

「大概吧。」

「很好。看妳臉上有笑容真好。那另外一件事是不是停止了？就是臉書那個。」

我遲疑了。我想告訴她，可是結果可能會跟上一次一樣，而且她也不會看見貼文。再說我也不想再讓她露出那種關切的神情。我看得夠多了，夠這輩子受用不盡了。

「對。」我嘆口氣。「一切恢復正常。」

是妮娜跟我說的。要是我能挑選由誰來傳達壞消息，她會是我的名單中的倒數第二名，第一名是恩不里居教授。

「妳聽說了艾倫·瑞克曼的事了嗎？」她說，跟我在廚房不期而遇。

「什麼事？」

「他死了。我是說真實人生裡，不是他扮演的石內卜死在佛地魔手上。」

我瞪著她，不想相信。

「妳確定？」

「對，BBC新聞網跟別家新聞都報了。癌症，很顯然。才六十幾歲。下一個會是誰呢？這個星期一大堆人翹辮子。」

聽她說得倒像這是什麼名人死亡賓果遊戲似的。我把端著的盤子放下，轉身離開廚房。

「喂！」妮娜高聲喊。「別丟下我一個啊。我們還有一大堆餐桌沒整理欸。」

我沒在聽。我筆直朝廁所走。他對我的重要性妮娜當然沒有概念。我從十幾歲起就崇拜他。

石內卜是《哈利波特》裡最精采的人物，而艾倫·瑞克曼就是石內卜，他把這個人物演活了——他的缺點，他的秘密，他的內心掙扎。我跟媽一起看了前五部電影，我仍記得看《哈利波特：混血王子的背叛》卻少了媽是什麼感覺。我知道她會跟我一樣喜歡。

我進了廁所，哭了起來。我根本都不知道他生病了。其實知道了也不會讓我現在不那麼難過，只是我實在太震驚了。媽死了，艾倫·瑞克曼死了，而現在輪到我了，每一個都是可怕的震驚。我把手機掏出來，查看BBC新聞網。有J．K．羅琳和丹尼爾．雷德克里夫的悼文，他們說出了大家意料之中的話：他是位優秀的演員，可愛的人，一生的朋友。我上了臉書。我的塗鴉牆上全都是對他的哀悼，我瀏覽一遍，分享了兩則不錯的。我又上谷歌搜尋我在找的場景，就是第一堂毒藥課，我複製了連結，貼上去，上方寫了「永誌不忘」。

我再往下看，淚眼模糊中看到一張張黑髮相片。大家說的話都很感人：他們有多惋惜英才總是早逝，他們會記住的好笑小事。我把落在眼前的濕髮拂開。直到現在我才醒悟，我不再是看著艾倫．瑞克曼的追悼文，我又看著自己的追悼文。他們在哀悼的人是我；他們表達震驚與哀傷的對象是我。是我在他們的人生中留下了一個洞。這下淚水變得更大顆了。我不確定這是為艾倫．瑞克曼，或是媽，或是我自己而流的。可能是為我們三個人。為每一個走得太快的人。

我聽到洗手間的門打開一定是十分鐘後的事了。「潔思，妳還好嗎？」

我用衣袖擦鼻子，打開了隔間的門。

莎蒂只看了我的臉一眼，就抱住了我。「對不起。妮娜剛剛跟我說了。我就猜到妳會在這裡。這星期真是王八蛋。我知道他對妳有多重要。」

我大聲在她的耳邊吸鼻子。「下一個就是我。爸在安排我的葬禮。妳會說妳有多想念我。」

莎蒂抽開身，看著我。我把手機拿高。

「妳看不到貼文，我知道，可是真的有。我能看見。一年半後你們都會說一些莫名其妙的好話，可是我現在有點受不了，我有點希望你們有誰會說我是個陰陽怪氣的臭女人，穿衣服品味爛透了，還有一張大嘴巴。」

莎蒂搖頭，把我的手機拿走。「上面沒有人在寫妳，潔思。全都是艾倫．瑞克曼。我知道妳很難過，可是妳不能又開始胡思亂想。」

「我知道聽起來很白痴，可是真的有——可是只有我一個人能看見。我甚至不能截圖或是拍照，可是妳一定得相信，真的有。」

莎蒂輕撫我的濕頭髮。「好了，」她說，牽住我的手，把我帶向洗手台。「我們幫妳洗把臉。他們會很奇怪妳跑到哪裡去了。我知道妳很震驚，潔思，我能了解它攪起了一大堆的情緒，可是妳還有今天得撐下去，好嗎？我保證到明天早晨烏雲就會散掉了。」

我點頭，把手機放回口袋裡，向上帝祈禱莎蒂說得對。

潔思

二〇〇八年四月

我站在她的墓前很久。我連眼淚都哭乾了。很顯然，我知道這一天終將會來臨，所以我應該比較能夠接受。可是沒有。而且如果有誰說她至少不再受苦了，我發誓我會揍他們一拳。她當然在受苦，她拋下了我們，而她最怕的就是這一點。

我不知道接下來會如何。我不確定我想要發生什麼事。也許我可能就待在她旁邊，感覺跟她很近。因為我唯一知道的事就是我沒辦法走開。

媽走了，我看不出還有什麼好事會發生，可是她叫我不要這麼想。她長篇大論地訓我，說她要我走出去，過自己的人生，做一切她來不及做的事情。她說我是她勇敢的女兒。說我夠堅強，熬得過去。可現在她走了，我一點也不覺得堅強。我只能緊緊挺直腰，此時此刻就連把一隻腳跨到另一隻腳前面我都辦不到。

我俯視土中的棺木。我想要跳下去，坐在棺木上。扯開蓋子，再看她最後一眼。在他們把她覆蓋住，而她永遠消失之前。

我感到肩膀上有一隻手。我轉頭，看見爸站在那兒，眼圈泛紅，臉頰凹陷，每一個毛孔都溢出傷心與痛苦。

「我不想離開她，」我說。

「我知道，」他答道。「我也是。」

「我們不能帶她回家嗎？我們不能把她埋在後院嗎？」

他搖頭。擦拭眼淚。「她在妳心裡，」他說。「妳可以隨時隨地都帶著她。她在妳心裡。」

我看著他。他的用心良苦，我知道。可是他也跟我一樣不知道該如何面對這件事。而且我受夠了被當成小孩子。她不在我心裡，她是在我面前的棺材裡。而且很快她就會被覆上黃土，還會有塊墓碑寫著：「黛博拉．芒特，愛妻、慈母與乖女兒。」而大家會走過去，讀到碑文卻不知道，完全不知道，她對我們的意義有多重大。

安琪拉

二〇一六年一月十四日週四

大家說什麼戴上勇敢的面具，我了解那只是一種說法，可卻剛好是我每天早晨的最佳寫照，而且我已經不記得行之幾年了。我看著鏡子，看見了真實的我：鑿刻在我臉上的擔憂線條，我眼中的悲哀，我乾澀蠟黃的皮膚。我不能這副鬼樣子出門，我不要大家知道這個版本的我。太原始，太誠實。他們會胡亂臆測，他們會了解太多，問太多問題。總是問題，來自於那些自認為已經知道答案的人。

所以我戴上了我的勇敢面具。這是漫長辛苦的過程，而最近猶有過之。但卻是絕對需要。我把髮帶套上，把厚厚的劉海向後束。益發強調了需要染色的髮根，不過目前我盡量不予理會。潤膚乳滲透了我的毛細孔，我的皮膚總是貪得無厭。博姿藥妝店（Boots）裡的櫃姐有次跟我說我的膚色介於中間，所以我選了較暗的粉底，急於避免像熱身過的死人。從此我就沒有改變過。我等到粉底被皮膚吸收之後再用粉餅，粉餅盒有鏡子和粉撲，現在應該是落伍了。我看到年輕女性用大刷子，刷上散粉，活像沒有明天。我覺得那種太髒亂，也太隨便。我喜歡知道一切都被蓋住，不浪費，不過度，不需要雙手亂彈亂舞。接著我用刷子上腮紅，只是輕輕的一下。我的眼睛最耗時間。我緩慢謹慎地描上黑眼線，沒有眼線我就覺得一絲不掛，甚至不肯開門收掛號信。我在眼皮上搽了淡淡的眼影，再刷上一層黑色睫毛膏。我的眉毛細，也可以上點顏色，不過泰半時間都被我的劉海遮住。最後我塗上珠光唇膏，同樣的顏色我使用了三十年。要是停產了，我真不知道該怎麼辦。

我摘下髮帶，刷頭髮，讓髮尾能輕輕地圈出我的下頷輪廓。這就是我的勇敢面具。我每天都必須勇敢，但是我不要世人知道這一點。但願他們會被我欺瞞住，進而以為這就是我，不會停下來問我面具底下是什麼，不會想要劈開這層薄薄的偽裝。而我會一直戴著它。在被問及時，含笑說我很好，因為我只知道這一種處理方式。

我看著手錶，才七點半。我一直有早起的習慣，即使是沒有值得早起的事情。我週四放假，在超市工作就是有這一點好處，兼職人員的工時可以彈性調整。週四下班後李會過來，要是我跟他說我不在週四上班就是為了這個緣故，他會失笑，叫我別那麼愚蠢。可是為了他我要每件事情都適得其所——屋子整齊乾淨，晚餐在爐子裡，我表現出最好的一面。我們或許放下了，可是我們不會遺忘。永遠不會。

我下樓。廚房裡響著BBC二台的聲音，它會陪我一整天，雖然我有時會在傑瑞米．范❹的節目時放一張CD，因為我寧可聽音樂。尤其是政治話題，我對那個一點興趣也沒有。

我戴上橡皮手套，在水槽忙了起來。我母親教我如何清潔廚房。她的水龍頭都可以拿來當鏡子照。她是不吃「快速擦一下」那一套的。我呼吸著清潔劑的味道，應該是松香味的，結果卻是我喜歡的那種更強烈的氣味。大概是化學劑吧。無論是什麼，聞起來都很乾淨。我很喜歡那種沒有頑垢能抵擋得住的雙重保證。

等我擦完之後，整個廚房光可鑑人，可以用在電視廣告上。這是讓一天開始的好方法，把某種平常的東西轉變得很特殊。

我看著手錶。李十分鐘後會到，他仍然喜歡準時，跟我一樣。積習難改。不過要在尖峰時刻守時當然不容易，可他卻似乎回回都不會耽誤。他接下這份工作時，我很擔心他會變成那種工作狂，事業擺第一，等到五十歲某天驀然醒來，才發現自己完全忘了要成家。可是說真的，他仍有時間陪他母親，這讓我有了盼頭，希望他也能為其他的事情挪出時間來，而不會是只知工作不知放鬆。只不過有一陣子了，卻絲毫不見什麼浪漫韻事。在愛瑪之後就沒有——而且我們當然不會談她。

我檢查了爐子裡的千層麵，掉個頭讓它能烤得均勻。他出門在外時有許多時髦的玩意，我知道，可是他仍然愛吃媽媽做的千層麵和週日的烤肉。我也給他很大一份，比那些新潮餐廳的分量要足。而且我也努力追上時代的腳步。我上週做了鮪魚辣椒餅，是我在森寶利超市（Sainsbury's）的廣告上看到的新奇小玩意。

時間一到，我就聽見李的鑰匙插進了鎖孔。他搬出去差不多十年了，可是每次他用鑰匙，我就想到這裡仍是他的家，心裡就舒坦。回到你成長的家是很特別的。至少我是這麼覺得的。

❹ 傑瑞米・范（Jeremy Vine, 1965-），英國記者暨節目主持人，他在國家廣播公司（BBC）二台的節目中評析新聞、時事，也訪談來賓，介紹流行樂。

「哈囉，親愛的，」我說，到玄關迎接他。他微笑，俯身吻我。他的臉頰冷冰冰的，但是今晚綠眸似乎分外明亮。他的眼睛像父親，不過我們當然也不提這件事。

「嗨，媽。味道好香喔。」

「千層麵，」我說。「馬上就好。進來烤烤火。」我接過他的大衣，掛在木釘上，再跟著他進廚房。「工作還順利嗎？」

「嗯，還好。跟平常一樣忙得要命，卡爾又請病假，更是添亂。不過我們處理得來。」

他再次微笑。我從不多問工作上的事。我大致了解他的工作性質，可是對細節並沒有多大興趣，他也知道。我最關心的是他有一份好工作。我一直希望他會做的工作。每一個父母都是這樣——希望他們的孩子能過得比他們好，前途能比他們光明。而且我知道他的薪水很高，因為他這年紀的人不是很多能住得起市中心的漂亮公寓。

「我相信你總是能迎刃而解。你一向如此。好了，坐下來，我去端菜。」「我能幫忙嗎？」

「不用了，親愛的。你只管放輕鬆。」他總是提議要幫忙，而我也總是拒絕，可是他還是會問，讓我很窩心。

「來了，」我說，把盤子放在他面前。我要幫他倒酒。半杯，他駕車的話只肯喝半杯。

「不用了，」他一手覆住杯口。

「你不是為了什麼戒酒吧？」我問，在他對面坐下。「那種一個月不沾酒慈善活動？」

「不是的，只是昨晚喝多了。」

「跟公司的人？」

「不是，我上館子，跟一個朋友。」

我動手分割千層麵。「我認識的嗎？」

「不是。是這星期剛認識的。」

他的眼皮下垂，可是我及時看見了他的眼神。

「那她是誰呢？」

「我什麼事都瞞不過妳，對不對？」他說，抬起了眼。不過這句話是帶著笑說的。這樣的笑容意指他不介意我問。我吞嚥一口，很清楚這等同於我的心裡亮起了一盞指示燈。

「嗯，無論她是誰，你顯然都滿開心的。」

「她叫潔思。昨晚是第一次約會，所以說什麼都還太早，不過我喜歡她。很喜歡。」

「她在你公司上班嗎？」我希望不是。據我所知，李共事的那些女性都是非常在意事業的。

「不是，不過也在附近。我其實是在車站遇見她的，我們就聊了幾句。」

「她是做什麼的？」

「她在購物中心的影城上班。招呼客人，帶他們入座之類的。」

我點頭。那就不是那種把事業放在家庭前面的人。「漂亮吧？」

「媽。」

「怎麼，現在不能問這種事了嗎？」

「其實呢，她是大美人。不是傳統美人型的，偏美豔。就是很亮眼，不過非常腳踏實地。」

「那我幾時能跟她見面？」

「別急嘛，才約會過一次。」

「那，別忘了盡快帶她來家裡吃週日午餐。」

「妳的意思是帶來讓妳檢查。」他又微笑。

「不是，是讓我歡迎她進我們家。」

李揚起一道眉。「我說過，這種事得慢慢來，我不想急就章。」

「你三十二了，李。我覺得不會有人覺得你太心急。」

他不吃飯了，停下來看著我。今晚頭一次，氣氛似乎變得冰冷。

「要是你催促某人定下來，說不定他們會犯錯。說不定他們一輩子都會忿忿不平。說不定他們會拿身邊的人當出氣筒。」

冰冷變得刺骨。我緩緩咀嚼口中的食物，不確定是否嚥得下。堵塞的感覺朦朧卻熟悉。李就有這個能耐，能以一句帶刺的話、聲調的一點改變，或是僅僅一個表情，就把一切都翻到檯面上。有其父必有其子。

「我不是在催你，」我說。「可如果你決定要帶她來，她一定會受到熱烈歡迎。」

我們繼續吃飯。幾分鐘的沉默過去，我改變了話題，談起了里茲聯足，這個話題有許多可談之處。而且也要安全得多。

等他走後，我啟動了洗碗機，大著膽子進了客房。裡頭有點冷；我沒把暖氣打開，因為讓不使用的房間保持溫暖感覺很浪費。

我跪在地板上，從雙人床下拉出抽屜。一切都是按照尺寸排列，從新生開始，仍裝在塑膠袋裡，貼著標籤。我只買新東西。我喜歡重新開始這種想法。大部分的顏色都是中性的，白色與檸檬黃，不過有一套是可愛的綠色，因為我實在抗拒不了。現在實在是不容易找——太多藍色或粉紅色的了。可我還是能夠挑到我要的東西。唯有最好的才配得上我的孫子。從愛瑪那件事之後，我一直鼓不起勇氣來拉開抽屜。但現在卻有了一線希望，我又能夠再看了。而且也許又能夠開始採購了。

我伸手到後面，摸索精緻的面紙，摸到後就拉出來。我的手指微微顫抖，打開了紙，露出裡頭的受洗袍。這是李的衣服，我喜歡孫子也能穿。我仍能看見穿著袍子的李，他的大眼睛看著我，兩手緊揪著蕾絲，用力拉扯。我覺得那塊小小的血跡是看不見的，除非你特意尋找。血跡隨著時間褪色了。再者，要是有人問起，我可以隨便找個藉口掩飾。誰也不會知道實情。當然，他例外。但是他不會在。李不再和他父親聯絡了，我至少知道這麼多。

我沒跟李說的是每次我看著他就看到他父親，每次他說話我就聽到他的父親，每次他靠近我我就聞到他的父親。不是說有其父必有其子嗎。總是讓我冷到骨子裡。

喬・芒特

二〇一七年七月十四日・英國邁瑟莫伊德

在這麼難過的時候，我盡力聚焦在快樂的回憶上。像這一個，潔思的結婚日。我領著她步上紅毯，我們兩個都哭了。我覺得從沒看過她這麼美過。她讓我成為天底下最驕傲的父親。

潔思

二〇一六年一月十四日週四

我看到的相片是我和李在我們的結婚日。我知道Photoshop很好用，可是也沒那麼好用。你不能拿沒有的東西玩。這又不是用噴槍塗鴉，這是在創造尚未發生的事情。我穿著緊身露肩馬甲，五分袖，披蕾絲面紗，寬腰帶，大蓬裙。頭髮盤在頭頂，挑出兩綹垂下，是我從未嘗試過的髮型，而且我還戴了頭冠。頭冠欸，拜託。我戴了短珍珠項鍊，化妝也不一樣。我壓根就不知道該如何把自己變成那個樣子，但是錯不了，那就是我，而立在我身邊的絕對是李。雖然他一身昂貴的套裝，打紫色領帶，但他就是我週三見到的那個人。他對著鏡頭微笑，說微笑不恰當，應該說是笑容燦爛。我也在微笑，可是跟李不同，我的笑並沒有讓整張臉亮起來，反而帶著一絲躊躇。我想我一定是很緊張。結婚是人生大事。我從不覺得自己會結婚，我不認為自己是當太太的那塊料。我是說，現在結婚並不是必須的，對吧？現在很多事都這樣。可是，我嫁給了李。我正看著證據，似乎不可能反駁的證據。因為不僅是我們的臉孔疊合在一對新婚夫妻的臉上，還有我的肩膀、我的胳膊、我戴著戒指的手。

我又倒吸了一口氣，這才發現我一直憋著氣。我全身竄過一陣冷顫，整個人都抖了起來。我正看著我和李結婚的未來，在接下來的一年半中的某個時間點。相片上沒有日期，但似乎是夏天拍攝的；樹葉翠綠，背景還有模糊的花朵。有可能我結婚沒多久就死了。夠荒謬吧？我給自己找了個丈夫，然後就嗝屁了。

我心裡有很小的一部分，那個差不多還停留在十三歲的那部分，欣喜莫名，樂得翻觔斗，因為她嫁給了一個像李的男人。可是我設法攔住了她，因為，真的，無所謂。我父親貼了這張相片是為了在我死後紀念我，這才是我們在這裡談論的主題。

但是並不是，因為臉書說來自未來的貼文是不可能的。我會看見這個是因為我想看。我他媽的太空虛了才會想要相信李娶了我。至於其他的呢，嗯，我是過來人，不是嗎？我快不行了，我滿腦子都是死去的人，要是我再不小心一點，我就會把整件事搞砸。

我倒在床上，默默對著枕頭哭泣。我不要回去。我努力要讓爸答應他絕不會讓他們把我放出來又抓回去，可是他搖頭。他沒辦法答應。他見過我崩潰，知道可能還會有第二次。而這個真相從此之後就一直像烏雲一樣懸浮在我們的頭頂上。心理健康的變化是極其隱晦微妙的，我記得他們終於讓我停藥之後如此向我們父女倆解釋。好多了或是治癒了是不存在的。我們隨時都是在一條線的某一點上，幾個月後我們可能會在不同的點上——更好或更壞。這就是真相。瘋狂隨時都潛藏在我的心裡，問題只在於我是選擇要釋放它或是管束它。

第二次的午餐之約，我一看見李，胃袋就好像歪到一邊。他在這裡，我未來的丈夫，不過我可不能跟他說。我再怎麼含蓄地暗示他說我見過我倆的結婚照，他都可能會尖叫著逃走，而我也不能怪他。

「嗨，」我怯怯地說，走向他坐的地方。「我遲到了嗎？」

「沒有，」他說，站了起來。「我總是會早到。」

他俯向我，在莫名其妙的一瞬間，我居然懷疑我們是應該回到週三初見時的輕啄臉頰，或是道別時的吻在唇上。最後是由李來做決定。稍後，我的嘴唇酥麻，我努力不讓自己去想我未來的丈夫吻了我。

我對李微笑，坐了下來，抖開餐巾鋪在大腿上，緊張不安。

「妳好嗎？」他問。

「嗯，謝謝，」我說謊。我瞧了眼餐桌，桌上有一瓶氣泡水和兩只酒杯。

「可以嗎？」他問，追循我的視線。「我覺得妳上班之前可能不會喝酒。」

「我是不喝。水就可以了，謝謝。」

「可惜我沒早想到，不然我們可以去一家供應晚一點的早餐的店。」

「沒關係，午餐就可以了。反正我也不是一定要吃早餐的人。」

「我是，」李說。「可以的話，我會每天早餐都吃一碗穀片。」

「嗄，天然穀片嗎？」

「不是，不是那種的。是家樂氏那種的——小孩子的垃圾食物，我到現在還吃不膩。」

我莞爾一笑，把頭髮別在耳後。「那你的牙齒還沒掉光還真奇怪。」

「我其實是戴假牙，」他說，動手要把假牙摘掉，看見我的表情就停住了。「差點就騙到妳了吧。」他微笑。我的肩膀微微下垂，身體放鬆了。我正在享受第二次約會。

我搖頭。「至少不是只有我吃垃圾食物。那我們午餐要吃豪華漢堡嗎？」

「還用說，」他說。「妳還有漫長的一天要過。妳幾點下班？」

「十點半。還有一班更晚，十一點半下班，可是因為我們會搭不上最晚的火車回家，所以我跟莎蒂自願輪更多十點半的班。」

「莎蒂是誰？」

「我的閨蜜。星期一就是她跟我一起在車站。」李一臉茫然。「高高的，黑色短髮，穿皮夾克。」

他點頭，可是我不確定他究竟有沒有看見她。我為莎蒂感到一絲難過，不過並不是因為她會為此而不悅。

「那妳不介意晚上上班？」

「其實不會。我正好可以避開尖峰時段。」我並沒告訴他直到現在為止我的晚上都沒有什麼事情好做。但我確實想到以我的班表來看，實在是不容易安排約會時間。說不定我就是因為這樣才會嫁給他的，說不定只有結婚才能讓我看見他。

「咳，只要別忘記我說的接待員空缺，薪水說不定比現在高。」

「謝了，不過我現在還可以。」

「妳在那兒工作多久了？」

「高中畢業以後。」

「妳主修什麼？」

「藝術與設計。我本來要上大學，念個學位的。」

「那為什麼沒去？」

「我沒修該修的學分。我那時假日在電影院打工，他們提供我一份全職的工作。當時我覺得應該接受。」

「那現在呢？」

我聳聳肩。「我說過，還可以，而且還可以看很多免費電影。」

女服務生過來問我們是否要點餐。

「牛肉或是雞肉？」李問我。

「牛肉，謝謝。」媽過世之後我有一陣子不吃紅肉。外加別的一些事情。也許這就是現在的我會比在她過世之前吃更多紅肉的原因，只是為了向我自己證明我可以。

「好。我們要兩份炭烤牛肉漢堡，謝謝，」他對服務生說。「還要薯條。」她點頭，對他微笑。要是我服務的對象是李這樣的男人，我也會對他露出這種微笑：微微有點夢幻，隨即被無望粉碎，因為她領悟到自己的機會是零。她絕對是在懷疑他怎麼會跟我搞在一起，她八成以為我是他的小妹之類的。我能聽見自己在心裡尖叫：說真的，我不只是跟他約會而已，我還會嫁給他！

不過我知道要把話埋在心裡。我的記憶太深刻了，如果你讓瘋狂發聲，大家會用什麼樣的眼光看你。

「那你們這週都放映什麼電影？」李問。

「《丹麥女孩》，就是艾迪・瑞德曼變性的那一部。」

「我覺得我寧可拿大頭針插自己的眼珠。」

「我們還會放映兩部艾倫．瑞克曼的電影，向他致敬。《哈利波特：混血王子的背叛》以及《人鬼未了情》。」

「我沒看過那一部，」他說。

「茱麗葉．史蒂芬森是女主角，她飾演他的妻子。基本上就是在說她如何在丈夫死後過一個人的日子，只不過她的丈夫又回來了，在一旁看護她，直到他確定她沒事。」

我及時打住，因為我知道我快語不成聲了。我不知道該如何處理這樁壓在我頭頂上的事，就好像我都還沒有死，就已經從墳墓裡爬出來糾纏著自己不放。要是我不謹慎一點，我就會出紕漏。而說不定這一切的目的就在於此。說不定我因為太害怕可以快樂，所以我的腦袋瓜就捏造出這件事，為的是要把事情搞砸。

「聽起來滿好笑的，」李說。「妳不介意的話，我看我就免了吧。」

我點頭微笑。很沒力的微笑。因為我現在深信我是在出一個自我毀滅的任務。我得阻止它。這麼久以來我第一次有機會能認認真真談一次戀愛，可如果要成功，李就需要愛上我。而我非常清楚哭哭啼啼又滿腦子是死亡的女人可不是什麼最佳人選。

我們的漢堡薯條送上來了。

「好，」我說，拿起一根薯條。「里茲最好的薯條店是哪一家？你先說。」

莎蒂・沃爾德↓潔思・芒特

二〇一七年七月二十八日

妳下星期安葬，我受不了了。我這個朋友很失敗，我知道。我在不該懷疑妳的時候懷疑妳，在關鍵時刻沒陪在妳身邊。我會永遠內疚。可是我要妳知道現在我會是妳需要的朋友。除非妳真正得到安息，否則我是不會停手的。

潔思

二〇一六年一月二十九日週五

莎蒂沒忘記我跟她說的話。一年半後她為了叫我不要理會的臉書貼文而滿懷愧赧。我希望她不要責怪自己，害我為了跟她說而覺得非常不安。我一定不能再跟她說，無論情況變得有多糟糕。因為如果我說了，她只會更自責，在我……

我及時打住，把手機放回帽T口袋裡。不是真的，都只是在我自己的腦海裡。貼文甚至不在上面——別人都看不到。我看著衣櫃鏡子。我是潔思．芒特，而且我不會死。我也不會再崩潰。我不會讓這件事盤據我，這一次我有太多輸不起的地方。

兩週半了，我和李感情彌堅，在我來說相當不尋常。到這個階段，我的王八蛋偵測器通常都會警鈴大作，可是李的言行舉止都沒有讓我覺得他是個混蛋；恰恰相反，我對他的評價一天比一天高。而且不知如何，他對我的評價也是。我跟他又約會了三次，不過完全是因為我上晚班，而不是因為我不想跟他約會。老實說，我的上班時間已經越來越像是一根刺了；實在很難找到一晚或是一個週末是我不用上班的。我們就好像是在不同的時區裡，實在是很可笑，因為我們明明就是在同一個城市裡。李雖然沒說什麼，但是我很肯定他也開始有點火大了。他開玩笑說午餐時間變成了晚上，可是我總感覺他並不真的覺得這樣子很好玩。我需要想點辦法，卻又不知道該怎麼辦。

我抵達月台，莎蒂先到了。我走向她，雙臂環住她，給了她一個大大的擁抱。

「嘿，這是為什麼？」她問。

「我難道不能給閨蜜一個擁抱嗎？」

「妳在打什麼主意？」

「妳說呢？」

「我不知道。不過不是這樣就是妳打算道歉。妳明晚會來，對不對？」

明天晚上是莎蒂小妹的十八歲生日。其實我不應該再說梅笛小了——她現在比莎蒂還高。不過說來也真怪，我們以前都在她父母出門時當她的保母，有一次甚至還照顧了她兩星期。他們堅持要付我錢，即使我只是去跟莎蒂作伴而已。

「對，」我說。「我很期待，換我們當老傢伙，給那些小鬼頭難看。我們可能會先抱怨音樂太大聲了。」

「趴踢以後妳還要在我家過夜？」

「對啊，為什麼不？」

「誰知道，只是覺得妳可能會提早溜掉去見小情人。」

我低下頭。我確實是想到了。這個星期六晚上是這個月來我唯一的休假，而我卻要和閨蜜共度，而不是李。我跟他說的時候他滿失望的。不過我說明了原委，說我們早就約定了，說我從梅笛還在襁褓中就認識她了，她就像我的親妹妹。

「李沒意見。」

「妳願意的話，還是可以帶他來。現在改變主意還來得及。」

我覺得臉頰漸漸紅了。我其實沒有邀他。我是說，那是在邁瑟莫伊德的教堂舉辦的十八歲生日迪斯可派對，可不算是世故的公司主管的領域。況且除了我他誰也不認識。再說，爸說他下班途中會繞過來露個面，那我就得介紹他們兩個認識，那就會變成天大的事，而爸可能會說什麼蠢話，整件事就可能會變成那種惡夢，就是你認識卻從來不曾見過的人全部都在一個房間裡。

不，等李跟爸見面時，我要它發生在私底下。絕不是教堂的十八歲生日派對上。

「不用了，謝謝。他可能會跟他的朋友出去，到里茲的某處。」

莎蒂點頭。我知道她也很好奇，想正式認識他，不過我也覺得她可能也滿高興他不來的。我還記得她跟羅比約會的情形。我就一直感覺自己像個電燈泡。

火車進站。我們上了車，一如往常，她讓我選座位。她甚至還可能會在火車加速或是搖晃著過彎時查看我。積習難改啊。

我帶領來看《功夫熊貓3》的客人入座，感覺到手機震動。我瞧了瞧螢幕，是李，可是我知道我得等到人人都入座之後。小鬼頭總是動作慢，因為手上又是爆米花又是汽水又是甜點。我敢說有一些在看電影時攝取的糖分有他們的體重那麼重。

好不容易，片頭字幕開始捲動，我逃出去，匆匆在走廊上行進，躲進休息室，裡頭空蕩蕩的。

我回撥給李，他立刻就接起來。

「嗨，」我說。「抱歉沒接。」

「沒關係。欸，我知道有點倉促，我也完全了解妳明天晚上沒空，可是卡爾請了病假，而他和他太太明天晚上應該要去參加一個很盛大的頒獎典禮。我們被提名最佳創意公司，可以和市長同桌。妳能陪我去嗎？」

一時間，我無所適從。我不敢相信他邀請我，可是同時我也看見了莎蒂的神情，如果我跟她說我不能去參加她妹妹的生日派對。

「唔，不知道欸。我是說，我很榮幸你邀請我，可是我不想害莎蒂的妹妹失望。」

「我知道，我能理解，如果不是真的很重要，我也不會這麼問。」

「公司裡難道沒有別人能去嗎？」

「很可惜就是沒有。愛咪到倫敦去開會。麥克的女兒訂婚，史考特飛到美國出差。我們真的挪不出人手。」

我又遲疑了，思索著是否能夠兩全其美。

「典禮幾時結束？」

「不知道。九點半或十點？七點開始。」

「那，也許我可以在結束之後再去莎蒂妹妹的派對，只能趕上最後的一小時。這樣可以嗎？」

電話另一頭有一陣沉默。要是不小心一點，到頭來我會兩邊得罪。

「妳覺得可以的話就可以。我是說，我是一定得到場，可是我需要攜伴參加，而我，嗯，我寧可是妳。」

我覺得自己的眼淚湧上來了。我知道我需要趕緊下決定，否則我不是會哭出來，就是會把他惹火。

「謝謝。我也很樂意去。」

「潔思，妳真好，我欠妳一個大人情。」

「沒什麼啦，」我說。「我還可以白吃一頓呢。」

「而且還是很可口的一頓。典禮在皇后酒店。非常高檔。」

我這才突然想到我根本就沒有能穿到皇后酒店的衣服。

「要穿什麼衣服？」

「晚禮服。」

「喔，我不知道有沒有欸，而且我也買不起——」

「沒問題，」李說。「我今晚下班以後去幫妳買。」

「不行，我並不是這個意思。」

「我堅持。我會報公帳。我認為敝公司至少該這麼做，妳是為了協助本公司才如此費神的，費用當然應該由我們來付才合理。」

「你確定嗎？」

「百分之百確定。絕不會有人質疑。我是該找八號的還是十號的？」

「十號。」

「好。我可能會傳照片給妳看，妳再跟我說妳的想法。」

「謝謝。」

「是我該謝妳才對，潔思。我好高興妳答應了。我待會再跟妳聊。」

我放下了手機。期待典禮的那個我跟那個覺得放莎蒂和她妹妹鴿子很惡劣的我在內心交戰。

亞德利恩走入了休息室。「嗨，甜姐，」他說。「沒事吧？」

「沒事，謝謝。」

「只是妳的表情好像是勉強自己第四次把《功夫熊貓3》從頭看到尾一樣。」

我報以微笑。「要讓別人失望，有什麼最溫和的辦法嗎，阿德？」

「男的還是女的？」

「女的。」

「跟她說妳知道她會諒解的，因為她是非常非常體貼的朋友。」

「好，」我說。

「要把結果告訴我喔。」

我點頭，正準備離開休息室，又被亞德利恩叫住。我轉過去。

「不過這種事只能做一次。再多就得寸進尺了。」

我一直等到《功夫熊貓3》演完，莎蒂跟我在清理二號廳。我還是不懂為什麼有人可以在九十分鐘內製造這麼多的髒亂，他們不是應該專心看電影嗎？

我拿著一個大垃圾袋，在莎蒂的後面一排清理。我盡量讓聲音輕鬆，即使我知道出口的話絕對無法輕鬆自如。

「我知道我說明天會在派對前到，可是李剛才打電話來，出了一點急事。」

莎蒂抬頭看我，手裡拿著一個剩半筒的爆米花。

「什麼事？」

「他明天晚上得去參加頒獎典禮；本來應該去的那個主管請病假。他說他覺得很不好意思，可是實在找不到別人了。」

「那妳為什麼也得去？」

「他的公司弄到和市長同桌的兩個位子。那是很盛大的場合。我覺得不應該拒絕，我也知道妳一定能理解的。」

我的話重重地堵在我們之間。霎時間，我不確定亞德利恩的方法是否能奏效——聽起來好像在威脅。

「可是妳還是會來，對吧？」

「對，等典禮結束後。應該十點就結束了，我會搭火車過去。」

莎蒂一臉懷疑。

「好吧。」

「我真的很抱歉，莎蒂。拜託幫我向梅笛道歉。」

她點頭，格外用力地把一些杯子塞進垃圾袋裡。我覺得我寧可聽她開罵也不要這種勉強的接受。

我的手機在我的口袋裡嗡嗡響，我掏出來，看見了李傳來的兩張照片：一張是黑色蕾絲長袖禮服，一張是露肩禮服。我在第二件上看見了「拼圖」（Jigsaw）的標籤。我從來沒進過那家店，因為看起來好高檔。我把手機拿給莎蒂看。

「妳覺得哪一件比較好？李要幫我買一件奢華的衣服。」

她轉頭，對我皺眉。「他媽的，這算什麼？他是《麻雀變鳳凰》裡的李察・吉爾嗎？」

「這是一件正式的晚禮服。我說溜了嘴，說我根本就沒有晚禮服。」

「所以他就要幫妳買？」

「不是他。是他們公司，他會報公帳。」

她挑高了眉毛，在地板上爬動，去摸座位底下的垃圾。

「哪一件？」我問。

「我不知道。我怎麼想不重要吧？妳幹嘛不問他？」

我回傳說兩件都喜歡，由他決定。莎蒂去拿亨利牌吸塵器，亞德利恩剛好走進來。他看看莎蒂的臉，再看看我的。

「我是不是搞砸了？」他問。

「不是，」我回答說。「我看是我一個人搞砸的。」

我到家時爸也正把車停在屋外。

「嗨，親愛的，」他說，砰地關上門，在外套口袋裡找鑰匙。「晚上過得好嗎？」

「還可以。你很累的樣子。」

「今晚很忙。有個大宴會。不過也總比冷冷清清的好。」

我點頭，等他打開廚房門。裡頭很冷，爸不喜歡在我們不在家時把暖氣開著。

「我來泡點熱巧克力吧？」他說。

「太好了，謝謝。」

我先讓他熱牛奶，不急著說話，這樣才能分散他的心神。

「明天晚上的計畫生變了。我要去里茲參加一個頒獎典禮，然後才會去梅笛的派對。」

「喔。怎麼回事？」

「應該去參加的主管生病了，他們在市長那桌有兩個位子。李覺得不出席不太好。典禮在皇后酒店。」

爸吹了聲口哨，把牛奶倒進馬克杯，俐落地攪拌。「哇，非常豪華。那典禮幾點結束？」

「他說大概是十點。我會從那裡直接搭火車過去。」

「等妳趕到派對也差不多結束了。」

「對，我知道。我也只能這樣。」

「那梅笛呢？」

「她不會怎樣的。她有那麼多的同學，根本就不會發現。」

爸揚起了眉毛，把馬克杯放在餐桌上。「不過讓朋友失望還真可惜。」

「我也不想讓李失望。」

「妳才認識他五分鐘。」

「對，要是我不能再跟他見面，那就會維持不下去。」

「只要確定不會因此而失去了朋友。」

「這是什麼意思？」

「他們是妳能信得過的人，潔思。在男朋友消失很久之後。」

「說不定這一個不會消失。」

「妳還是需要朋友，潔思。無論他消失與否。而且如果他真的在乎妳，他會了解的。」

「多謝你的加油打氣。你的心理諮商節目開播別忘了要通知我。」

爸擠出笑容。「我只是在幫妳留意。這是我的責任。」

「我知道，我知道。可是你一定得信任我，我已經夠大了，可以自己照顧自己了。」

爸一言不發，只是再攪拌一次熱巧克力，然後就把湯匙拿出來放到他擺在我們之間的碟子上。

「那妳是不是要為了明天的豪宴租禮服？」

「不必。李要幫我買，報公司的帳。他說他們至少應該要那麼做。」

爸緩緩點頭。「妳知道妳需要什麼我都會幫妳買，潔思。」

「謝謝。不過他堅持要買。不過你倒是有一件事可以幫忙。我沒有可以穿去那種場合的鞋子。你介不介意我借用媽的？我很會小心穿的。」

我看見他抖著手把馬克杯舉到唇邊。我現在後悔這麼問了。

「嘿，沒關係，」我接著說。「我可以明天午休出去買一雙。我沒用大腦。」

「不，沒關係，妳就穿吧。她也會很樂意借給妳的。總不能讓妳穿著馬汀大夫去見市長大人吧？」

我微笑，吻了他的臉頰，這才端起馬克杯。「謝謝。那我現在就上去拿，可以嗎？才知道合不合腳。」

他點頭，我就上樓去，小心別把熱巧克力潑到地毯上。我把馬克杯放在平台上，再進入爸的房間。我知道鞋子收在哪裡，但是仍然感覺很奇怪：打開衣櫥，蹲下來，伸手到後面。爸把媽的東西大都送到慈善商店了，但有一些就是捨不得。那些東西跟她實在是太無法分割了，只要看見，也總忘不了穿的那個人。媽的衣服全都在衣櫥末端，裝在塑膠袋裡。配件則收在大盒子裡，擺在衣櫥的底部。

我把盒子拉出來，拿掉蓋子，就像是打開了一個巨大的回憶盒。我撫摸綠色圍巾，想到了小時候圍巾貼著我的臉的柔軟觸感。多彩的毛帽有花火節以及冰封的冬日散步的味道。我雙手捧著紫色念珠，不停轉動，像她一樣，不知不覺的。我把念珠放回去，再深入翻找。黑色漆皮細跟高跟鞋在最底下。她並不常穿，她平時大多穿舒服的平底鞋。但是遇到少數的場合，需要稍事打扮，她就會穿這雙。我記得看著她在臥室照鏡子，長鏡中的她在調整紫色天鵝絨禮服的領口，那一件仍然在衣櫥裡。我跟她說她很美麗，她對我微笑，說她有時間打扮的話就還可以。其實她真的很美，爸也是這麼說的。她只不過是那種不相信自己的人。

我把盒蓋再蓋好，推回原位，這才把鞋拿到我的房間。我回到平台，端我的熱巧克力。回房之後，我敢發誓我看見了她穿著鞋子，最後一次攬鏡自照。

喬・芒特→潔思・芒特

二〇一七年七月二十九日

週一安葬妳會是我這一生中最艱難的一天，比我們埋葬妳媽還要難。我失去了兩個我最愛的人。唯一能讓我撐下去的是這個小不點。不敢相信這張相片是三個星期前拍的。妳是，以後也會是，哈里遜最好的媽媽。對於問起他的各位，他很好，李在帶他，還有安琪拉幫忙。可是今天他要過來看外公。我會給他一個特別的吻和擁抱，代表妳，潔思。我也會確定妳的寶貝兒子永遠不會忘了妳。X

潔思

二〇一六年一月三十日週六

我盯著螢幕上的寶寶，藍色的大眼睛，因詫異而微微上揚的眉毛——不過比不上此刻的我這般詫異——小小的鼻頭，還有最美麗的酒渦。頭頂上有幾撮黑髮。他可愛得無法形容，而且他跟李長得好像，真奇怪。他是哈里遜，應該就是大家說的「H」。他是我的兒子。而且相片上我的臉緊貼著他的臉，是我，他的媽媽。我的樣子完全不同。我顯然很累，差不多沒化妝，可是我看著孩子的神情……根本就不是我的臉。而是充滿了偉大、成熟的情感，是我尚未體驗過，是我不了解的。我覺得最類似的表情就是媽看著我的樣子，以及現在爸看著我偶爾還會流露的表情。那種表情盈滿了愛與保護，希望與恐懼，興奮與擔憂。

這不是我的想像。我再瘋狂也虛構不出來。這是真實的。相片是真實的，嬰兒是真實的。他胖嘟嘟的，而且小手指正在拉扯我的頭髮。我差不多能感覺到，能聞到我臉頰邊的嬰兒香。他此刻或許不存在，但是卻不能說他不是真的。照片中的我此刻也不存在——但是一年半後，她確實在。

單單是想到這裡就足以使我重重坐在床上。我得處理那些當父母的事情，可我自己都不覺得自己是大人。我該怎麼帶孩子？顯然，我帶孩子的時間並不長。我再次看著相片。我不是嬰兒專家，可是我猜他只有幾個月大，也就是說我在他出生後不久就死了。很可能是因為產後憂鬱症。媽說她就有——會不會是遺傳的？不過相片中的我並沒有憂鬱的樣子，只是筋疲力盡。

我擦去淚水。太難以承受了。極大一部分的我想要繼續相信這只是我的想像力作祟，可是真相就擺在我的眼前。我又看了一遍我抱著哈里遜的相片。即使我精神不穩定，我還是能夠一眼就認出自己的孩子。

我沒有心理準備，一點也沒有。不知如何，一年半內我結了婚，生了孩子，又撒手人寰。我的整個人生像是按了快轉鍵。我該如何面對？我，十點半之前怎麼哄都下不了床的女孩子，早餐還要吃藍莓馬芬。我，放棄了一份好工作，跑去電影院工作，只因為很好笑，而且可以看免費電影。我，在母親過世後精神崩潰，而且至今仍得到爸爸的百般呵護。說不定我是被重大的責任壓死的。這不是我的人生。這不是我應該要成為的人。

我躺回床上，哭哭啼啼。我不要它繼續，我要一切恢復正常。我想要猜測李幾時會第一次跟我上床，夏季我們是否會一起度假，聖誕節時我們是否仍在約會。我這個年紀的女生就會擔心這類的事情。我並沒有要求把我的一生都攤在我的面前。我不想知道答案，我想要一邊走一面把答案找出來，跟別人一樣。我不想搭這種雲霄飛車。我的頭轉個不停，我想下來。可是我不知道要如何下來。

我再度盯著我的兒子，就連「我的兒子」四個字都感覺不對。我從來沒認真想過生兒育女，我覺得責任太重大了。我到處丟東西。里茲車站失物招領處的那位女士都直接喊我的名字，我搞不好會把孩子落在火車上。我就是那種粗心大意的媽媽。我想到了自己的媽媽，想到她為我做的一切。我怎麼可能比得上她？

而此刻我滿腦子只想著這些事，忘了今晚要跟李出去。我已經見到了我們未來的孩子，我要如何直視他的眼睛？我怎能不告訴他？這樣不對。整件事都不對，我得設法讓我倆的關係穩定下來，同時在臉書上看著我們未來的兒子成長。

我把手機上的相片貼向胸口，我知道這樣很傻，可是我想要他靠近我。我知道我不應該再看了，但現在也太遲了。我生了孩子。我有責任確保他的安危。

也許我可以想辦法查出我是如何死的。說不定就能夠阻止。說不定會像是《回到未來》這部電影，我可以改寫一切，改變我自己的命運，只要我能在閃電時在適當的時間出現在適當的地點。說不定這就是我會接收到這些東西的原因，說不定是未來的某個人想要挽救我的性命。

我搖頭，隨便哪個人聽到這個想法都會啞然失笑，我看了眼衣櫃旁的媽媽的鞋子。換作是她就會知道該怎麼辦。我什麼話都能跟她說，她會想通這件事，讓它消失。我今天好想她，比任何時候都還要想。

這天我上班時有點魂不守舍，一會兒擔心未來，一會兒又期待今晚。莎蒂今天請假，幫忙籌辦派對，我很高興能有這個喘息的空間，要是她問我怎麼了，我一定會在她的逼問下說溜嘴的。

下班後我走向車站，感覺是去跟自己的將來約會。哈，還說什麼沒壓力！我喜歡他還滿幸運的，要是我不喜歡，我真不知道能怎麼辦。要是我把他甩了會怎麼樣？並不是說我想把他甩了啦。我只是好奇是否可以如此。而既然一切都已經註定了，那我要如何處理這段感情？只需要袖手等待我們的婚禮嗎？

我們說好在車站前會面。我接近時，叫自己不要再想了。說比做容易。我一看見李，滿腦子就只想到我丟下他一個人抱著我們的孩子。要是他知道將來是那種情況，他還會想跟我有瓜葛嗎？說不定現在直接從他的面前經過，為他免去這種痛苦，對他還比較仁慈呢。

李微笑，對我揮手。我走向他，不斷告訴自己我得裝得彷彿沒事，我不能毀了這一晚。

「哈囉，」他說，吻了我的唇。「準備好要參加舞會了嗎？」

「不是舞會吧？」

「不是，只是開個玩笑。」不過我並沒有錯過灰姑娘的聯想。我穿著內搭褲和馬汀大夫鞋，而我馬上就要變身為舞會上的名媛。只不過李的樣子實在是不像神仙教母。

「好，」我說。「因為我不會跳社交舞。不過等你上台領獎時，我會大吹口哨，歡呼怪叫。」

李哈哈笑。「妳真的會吹口哨？」

「是啊。大家不都這樣？」

「才沒有，他們會很有禮貌的鼓掌，盡量不要露出沒得獎的酸溜溜表情。」

「你的意思是就像奧斯卡獎。他們會用鏡頭對準每一位入圍者嗎？」

「希望不會。反正，我們可能不會贏。」

「你會的。不然就不會讓你和市長同桌了。可不能讓他跟一堆的失敗者坐在一起吧，是不是？」

「但願如此。對了，妳的行頭在等著妳了。我們最好到我那兒去。」

他牽住我的手，我們就齊步繞過車站正面。

「真可惜你不能直接跳過十七又四分之三月台的欄杆。」

「是十七b。」

「對哈利波特迷來說都一樣。」

「唉唷，妳不會戴著一條死神聖物項鍊吧？」

「沒錯，而且還有刺青。」

「哪裡？」

「那可是秘密。」

「那我非得找出來不可了。只是拜託在妳給我看之前千萬別亮給市長大人看。」

「我答應。」

「我還會牢牢記住千萬別帶妳去化裝舞會，因為我現在很懷疑妳家裡有一套麥教授的衣服。」

「其實是貝拉．雷斯壯的。壞蛋的服裝都最漂亮。那你呢？化裝舞會你會扮成誰？」

「《星際大戰》的韓索羅。」

「就是他有光劍嗎？」

「不是，是天行者路克。韓索羅的年紀比較大，是哈里遜．福特演的。」

我瞪著他。他喜歡哈里遜．福特。那個未來會出現的男嬰就叫哈里遜。很可能只是巧合，可話說回來，也可能不是。

「那你是他的粉絲嘍？」

「對，我愛死了《星際大戰》系列的每一部，還有印第安納．瓊斯的電影。他有格調，非常有格調，即使他現在上了年紀了。」

「那你會給孩子取跟他一樣的名字嗎？」

李轉過來，皺眉看著我。

「什麼意思？」

「等你將來生了兒子，你會叫他哈里遜嗎？」

「不知道。總比歐比王．肯諾比好聽吧。」

我點頭微笑。這一切真的是真的。我們會生個兒子叫哈里遜。在我們討論名字時，李可能會提醒我這次的對話。也許我現在該說點什麼，將來某個時間我可以用來提醒他。

「是我的話就會挑賽佛勒斯，」我說。

「那就再見，祝妳好運。」

我笑了，卻並不是因為好笑。不真的是。我們在談論的是我們的人生，只不過李還不知道。而我才剛剛了解這件事其實可能是真的。

我們向右轉。新潮的商店變成了舊鐵道拱門下的骯髒住宅區，再來又變成新的公寓區，聚集在運河周邊，大小與設計都一致，都有小小的玻璃陽台。

「到了，」李說。

「哪一樓？」

「頂樓。」

我默然點頭。

「沒關係，有電梯，而且通常都不會故障，也不會有臊味。」

我想的不是這個。我其實正仰望著陽台，猜測我是否是從那裡墜樓的。真實生活中會有人跳樓嗎？抑或只是電影情節？我猛然想通我可能正看著我的死亡現場，不禁打了個冷顫，說不定我是在一氣之下翻過陽台跳樓的？我是會跌入曳船道或是運河中？無所謂，反正都會死得很難看。但是話說回來，我在照顧一個幾個月大的嬰兒，可能不會使性子發脾氣。而且如果我們有了孩子，可能也不會住在這樣的公寓裡。也許事發之時我們已經搬到了截然不同的地方了。我忽而發覺李仍在看著我。我努力要放開拳頭。

「很漂亮，」我低聲說。

「對，而且樣樣俱全。樓下有咖啡店和小商店。碼頭對面就有酒吧。走路上班只要十分鐘。」

「真好，」我說，雙手互搓，想讓身體溫暖，恢復感覺。我跟著他走入公寓，他輸入了一整組的密碼，把著門讓我進去。門廳很小，味道乾淨。他按了電梯，電梯門幾乎是立刻就打開了。我走了進去。四面都是玻璃，門關上時我發現李看著我。我這才恍然，這會是我們兩個第一次獨處。他把我轉過去面對他，吻了我。是像電影那樣的熱吻。霎時間我還以為他會把電梯停掉，我們就會在電梯裡做愛，跟電影《致命的吸引力》一樣。我是沒關係。我上一次炒飯還是在自助洗衣店上方一間蹩腳的出租單人房裡呢。我在不止一個方面都算是人往高處走呢。

電梯停止，門開了。我抬頭看他。

「可惜，」他說。「我很享受呢。呃，妳先請。」

我踏出電梯，李的手穩穩地攬著我的腰。他引導我走向左邊，打開了門。我跟著他進入一處小小的入口走道，四周都是緊閉的門。有點像是那種歷險的遊戲，你得要破解密碼才能出去。

「來，我幫妳拿大衣，」他說。我把背包拿下來，把大衣交給他。我彎腰要脫掉馬汀大夫鞋。

「沒關係，」他說。「妳不必脫鞋。」

「我不想弄髒你的地板。」

「我有清潔工。」

「那，我不想弄髒她的地板。」

我把鞋脫掉了。我不想承認的是鞋子磨腳，因為我只穿了絲襪，而不是平常的厚襪子。媽媽的皮鞋在我的背包裡。我不確定能否穿著高跟鞋走這段路。

「參觀一下？」李問。

「好啊，麻煩了。」

他帶我穿過遠處的門，進入起居區。感覺像是「宜家」的目錄：地板都是超耐磨木板，時髦傢俱，小地毯，檯燈。但是吸引我的卻是窗戶。

「哇，好棒的風景。」

「對，雖然不是巴黎，不過從這裡眺望，里茲的風景也不算太差，尤其是晚上。」

他帶我回走廊，打開了廚房門。流理台邊有兩張高腳椅。我很好奇有多少個早晨他旁邊那張椅子坐著人。一定有許多的女人。坦白說，我很意外他居然還是單身。像他這樣的男人通常都滿快就被人網住了。

「非常不錯。」

「出門之前要不要我幫妳弄點喝的？」他問。

「不用了，謝謝。」

他點頭，我跟著他出去。「浴室就在對面，妳需要的話，」他接著說，打開了走廊對面的門。迎面而來的是亮晶晶的鉻合金和潔白無瑕的白色磁磚，毛巾整整齊齊掛在杆上，而且邊緣全部對齊。感覺就像是電視裡看到的那種奢華酒店的閣樓套房。我到現在仍然想破腦袋也想不通我怎會釣上住在這種地方的男人，感覺就像他們找錯了演員。也許我該查一查是不是認錯了人。

「我大概會怕得不敢進去，免得把裡面弄亂了，」我說。

「這就是有清潔工的好處。我每週一回家來都是這樣。無論我把家裡弄得有多亂。」

「可今天是星期六，」我說。「為什麼會看起來像她才剛打掃過？」

他聳肩。「大概是因為我也滿愛乾淨的吧。我不喜歡四周亂七八糟的。」

我應該要警告他，要是他真娶了我，那可會大吃一驚。我看得出我可得好好改改我的壞毛病了。

「過來這邊，」他接著說，又回到最靠近第一扇門的那道門前，「這是妳的更衣室。」

他讓我先進去。房間完全就是從室內設計雜誌上複製下來的。特大號的床鋪，鋪上灰色滾黑邊羽絨被，同色的枕頭與靠枕；耐磨木地板鋪上搭配的地毯，白牆，有鏡壁櫥，當然還有面臨陽台的對開門。

他向前打開了門，一陣冷風襲來，我不想到外面去，可我又深受吸引，我想看看我的可能死亡場景。我把頭探出去，剛剛好能看到底下的運河，然後就退回屋內，急於讓自己不要再去想什麼墜樓而亡。

「怕高嗎？」他問。

「不是，只是太冷了。」

李關上了門，再打開壁櫥，拿出一件黑色長禮服。「吶，」他說，將衣服伸向我，「這是給妳的，夫人。」

一分鐘前我還在想我可能會死在哪裡，現在我卻看著我要穿去參加宴會的禮服。我就像身在最詭奇的迪士尼電影裡，有兩種可能的結局：一個是有白馬王子的，一個是小鹿斑比被射殺牠母親的同一名獵人射殺，然後電影結束。我還滿確定會選哪一個的。

我伸出手，摸了摸禮服。他只聳聳肩。禮服比相片中還美，質料在光線下閃閃發光，我從來沒有過類似的東西。

「我的天啊，太謝謝你了。真漂亮。」

「這只是一點點心意，」他說。「我真的很感激妳這樣幫我。」聽他這麼說我猛地一陣慚愧，尤其是因為我壓根就把莎蒂妹妹的派對拋到九霄雲外了。

「沒關係。我說過我會搭最後一班火車，在派對結束前趕到。」

「別這麼見外，我幫妳叫計程車。妳可不想打扮得這麼漂亮趕火車吧，搞不好會在月台上掉了隻玻璃鞋呢。」

他低頭看著我的赤腳。

「喔，我是不是也應該幫妳買鞋子？」他問。

「喔，不用不用。我帶了鞋子來。在我的背包裡。我其實不太會穿高跟鞋走路。」

「咻，我差點以為妳要穿晚禮服搭靴子呢。」

「放心吧，」我說，決定不坦白說我帶來的鞋子不是我的。「我的品味沒那麼差。」

「好。我就讓妳打扮吧，我也得換衣服了，」他說，一面從壁櫥拿出他的套裝。「希望會合身。要是妳需要幫忙，就叫一聲。」

他對我微笑，我也報以笑容。感覺很奇怪，跟這個男人在他的臥室裡。我很好奇哈里遜是否是在這個房間裡受孕的，而我看過了那麼多我倆的未來，我要如何表現得正常？李關上了門，我發出一聲喟嘆，開始寬衣，很慶幸我沒忘記穿無肩帶胸罩，我怕的是他挑選了露肩的那一款。

我把禮服從衣架上拿下來。李把標籤摘掉了，可是我已經知道價錢了。我在「拼圖」的網站上查過。這一件是一七九英鎊，另一件是一五九。我覺得很榮幸，他挑選了比較貴的這一件，即使他宣稱是報公帳。

我套上了禮服，盡力把拉鍊往上拉，這才轉身照鏡子。我不認得鏡中回視我的年輕女人，既絢麗又世故，嗯，多多少少啦。我的頭髮仍像瘋婆子，可是我的梳子仍放在背包裡。我深吸一口氣，打開了門。

李穿著禮服立在走廊上，儼然是從〇〇七電影中走出來的人物。他轉過來，上上下下打量我，表情讓我想起了《麻雀變鳳凰》中的飯店經理第一次看見茱莉亞．羅勃茲盛妝打扮的樣子。

「哇，」他說，邁步向前。「妳真是美極了。」

「謝謝，」我說。「你也很帥。欸，我沒辦法把拉鍊拉到底。」

他走到我後面，幫我把拉鍊拉上，我感覺到他的呼吸吹在我的頸背。他的雙手按在我的肩上，一秒之後他就在吻我的頸子。輕輕的、柔柔的吻，好似我是什麼精巧的美人。沒有人這樣吻過我。他把我轉過來面對他，吻了我的唇。這一次更熱情。他的手插入了我的頭髮，拉扯，擠壓。就彷彿他一次換了兩個檔。一隻手放下來按著我的大腿，從開衩溜進去停在我的褲襪上緣，另一隻手捧著我的右臀。

我們兩人的嘴唇分開了一秒；兩個人都倒吸一口氣。

「我就知道這不是好主意，」他低聲說。「我太笨了，還以為能控制得住。」

「我們會遲到嗎？」

「只要動作快就不會。待在這兒。」他消失到浴室裡，一秒鐘後出來，手上拿著一小方錫箔包。

「可不能讓我把妳的禮服弄髒了，對吧？」他微笑，把錫箔包放進了上裝口袋裡。「好了，剛才我們到哪兒了？」他捧住我的乳房，然後撩起我的裙子，一手伸進了我的底褲裡。我猛地仰頭，靠著牆，拱起背。他的手指移動得既迅速又輕鬆。他實在是他媽的太精於此道了。我發出嚶嚀，咬住他的外套肩部，不讓自己大聲尖叫。他笑看著我的高潮，笑得好像他非常享受每一刻。

他抽身拉開褲襠拉鍊，撕開了保險套包裝。

「妳真美，」他低聲說。他的笑容消失了，換上的是一種激切，我完全沒見過。他向前動，把我的臀部捧向他，眼睛像兩團火燒進我的眼底。他就要跟我做愛了，就在這裡，抵著牆。而我覺得我好像沒有這麼饑渴過。

事後，我們靠著牆，胸膛起伏，兩個人都喘不過氣來。

「唷，為這個讓市長等也是值得的，」李說，對我微笑，拂開我眼前的一綹頭髮。

「我們不會錯過開頭吧？」

「不會。不過如果錯過了，我也不遺憾。」

「我會遺憾，」我說。「我很期待這一餐呢。」

「妳都吃到哪兒去了？妳身上一點肉都沒有。」

「我媽常說等我四十歲生日那天醒過來，就會發現我吃的垃圾食物全都在一夜之間堆積到我的大腿上了。」

「希望不會，」李說，一手撫過我的大腿。「我滿喜歡現在這個樣子的。」

我的臉上漾出笑容。從來沒有男人讓我有這樣的感覺，我想要浸淫在其中的每一秒。我的胃發出了很響的咕嚕聲。

「這個，」我說，盡量不笑出來，「是我的內部警報器在提醒我們需要動起來，去弄點吃的了。」

「那就走吧。」李微笑。「我可不打算跟妳的胃開戰。」他俯身再親吻我一次，這才進浴室。我立在那兒，仍竭力消化剛才發生的事。我擔心他主動使用保險套是因為我看起來像是到處睡的那種女生。我擔心他想到我因為怕痛而不敢除毛會覺得噁心。而我最擔心的是我沒辦法不去想臉書上的那些事，因而不允許自己愛上這個男人。

我們在七點整抵達了酒店。我深信我們仍散發出性的氣味。我們匆匆穿過門廳，李向宴會廳門口的人出示請帖，他點頭，指著另一頭。其他客人都已經就位了。李牽著我的手，帶我走向市長桌的兩個空位。到了之後，李幫我把椅子拉出來，市長站了起來，其他人也紛紛起立。我微笑，趕緊坐下，很疑心自己的頭頂上有塊大霓虹燈，閃著：「我遲到了因為我剛跟他做愛。」外帶一個箭頭指著李。

同桌的女士頷首為禮，我敢說她們也心知肚明。臉頰上的紅暈光靠腮紅是弄不出來的。

「幸會，」李說，向市長伸出手。「李．葛利菲斯，日蝕公關。這位是潔思，我的女朋友。」

女朋友。他說出口了。也就是說是真的，不是迪士尼電影。

「真高興你們能撥冗出席，」市長說，輪流和我們握手。「我快以為我得吃下三人份的晚餐了呢。」

「放心，」我說。「我準備把盤子清光。」

市長靠過來。「說得好，」他眨眨眼說。「我參加這類宴會就是為了吃白食，不過最好別讓別人知道。」

他將我們引介給市長夫人。她的眼神呆滯，臉頰豐滿。我猜她也是為了食物來的。

李在桌下愛撫我的大腿。「就說趕得上嘛，」他低聲說。

「大家看我們的眼神怪怪的。你覺得他們都知道我們剛才在做什麼嗎？」

「就算知道我也不在乎。他們是在嫉妒。呃，至少男人都在嫉妒。」

他又對我微笑。我抬起頭，桌上的每位女士都在看他。看來嫉妒的可不只是男性。我頓時覺得一陣得意，我想大喊：嘿，他是我的，眼睛規矩一點，拜託！不過也只是想想。可是我確實是一副不可一世的德性。

稍後李的公司贏得了里茲最佳小型企業獎，我歡呼了一聲，壓低聲音吹口哨，用力鼓掌，拍得我的手掌都痛了。

「我就說吧！」等李帶著獎座回到座位，我就低聲說。

「看來我應該聽妳的，」李說。「妳是半仙。要是妳知道下週的約克大賽誰會贏，可以通知我一聲。」

我對他微笑，真希望關於將來我只知道這麼多。

「恭喜，」我隔壁的女士說。

「謝謝，」李說。

「妳也是，親愛的。」她露出微笑。

「喔，我不是他們公司的員工，」我說。

「還不是，」李說。「我在設法挖角。」

我抬頭看他。

「我是真心的，」他說。「我要妳接下接待員的工作。」

「我說過了，我沒興趣。」

「只要妳願意，工作就是妳的。」

「我自己就找得到工作，謝謝。再說，我說過，我不是那種光鮮亮麗的接待員類型。」

「這裡最亮麗的女性居然這麼說。」我臉紅了。「妳一定能勝任愉快。再說，我也可以多多看到妳，因為妳不會有離譜的值班表。」

「下星期我會盡量有一晚不上班。」

「工作面試是下週三，而且我非常樂意為晚申請的人破個例。」

「真誘人，不過我還是沒興趣。」

「吶，要是妳改變了主意，我的提議隨時有效，」他說。我趁他沒在看我時瞧了他一眼。他似乎有些沮喪。我想他大概是那種想要什麼就能得到什麼的人，我希望他可不會因此而心存芥蒂。

我們站在皇后酒店的正門台階上，李仍緊握著獎座。我的腳痛死了。我低頭看鞋，立刻就想起了媽，忍不住想，她穿的時候腳有這麼痛嗎？

「幾點了？」我問。我把手錶留在他的公寓裡。

「剛過十點，」他說。

「我應該來得及。」

「妳要的話，我可以在公寓幫妳叫計程車。」

「謝謝。你確定嗎？」

「付車錢嗎？當然。讓妳走？不。」

我抬頭看他。「我答應他們了。」

「我知道。可是我不想要這晚就這麼結束。我想帶妳回家，我要妳留下來過夜。我要在早晨叫醒妳。我要週末和妳共度，帶妳去我媽家吃週日午餐。做一切情侶會做的事情。我想跟妳在一起，潔思。就是這麼簡單。」

我覺得心臟脹成了四倍大，生怕會在胸腔爆裂。這些年來我躺在自己的臥室裡，夢想有個人會對我說這些話，而現在我卻要邁步離開這個人。要是我走了，我就是個他媽的神經病。他會有甩掉我的每一個理由——要取代我的候選人隊伍長得不得了呢。

「我沒帶牙刷，」我說。

「妳可以用我的。」

「也沒有過夜的用品，也沒有可以穿去妳媽家吃午餐的衣服。」

「沒關係。妳睡覺不用穿衣服，明天的衣服我們再想辦法。商店十點就開門了。」

我低頭看腳，現在真的快痛死了。一想到邁步離開他，去邁瑟莫伊德某個蹩腳教會的禮堂，簡直就是有病。莎蒂和梅笛會了解的，對吧？

「我還是覺得不應該讓莎蒂和她妹妹失望……」

「我相信她們一定不會介意。她們現在可能已經喝醉了，說不定根本就不會記得妳沒去。」

我知道他說得不對——特別是她們不記得這一點。可我也知道我想要怎麼做。我想把舊生活拋到腦後，我想要以雙手抓牢他提供我的一切。我要他。而此時此刻我太想要他了，其他的都無關緊要。

「對，你說得對，」我說。

「我知道我是對的。就說妳錯過了最後一班火車，她們會諒解的。」

李環住我的腰。我覺得自己融入了他的懷中，最後的一絲愧疚也消失了。

「走吧，美女。我們還有事情沒做完呢。」

「有嗎？」我含笑道。

「我是不知道妳怎樣啦，不過我通常不會那麼匆促。我想要從頭開始，從起點開始，如果妳不介意的話。慢慢來，我不想錯過妳的每一吋。」

他把我拉近，吻了我。我就徹底完蛋了。天上一定有某個人真的很喜歡我，才會給我這麼大的恩寵。殺了我我也不可能把它搞砸。

我等到李進廚房去煮咖啡才傳簡訊給莎蒂和梅笛。

真對不起，須獎拖得太晚，我錯過了末班車。希望妳們玩得開心X

即使是以我的標準來看，這則簡訊也很蹩腳。我也傳給了爸，跟他說了同樣的話，說我會在李這裡過夜。感覺有點怪怪的，因為差不多就等於是告訴妳爸妳要跟人上床了，他應該別開臉。

一兩分鐘後，我的手機響了，是爸傳來的回應。

沒事吧？我可以過去接妳，或是我幫妳付計程車錢XX

他是好意，我知道，我能想像在我尋釁之前聽見他說：「我只是在盡父親的責任。」可是他得看清真相，我已經二十二歲了。

我想留下，爸。我很好。其實比很好還好。明天見X

傳送這則簡訊讓我覺得自己像長大了，但是再讀一遍，我又覺得自己很討厭。

爸傳了兩個吻。我想像他坐在廚房裡，擔憂地手肘都快把桌面磨出洞來了。而且我在腦海中又看見了他的臉書貼文，那樣的哀傷失落，彷彿就快被哀痛壓得消失不見了。我這才想起自從下班後跟李見面，我就沒查看手機了。我打開臉書，進入了動態時報。爸貼上的我和哈里遜的相片下方有了一連串的回應。

我才剛開始瀏覽，李就端著咖啡回來了。

「看吧。我才離開房間五分鐘，妳就急著上臉書了。」他的語氣快活，臉上卻閃過一抹情緒，而且絕對是惱怒。

我擠出笑容，然後偷瞄了一眼。哈里遜的相片不見了，底下的回應也一樣。不過就算還在，我也不至於蠢到拿給他看。如果我想要這段感情開花結果，很顯然有些事我得藏在心裡。

潔思

二〇〇八年七月

爸敲我的門。我第一個反應是假裝睡覺，我不想跟他談話。可是他很清楚我醒著，我也沒辦法對他這麼壞。所以我說：「什麼事？」然後鼓起勇氣準備聽他的教訓。

他進了房間，坐在我的床沿，把玩著開襟毛衣上的鈕釦，甚至不敢直視我的眼睛。

「布斯老師打電話給我，」他說。我翻了個白眼，繼續瞪著天花板。「她說她很擔心妳。」

「她擔心的是我明年的考試會砸鍋，到時候在排行榜上就會很難看。」

爸嘆氣。輪到他看著天花板了。

「她確實關心妳，潔思。我們都關心。我們只是想幫忙。」

「哼，你們幫不上忙，除非是你們能讓死人復活。我知道每個人都以為我應付不來——我看見了他們互換的眼色——可是你知道嗎？我應付得來。我用我唯一知道的方法在應付。很抱歉，我沒有快樂得翻觔斗，可是我現在沒有想翻斛斗的心情，因為媽才剛過世三個月。你知道嗎？我不認為半年後，或是一年後，或是多久以後我會恢復過來，因為我不想，可以嗎？」

爸這還是第一次看著我。他的眼眶充滿了淚水。我覺得自己好爛。

「妳媽媽不會想要我們這個樣子的，對吧？而且既然校方擔心妳的功課，我們就需要找出辦法來幫助妳，因為這是她最不願意發生的事——影響到妳的教育。」

「可是我不在乎我的成績。我什麼都不在乎。你不懂嗎？」

「妳跟媽說妳會好好用功，去念藝術學院的。」

「對，對，我是想表現得積極一點，因為我知道那是她的希望。我總不能跟她說我是個可悲的笨蛋，在她死後就把所有事都搞砸了。」

爸伸手耙過僅存的頭髮。

「妳要不要多跟朋友出去？妳一個人待在家裡不好。」

「我不想出去。你就沒出去。」

「我有。」

「去上班。你有去趴踢嗎？因為你不想去——我也一樣。」

「對，可是我是個老頭子，又沒有朋友。妳才十五歲，又有很多朋友。」

他說話時露出隱隱的笑意。我費了好大的力氣才報以微笑。我猜我是揚了揚嘴角。

「我會讓莎蒂來。現在我只想見她一個，只有她能了解。」

我讓莎蒂過來是因為她會任由我傷心哭泣，埋怨老天不公平。我知道我一定像小熊維尼裡的小毛驢，可是我現在就是這種心情，我不會假裝成別的樣子。特別是在我最好的朋友面前。有時我希望自己是別的民族，必須要哀悼一整年，因為那樣才比較像話，比較合適，而不是每個人面帶微笑走來走去，佯裝什麼也沒發生，什麼也不談，因為不想要害我難過。

爸爸兩手抱住頭。我知道他盡力了。我知道我應該要給他一個擁抱，可是我沒辦法。因為如果我抱了，我很怕一切的傷痛會跑出來，因此而嚇壞他。那時他可就要真的擔心了。

「至少試一試，潔思。看在妳媽的份上，」他低聲說。

「好啦，」我低聲回應。他站起來，離開了房間，默默關上了門。

安琪拉

二〇一六年一月三十一日週日

李十點打電話來，對他來說可是很早。我在猜他是不是要取消。但願不是。

「哈囉，親愛的，你好嗎？」

「嗯，好，謝謝。只是在想，現在說再多一個人來吃午餐會不會太晚了？可以的話，我想帶潔思過去。」

我偷偷地笑開了。這是件大事。我知道。

「她當然可以過來。我很樂意見見她。」

「太好了。我不確定妳準備的食物夠不夠。需要的話我可以帶一些過去。」

「不，不必了。你知道我總是會準備得很充分。」

「嗯，她的胃口滿好的。」我能聽見背景有輕笑聲。

「絕對夠吃。烤肉可以嗎？她有什麼不吃的東西嗎？」

「只有霹靂霹靂醬。」

「嗄？」有什麼模糊的聲響，我聽見有人輕聲說喂，遠離電話。

「沒有，放心好了。她什麼都吃。」

「喔，好。」我是真心的。愛瑪就是小雞肚腸。起初我擔心她是不喜歡我的廚藝，不過李說她本來就吃得很少。

「那我們就一點見了。」

我放下了電話。一時間渾身動彈不得。有太多事要做，我不確定該從何著手。可我隨即回神，知道當務之急是什麼。購物。我需要出門去買更多食物。牛後腿肉很大，足夠三個人吃，可是我不知道馬鈴薯夠不夠。而且我好像也缺了一點紅蘿蔔。

我套上靴子，抓起皮包大衣，關上了門。順著馬路往下走，在加油站那兒就有家小型馬莎百貨（M&S），很方便，正好可以幫你解決這類緊急事件，不過今天算不上是什麼緊急事件，我只是想預防萬一。

李通常不會這麼早就帶她們來見我。這一位一定是非常特別。我能從他的語氣中聽出來。他顯然以她為榮，想要炫耀她。我猜她一定是位大美人。

我匆匆通過百貨店的前庭，進入商店。通常我會順便買一份《週日鏡報》，可是今天連隨意翻閱的時間都沒有。我把一袋馬鈴薯丟進籃子，轉向胡蘿蔔。我通常不買預製食品，可是今天要破例，一切以省時為上。我把錢遞給收銀台的女孩。我猜在馬莎百貨工作應該很不錯。可是我覺得我沒辦法在加油站工作，我會太擔心持械搶劫，至少在超市這種事不太可能發生。

我直接回家，立刻從樓梯底下的櫃子拿出了吸塵器，這是德國的密勒（Miele），要拖著走。我不怎麼喜歡直立式的，尤其是那種透明的。我不願去想地毯上可能有灰塵，當然更不願意看見。我昨天才整理過，可是我覺得應該再全部清理一遍。我倒不是認為她會批評我——現代的二十幾歲的女孩子可能壓根就沒想過做家事——但我要她知道李來自一個好家庭，每個地方井井有條。我最不願發生的事就是讓李失望。我或許不是一個讓他在每個地方都感到驕傲的母親，但我絕對不會讓他難堪。

牛肉早早就送進了烤箱，我撒上了一些迷迭香。我之前烤過一兩次，李說他喜歡吃。趁著牛肉在烤，我開始整理廚房。我放了一張羅比．威廉斯❺的專輯，一面聽一面打掃。李有時會讓我想起他，在他耍賴的時候。當然不是因為李的歌喉好，不過憑他的長相，他也是能進入某一支男孩樂團的。說實話，有些歌手真的只是憑一張臉混飯吃的。《X音素》❻中有些人就是這樣。

我看看時鐘，把馬鈴薯放進去烤。讓我放心的是李從來沒跟吃素的女生約會，否則的話她們會要求馬鈴薯得分開烤，非如此不可。

等蔬菜進烤箱之後，我就開始調約克布丁的麵糊。大號的約克布丁，配上肉汁，當作前菜。那些南方人都不知道自己多麼沒口福。

我最後看了眼廚房，這才上樓去打扮。一切就緒，一切妥當。就像應有的樣子。

從十二點五十分開始我就一直看窗外。李要是知道我這樣一定會很生氣，可是我覺得他反正也看不到樓上。我並不是要監視他們，只是我想在他們進門之前，在他們不覺得有人在看時，看

❺ 羅比．威廉斯（Robbie Williams, 1974-），英國創作歌手，多次贏得全英音樂獎。
❻ 英國的一個選秀節目。

他們兩人相處的樣子。

我瞄了眼窗邊的牆壁，以前貼壁紙，現在漆了油漆，不過在我的腦海中我仍能看見壁紙，仍能聽見我把壁紙刮掉的沙沙聲，仍能感覺到內心深處的羞恥。

李的汽車穿越馬路，我就從窗簾後退開。他下了車，繞過去另一邊開車門。他是紳士，我們的李，這一點絕對沒有疑問。我先看見了她的腿——應該說是及膝的長靴先出現，就是現代女孩子穿的那種笨重的厚底靴。她穿了一件芥末黃束腰連身裙，黑色墊肩外套，長頭髮，略顯凌亂。她含笑看著李，他牽住她的手，關上了車門。

我急忙下樓，經過走廊的鏡子，瞄了一眼。我又重新化妝過，只是稍微補點妝，不想顯得太刻意。等李用鑰匙開門，我已經在廚房裡了。他大聲說哈囉，我這才走到玄關。

「嗨，親愛的，」我說，給了他一個吻。

「媽，這位是潔思。潔思，安琪拉。」

她瞪大眼睛看著我，可能是緊張得不得了。我仍記得第一次去見賽門的父母。極其正式，我還在晚餐桌上掉了一顆豌豆。我那時取決不下，是該拿著叉子滿桌撿豆子，或是假裝沒這回事。

「幸會，」我說，在她的臉頰輕點了一下。「請進，就當是自己家裡，不必拘束。」

她對我微笑，肩膀似乎下垂了一些。李幫她拿外套。他說得對——她的臉蛋美得驚人。她微微有種地中海區的長相，大眼睛，高顴骨。能娶到她確實是好福氣——不過李也是旗鼓相當啊。他們兩個絕對能生出美麗的孩子來。

他們跟著我進廚房。

「我現在可以把約克布丁放進去烤了，」我說。

「等妳吃到就知道，潔思，」李說。「整個郡裡最美味的。」

「別這麼說，」我跟他說。「我相信潔思的媽媽也很會烤約克布丁。」

兩人互望了一眼。我立刻明白我說錯了什麼話。

「抱歉，我應該告訴妳的，」李說。「潔思的媽七年前就過世了。」

「喔，對不起，親愛的。我說錯話了，對不對？」

「沒有，」潔思說。「妳又不知道。她是個很棒的媽媽，只是她就是做不好約克布丁，所以後來她乾脆放棄，直接用預拌粉來做。」

她說話時面帶微笑，只不過聲音帶著抖音。我喜歡她。我非常喜歡她。

「那，她有妳這麼美麗的女兒，一定很驕傲，」我說。「妳穿這件衣服真好看，顏色也好。」

她的臉頰出現了紅暈，低頭看著腳。她並不是一個驕矜自大的人，身上幾乎有一種天真無邪的氣質，她這年紀的女孩倒是很少見。

「謝謝，」她說。「這是別人送的禮物。」她說話時抬頭看李。她顯然很崇拜他，都寫在她的臉上了。我們有機會，真的有機會。

「嗯，我很高興他知道該好好對待妳。對了，妳想喝什麼？我有紅酒和白酒。」

「咖啡就好，謝謝，」潔思說。

「我也一樣，」李說。「昨晚熬夜了。」

「想必也是，我都忘了頒獎典禮了，」我說，一面按下水壺開關。「情況如何？」

「很好，」李說。「我們現在在官方市場上是里茲的最佳小型企業了。」

「太好了！做得好。你拿到獎盃什麼的嗎？」

「有，我留在家裡。放到公司倒是滿好的裝飾。」

「而且我們還跟市長同桌，」潔思說。「他的人真好，一點也不擺架子。」

李說得對，她非常實際，而且對宴會也似乎相當興奮。我猜她也跟我一樣對這類事情很不習慣。

「哇，打入上流圈子了啊？」

她點頭，微微聳肩，彷彿一時間還沒辦法消化。

「而且潔西是全場最豔麗的女人，」李補充說。

她又臉紅了，視線向下。李握住她的手，看來也跟她一樣情不自禁。

「我相信一定是的，」我說，把他們的咖啡放在桌上。「好了，你們兩個坐下來，我去看約克布丁烤好了沒有。」

烤好了。我連同自製的肉汁一起端上桌，給了每人一個大約克布丁。我記得愛瑪第一次來時就皺著眉頭，顯然在南部她們是不吃這麼大的約克布丁的。潔思卻一掃而空，比我們都先吃完。

「哇，好好吃喔，謝謝，」她說。

「該謝謝妳，妳下次還可以再來，」我開玩笑說。

「喔，她會的，」李說。我捕捉到他說話時的眼神，他是認真的，他不打算放掉這一個。

吃完布丁後，我拿出了烤肉，由李負責切肉。當年在一家之主出缺之後，他立刻就進入了父親的角色，即使他也不過是個少年。我的小男子漢，我總是這麼叫他。現在當然是不小了。他會是一個很好的父親，我知道。而現在，多年來頭一次，我真的相信美夢要成真了。

「那妳住在哪裡，潔思？」

「邁瑟莫伊德，靠近赫布登布里奇，跟我爸住一起。」

「那他一直沒對象嘍？」

她搖頭。「對，他忘不了我媽。我覺得不會再有別人了。」

「你們一定很親近。」

「好像是吧。」

這樣很好，跟家人的關係親密，只要不會親密到不想離開父親就無妨。

「如果妳不在了，他一定會非常想妳的。」

鏘鎯一聲，她的叉子落在盤子上，她抬起眼，眉頭微蹙。我不明白我的話哪裡得罪她了，也許是她會錯意。

「我的意思是等妳搬出去，自己成了家，他一定很難過。男人有時候很難接受這種事情。」

她張開嘴，卻沒說話。李看了我一眼。

「潔思的爸爸是大廚師，」他說。

「喔，那就太好了。很多男人都不會下廚，不習慣那些家務事，不過看起來他應該可以適應。」

她這時低著頭，頭髮落在一邊臉頰上。

「對了，」李說。「潔思可能不會在電影院工作多久了。星期三我們有個工作面試。」

「喔，什麼職位？」

「接待員。貝絲要請產假，可是我們滿確定她不會回來了。」

「太好了，」我說，無法遮掩鬆了一口氣的語調。我剛才還以為李要說她是想當公關，她也是那種事業為重的女孩子。接待員就不同了。那是在嫁人之前的工作，而不是阻止妳嫁人的事業。

「那就太好了，你們兩個可以一起工作，是吧？」我說，轉頭看潔思。直到此時我才注意到她的臉，她在瞪李。

「我並沒有同意要去面試，」她說，聲音是她進門以來最堅定的。

「可是妳知道妳會的，」李說。「妳只是在玩以退為進。」他在調侃她，我從他的表情看得出來。不過我卻不確定她會欣賞。她轉過頭，看見我看著她，略有些坐立不安。

「那種事不太適合我，」她說。

「我跟她說過她一定會如魚得水，」李反駁。「對不對，媽？」

「嘿，我是局外人，」我說，舉起了雙手。

「這樣的安排再好不過，」李說。「妳就不必值那種晚班了。」

「喔，我倒沒想到，」我說。「妳經常需要上晚班嗎？」

「對，」她說。「昨晚是未來兩星期我唯一休假的一晚。」

「天啊，」我說。「那可不太好玩吧？」

「對她跟我都不理想，」李說。「我得要提前一個月預約才能見到我自己的女朋友。」

潔思嘆氣，抬起頭。「唉，我會想一想，」她說。「可是我不保證什麼。」

「這不就結了，」李說。「我就知道妳會想通的。」

我看見李在桌下握住了她的手。

「如果妳真的去了，祝妳好運，潔思，」我說。「其實妳不用擔心。這工作好像很適合妳。好了，有人要馬鈴薯嗎？」

午餐後李幫我把碗盤放進洗碗機裡。我叫潔思到客廳去休息。

「她很可愛，」我說，一邊把盤子遞給他。

「我知道，」他說。

「好好照顧她，好嗎？」

他霍地抬頭。「這是什麼意思？」我看見他眼中閃出怒火。偶爾，我還是會驚訝，看見我的過去像這樣反射回我身上。我感覺肩膀緊繃。我得提醒自己跟我說話的是我的兒子。

「沒什麼意思。我只是希望你快樂。她很有精神，這一個。你不能把她逼得太緊。」

「我知道怎麼對待我的女朋友，」他說。

「好，」我說，又遞了一個盤子給他。

他們又待了一小時左右。李說他要送她回家，省得她還得在週日等火車。

我在她離開時吻了她的臉頰。「跟妳見面真是愉快，潔思。別忘了，從現在開始，妳的週日午餐都預約好了。」

「謝謝，」她說。「我覺得這一頓夠我撐一整個星期了。」

「明天我會提醒妳，」李說。「在妳排隊買藍莓馬芬的時候。」她擺臭臉。我很喜歡他們這樣玩鬧。能夠善意的嘲笑很好，賽門跟我就從來沒有過，至少就我的記憶所及。

他們離開後，我上樓去，把床下的抽屜拉出來，又一次拿出了李的受洗袍。我照平常一樣驅逐較黑暗的回憶，專心在快樂的事情上。我認為不用多久我就能看見這件衣服再穿在孩子的身上了。而某些快樂的新回憶會產生，或許就能夠永遠埋葬掉那些壞的回憶。

私訊

莎蒂・沃爾德
31/07/2017 11:46am

潔思，我私下傳給妳，因為我不能貼在動態時報上。我知道這樣很好笑，妳都死了，可是我有事情要讓妳知道，而私下傳給妳至少讓我覺得像在跟妳說話。

我記得妳的信。我把它藏在安全的地方，結果差點就忘了。我讀的時候眼淚滾滾而下。妳就是這樣，總是先想到別人。

所以我才決定去報警。因為我現在很肯定妳是出了什麼事。我懷疑根本就不是意外，可是我沒有證據。現在我有了妳的信，他們就得聽了。所以我明天要告訴他們，就在妳葬禮的前一天。要是他們不信，我就要大喊大叫，叫到他們信為止。我是在為妳奮戰，潔思。我知道來不及挽救妳的性命，但是還來得及救H。有些人不會喜歡，可能還會有一場大吵，可是我一定會讓真相大白。

一想到他們要把妳埋葬，我還是受不了。能讓我撐下去的唯一一個理由是我知道至少妳現在安全了。妳去的地方不會再有人傷害妳了。我愛妳，我好想妳。X

潔思

二〇一六年二月一日週一

我完全看不懂莎蒂在說什麼，完全不懂。怎會不是意外？她難道是說有人故意殺害我？甚至是謀殺？是的話，警方應該早就插手了，可誰也沒提到警察。如果有什麼疑點，大家就會在臉書上討論。而且爸說驗屍官完成調查了。要是有什麼蹊蹺，他們是不會讓我下葬的。

我不懂為什麼我的一封信就能改變一切。我完全不懂她說的是什麼信。難道是在我死前發生了什麼事但是我隱瞞沒說？她又怎能說她知道出了什麼事？她在場嗎？說不定她是目擊證人。可如果她是，警察也會詢問她，所以真的是一點道理也沒有。

也可能是她因為不相信我說臉書出現貼文的事而太過自責，所以才想把我的死怪罪到別人身上。不過這樣子一點也不像莎蒂——起碼不像我認識的莎蒂。問題是，她這麼做會掀起一堆風波，而爸最不想要的就是又生波瀾。還有李。如果真的有一丁點的疑慮，我父親和先生是不會袖手旁觀，任由我下葬的。而現在莎蒂決定要發言，攪亂一池水，一定會進一步傷害到他們兩個。他媽的。爸好不容易才剛剛能接受女兒的死，這麼一來他可能會整個人崩潰。我真希望莎蒂就接受現實，讓我走了。讓他們埋葬我，讓他們服喪，讓他們過自己的日子。而不是在葬禮前大鬧一場。

我站起來，以手指梳過髮叢。別再碰筆電了！我聽見心底有人在對我大吼。我知道我應該不要再讀這些玩意，可是那就像你這輩子還沒過完就發現你的自傳出版了。我需要知道最後是如何結局的。不是為我，而是為哈里遜。

我又回頭去看筆電，回去看哈里遜的相片。我急於想找新的相片，我想看他是如何成長的。爸說李在照顧他，安琪拉也幫忙。她還可以，安琪拉，可是她有點怪怪的，而我百分之百肯定不要她帶大我的兒子。我看得出她和李很親密，可是我無法想像她有多風趣。媽就是這一點好——需要時她可以很堅定，但是她總是非常好玩。

我讓自己用手指去輕拂哈里遜的臉頰。我想要摸真實的他，我想當他的媽媽，看著他長大。保護他不受各種無聊的世事干擾。我得設法扭轉情況。我雖然相信故事的開頭，卻並不表示我得要接受它的結局。

我把東西收拾起來，塞進背包，下樓去，決定在上班之前露個臉。我一走進廚房爸就抬起了頭。昨晚我回來他沒說什麼，坦白說，我也沒說什麼。我差不多就直接回房間，以免父女對峙。我本來希望拖到早晨就不會那麼彆扭，結果也是奢望。

「早安，」他說，然後看了眼手錶。「嗯，快中午了。週末很愉快吧？」

「對。」

我坐下時他把一杯茶推給我。

「謝謝。」

「他住的地方很不錯吧？」

「對，非常豪華的公寓。景觀也很棒。」

他點頭，顯然是知道我在公寓裡做什麼，可是他至少懂得別提，也別唸我。

「頒獎典禮如何，很熱鬧？」

「對，他的公司贏了。奢華酒店，食物精美。還跟市長聊天，非常熱鬧。」

他呷了一口茶。

「那你們昨天去哪兒了？」

「去他媽媽家。她也住在里茲，嗯，霍斯福思。」

「她人很好嗎？」

「她很好，也很和氣。約克布丁做得好極了。」

「可是？」他說話時抬頭。我猜他是從我的語氣中聽出了什麼。

我聳肩。「她比不上媽媽。」

他緩緩點頭。「沒有人比得上，親愛的。問題就出在這裡。那他爸呢？」

「他們好幾年前就分開了。我覺得他應該沒有再見過他。」

「那妳知道他多大了嗎？我是說李。」

我嘆氣。我還沒跟他說過第一次約會，可是我知道早晚得說。

「他三十二了，可是看起來比較年輕。」

「天啊，潔思。」

「有什麼關係？」

「要是妳有個二十二歲的女兒要操心，那就有關係。」

「為什麼？這代表他比我以前約會的那些傢伙都成熟啊，我還以為這是優點呢。」

「對，唷，我大概是看事情的角度不一樣。」

我知道這是什麼意思。是性。他不想去想一個三十幾歲的男人佔了他小女兒的便宜。不過他當然是打死也不肯承認的。

爸嘆氣，望著天花板。我猜他非常清楚我的暗示。

「那，他為什麼三十二了還單身？」

「不知道。我下次會問他，好嗎？不然我把他帶來，你親口問他？」

「他昨晚送妳回來，妳就可以請他進來。」

「我知道。而且我現在很慶幸沒請他進來，如果這是他會得到的待遇的話。」

我們默默坐了一會兒。我喝茶，比較像是為了不需要說話。老實說，我沒邀請李進來是因為我不想讓他看見我家。光是在邁瑟莫伊德開車就夠糟糕的了，不必再來那一套「請進來看看我住的這個又小又髒的破屋子」。那傢伙習慣的是奢華公寓，要是讓他進來，他就會知道我不屬於他的世界。

「我只是在幫妳留心，潔思。」

「是嗎？還是想讓我永遠都當你的小女兒？」

我站了起來，朝門口走。爸瞄了眼時鐘。我的火車還有十五分鐘才進站，爸知道，可是他什麼也沒說。

我抵達月台時沒看到莎蒂。我這麼早是很不尋常的事。我猜我是註定逃不過彆扭的對話了。不過我覺得跟爸的談話比起莎蒂來不過是一陣清風。她在週六回傳簡訊給我，只說了OK。她大可以說點什麼話讓我好過一些，可是她偏偏不要。

我看見她走天橋過來，我從她的步態就看得出她仍在生我的氣，就連她的皮外套都好像氣得每根毛都倒豎。

「嗨，」我等她走過來時說。「派對怎麼樣？」

「很好。」

「我真的很抱歉沒能趕回來。」

「是嗎？」

「當然啊。」

她點頭，我們默默無言地站了一會兒。莎蒂的腳動了動，她從來都沒辦法氣我太久。

「我就不會，」她說。

「什麼意思？」

「如果一邊是一個大帥哥要跟我上床，火辣到連床單都會起火；另一邊是邁瑟莫伊德的小鬼頭的亂七八糟生日派對，那我也不會遺憾錯過了派對。」

我讓自己露出隱約的笑容，密切觀察她，唯恐笑臉是錯誤之舉。

「其實呢，」我說，「我們在去宴會以前他就跟我做了。」

莎蒂的嘴巴合不攏，一把揪住我的夾克。「妳這個蕩婦。」

「我不是以為晚上會回家嗎？我總不可能說不吧。」我笑得很收斂。而讓我更寬心的是莎蒂的成熟態度。

「我敢說你們後來又做了，有沒有？」

「也許有，」我說，努力忍笑。

「得膀胱炎了嗎？」

「閉嘴啦，」我說，忙著把她從另外兩名走到月台上的乘客旁拉開。

「哼，要是妳再這樣下去，很快就會得了。妳不習慣那種事，姑娘。」

「我倒覺得我可以習慣。」

「他那麼棒啊？」

「我是沒有怨言的。不過，很對不起，沒有去派對，我是真心的。我希望梅笛不會介意。」

「她在十點半前就喝醉了。」

「李也是這麼說的。」

莎蒂轉過來看我，眉頭微皺。「這是什麼意思？」

我雖然明白說錯話了，但為時已晚。「我對沒能趕去派對心裡很過意不去，所以他只是想安慰我。」

「喔。」她並不相信。「妳昨天一整天也跟他在一起嗎？」

「對。我們去他媽媽家吃午餐，然後又回去他的公寓。」

「現在就去見家長有點太快了吧？」

「他星期天總是去他媽媽家吃午餐，所以沒什麼。」

莎蒂挑起眉毛。「我倒覺得滿認真的。妳確定妳不是去申請正式認可的嗎？」

「不是啦，根本就不是那樣。」

「等她成了妳婆婆，妳再跟我說。」

我瞪著她。她當然不知道她說了什麼，卻仍害我的心底發冷。我離開了幾步，希望她不會看見我的臉。不過莎蒂太了解我了。

「嘿，我只是在開玩笑。」

「我知道。」

「她那麼恐怖？」

「沒有，只是有點怪怪的，也有點咄咄逼人，不過我應付得來。」

「那問題出在哪裡？」

我仰望天空。我好想一五一十告訴莎蒂，可是我也知道我說得越多，等我死掉時她就會越痛苦。我不能這樣子待她。

「只要是跟未來可能發生的事情有關的，都會讓我想起臉書上的東西。」

「妳不是說已經停止了嗎？」

「對，是停止了。只是我有點嚇到。」

一陣停頓。

「妳沒事吧？」莎蒂輕聲問。

「沒事啊。」

「好。妳剛才害我擔心了一下。」

我感覺到眼淚刺痛了眼睛。她對我始終都那麼好，只有她了解，或是努力了解我的遭遇，而現在我又要把這種罪惡感加諸在她的身上。我一定得設法讓她忘記這件事，至少也得讓她相信我自己也不信。

火車緩緩進站，等待車門打開時，我轉頭面對莎蒂。「妳能不能忘掉臉書的那些事？我只是，我覺得有點蠢，其實是很蠢。我簡直是大白痴。」

「當然，」她說。

「謝謝，」我說，希望將來有一天她會記得這段對話，並且讓她不要那麼苛責自己。

接下來兩週的值班表就貼在休息室裡。我兩個週末都要值班，每晚都是十點半下班，只有明天、下週的週一週二不用上班。

「喔，真是太好了，」我邊看邊說。

「怎樣？」莎蒂問。

「我下兩個星期根本就沒辦法跟李見面了。」

「那你們就得再多約幾次火辣辣的午餐約會了。」

「那不一樣。」

「妳是說因為妳不能跟他上床嗎？」

「不是，」我說，猛然轉向莎蒂。「我是說我想要好好跟他交往。上週末非常美妙，天知道我們幾時才能再像那樣。」

莎蒂走過來看班表。「我是願意跟妳換班的，」她說，「可惜我們的上班時間都一樣。」

「我知道，還是謝了。我看我只能祈禱他能諒解了。」

大約一小時後李傳簡訊給我。

多謝妳給我一個美好週末。最後一輪面試是在週三中午，為妳保留。讓我知道。不是在催妳。幾時能再見？X

我閉上眼睛嘆了口氣。週三中午我可以，我兩點才上班。李想再見我，如果我留在這裡工作，就不可能見面。到最後他會覺得等我等得太無聊，轉而跟別人約會去了。我不能冒這個險。我不想要這一段新生活這麼快就結束，我太享受了。我很快回傳，以免有機會改變主意。

謝了。我會去，如果你確定我適合那份工作。明天晚上我沒班，然後就一直上到下週一。X

我把手機塞回口袋裡，用力吁了口氣。我做了，真的做了。如果我離職，莎蒂會氣瘋，我知道。可是我也知道我不能繼續在這裡工作，因為我想要這段戀情開花結果。而且非開花結果不成。我見過了我的未來，我也想要那種未來。嗯，當然得剔除結局。而且這一點是我可以改變的，我一定要能夠改變。可是首先我得確定其他的部分能成真。

我的手機嗶了一聲，是李的簡訊。

太好了。卡爾會面試妳。穿幹練但不失女人味的衣服。還有我幫妳買的靴子。他會被妳迷

死。明天晚上我有公事，所以只好等下週一了。X

我不是很清楚女人味是什麼意思，說實話，我甚至不知道什麼是「幹練又不失女人味」，我倒是很肯定我沒有能符合這個條件的衣服。我得趁休息時間出去買，那就慘了，因為我窮得要命。可是這筆錢還是得花，我得要有那個樣子。我不能穿內搭褲去害李丟臉。

我趁莎蒂仍在廚房忙時出去，要是我在購物中心買到了衣服，就能立刻趕回來，她甚至不會知道我不見了。我匆匆搭電扶梯下樓。顯然普利馬克（Primark）滿足不了我的需求，我瞪著法宣（French Connection）櫥窗中的模特兒，她穿著黑色直筒裙搭白上衣，上衣質料輕盈，幾乎是透明的。我走進店裡，十分清楚地意識到我跟這裡格格不入。我等著女店員對我嗤之以鼻，就像《麻雀變鳳凰》裡的情節。不過她並沒有。她微笑著問我是否需要服務，我說我得去面試，需要幹練又不失女人味的裝扮。幾分鐘後我就站在試衣間，凝視著鏡中人。我的樣子就像個接待員，嚇得我都出冷汗了，雖然這就是我的要求。

「我買了。」我從試衣間一出來就這麼對店員說。我甚至沒去看結帳金額。無論多少錢，只要我能跟李在一起，都值得。

喬・芒特→潔思・芒特

二〇一七年八月二日

我差點就做不到，妳知道。葬儀社的人來了，我看見了外頭的靈車，我想要把他推出去，叫司機滾下車，然後我帶著妳離開。我並沒想過我要去哪裡。無所謂，只要不是去墓園埋葬妳就行。我覺得我一直到今天才相信是真的，直到我看見妳躺在棺材裡。我哭了，潔思，哭得很大聲，在靈車裡，在整個葬禮上。當然不是只有我一個人哭。我想出席的每一個人都哭了。可只有我是要埋葬我的女兒。

跟妳道別是這輩子最困難的一件事。我知道李也在向妻子道別，但那是兩回事。有一天他可能會再娶一個，可我卻不會再有一個女兒。

哈里遜也不會再找到媽媽。而最傷人的一件事就是他不會記得妳。不過在他成長期間，我會跟他說妳的一點一滴，妳說過做過的一切傻話蠢事，把妳媽跟我都快氣瘋的事。還有那些精采的好事。像是妳走進房間就能讓整個房間亮起來。妳一晚沒睡可是看著他的表情是那麼慈愛。

晚安，潔思。有妳這個女兒，我非常非常驕傲。

潔思

二〇一六年一月三日週三

我哭了好久好久才停，才能考慮該如何面對爸爸。我用冷水敷眼睛，敷了好幾次，這才仰望天花板，艱難地吐一口長氣，竭力平靜下來。

等我終於下樓之後，我得停下來，穩住情緒，然後才走進廚房。部分的我希望能給爸施咒，把他石化，只要能讓他不必受那種苦就好。我唯一僅有的小小安慰是無論莎蒂向警方說了什麼，仍阻止不了葬禮。我不覺得爸能應付那個。起碼現在他讓我入土了，無論對他來說有多困難。

我從喉嚨發出小小的聲音，爸轉過來，對我微笑。

「早安，親愛的，」他說。「妳今天起得真早。」

「對，我想在洗澡之前跟你一起吃早餐。」

他的笑容變深。「好極了。水煮荷包蛋配吐司如何？」

「好，」我說。

他忙了起來。他在廚房裡是最快樂的。媽以前都會坐著看他忙，她有一次跟我說那比她接受過的任何治療都還要有效。

「我今天要提早走，」我說。

「去跟李見面？」

「不盡然。我要去他的公司面試。」

忙碌的動作猝然停止。爸把鍋子從火爐上拿開，轉身看著我。

「妳沒說過。」

「我也是星期一才決定的。」

爸的眉頭越鎖越緊。「妳在電影院不是做得很開心？」

「我是啊，多少啦。可是我一直在輪晚班，要跟李見面就很困難。」

「那是可以調適的。很多人連世界大戰都拆散不了，妳知道。要是他對妳是認真的，就不成問題。」

「呃，現在沒有在打仗，而且對我是問題。」

他聳肩搖頭。如果媽還在，這時候她就會進來打圓場，讓氣氛緩和下來。在這種時刻，我比平常更想念她。

「那是什麼工作呢？」爸問，聲音緊繃，表示他是在講道理。

「接待員。目前只是幫請產假的人代班，可是李滿確定那個人不會再回來上班了。」

「妳為了幫人代班要放棄現在的工作？」

「他說如果她回來上班，他們會幫我安插別的職位。」

「可是妳對公關一竅不通啊。」

我搖頭。「爸，你真會幫我加油打氣。」

「我只是實話實說。」

我感覺到心底的溫度上升，把爸在我的葬禮上的悲痛傷心都消融了。

「我說了，我要去應徵接待員的工作。我招呼客人，給他們端咖啡，幫他們帶路。跟我現在做的事情差不多，只不過我不必整天都沾染漢堡味，還要忙著清掃別人吃了一半的爆米花。」

爸嘆氣，回去做水煮荷包蛋加吐司，只不過比剛才多了乒乒乓乓的聲音。等他再開口，他仍背對著我。

「要是跟李沒有結果呢？」

「你今天早晨真的是很忙著洩我的氣是吧？」

「我是說，要是你們分手了，場面可能會很難看。妳真的還要他當妳的老闆嗎？」

「我們不會分手的。」

「妳跟凱倫那時候也是這麼說的。」

「那不一樣，我知道。」

「妳怎麼能知道？妳才跟他交往了幾個星期。」

他轉過來看著我，氣惱之情差不多是從每一個毛細孔向外溢流。我真希望能跟他說為什麼我這麼篤定，可是我不能說，否則我就得把其他部分也和盤托出，包括我剛剛才讀了他描述埋葬自己女兒有多酸苦的貼文。

「聽著，這一次絕對是真的。你只能相信我。」

他似笑非笑，把盛著水煮荷包蛋吐司的盤子重重放在桌上，坐在我對面。我巴不得把盤子摔在他臉上，又恨不得繞過去給他一個擁抱。最後，我只是道謝，吃起了早餐。

我洗了澡，換上面試裝，走入廚房時，他看了我兩遍。

「天啊，」他說。「看看妳。」

「我哪裡不對？」

「沒有，」他說。「只是換了個人。」

「你是說我通常都像黃臉婆，所以我稍微打扮差別就那麼明顯？」

他幾乎露出笑容，只是幾乎。「我是說我都快認不出妳來了。妳的樣子就像是接待員。」

「幸好我要做的就是這個工作。」

他動手清空洗碗機。「這些衣服也是李幫妳買的？」

「不是，我自己買的。要是我想得到這份工作，就需要這種服裝。」

「可是妳買不起啊。」

「以後的薪水會比現在的高一點。」

「那得早起呢？」

我翻了個白眼。「你是極盡所能要讓我打退堂鼓是吧？」

「我只是講實話，潔思。我知道妳有多討厭早起。」

「我會適應的，好嗎？說不定偶爾我可以在李的公寓過夜。」

鏘鎯，他掉了一把刀子。他又轉過來看著我。「這一切都太快了，潔思。」

「對誰太快了？因為我可玩得很開心。」

「九秒鐘內從零加速到六十並不是理想的駕駛方法。」

「幹嘛？《瘋狂汽車秀》的育兒手冊嗎？」

爸嘆氣，放下了吊在手臂上的茶巾。「妳以前並不想要這樣的，潔思。妳的夢想呢？妳在學校裡做的那些美妙的藝術作品呢？」

「我長大了，爸。我得實際一點。」

「而且妳有了男朋友。」

我覺得眼睛瞇了起來。「這是什麼意思？」

「別讓他改變妳太多，潔思。」

「他沒有改變我。是我改變了自己，好嗎？」

我朝門口走。

「祝妳好運，親愛的，」他在後面喊。可是我腳步不停，逕自出了門，不給自己機會回應。

李的公司在一棟舊大樓內，外觀不怎麼討喜，可是一走進去就超新潮的，陳列著他們公司的各種宣傳活動，接待區一角還有一張軟軟的紫色沙發。櫃檯後的女人抬頭，露出笑容。

「嗨，」她說。「請問有什麼事？」

「嗨，我是潔思・芒特，」我說。「我是來面試的。」

算她厲害，明亮的笑臉絲毫沒有動搖，即便她知道我可能是來取代她的。

「好極了，請坐，潔思，」她說，比了比沙發。「要喝茶或是咖啡？」

我已經覺得低她一等了，而我才進來兩分鐘。

「呃，咖啡好了，謝謝。加奶不加糖。」

我坐在沙發上。一直等她從櫃檯後離開我才想起來為什麼要取代她。她的肚子比她的其他部位早出現幾秒鐘。平心而論，她的肚子隆起得挺漂亮的。我看過有的女人懷孕七個月就像是快爆炸的樣子。而且除了肚子之外，她仍然苗條。也很漂亮——及肩長的深棕色頭髮，化妝得很細緻，長腿。我注意到她還穿細跟高跟鞋，她一定不舒服透了。我突然想到要是我得到這份工作，那我懷孕時應該也是照常上班。我都快生了他們還會要我穿這樣嗎？我覺得到了這個階段，我是寧願穿我的一件式睡衣的。我敢說我的腳踝也會腫。媽說她懷我的時候腳踝就腫，而且她的腳也大了一號。她希望生下我之後就能恢復正常，結果並沒有，所以她就把所有的四號鞋都送給莎拉阿姨了。

接待員端著我的咖啡來了。我瞄了一眼她的腳踝，我覺得還好。

「謝謝，」我接過咖啡時說。「妳的腳到晚上一定痛得要命。我就沒辦法穿那種鞋子走路，而我都還沒懷孕呢。」

「我知道，這是公司規定。雖然沒有白紙黑字規定，可是有一天我穿平底鞋來，就看到別人臉色不對，有人還說了話。」

一定是卡爾，李是絕對不會的。

我的頭腦向前飛馳，開始把將來的動態時報上的每個點連接起來。等我請產假時，他們就得找別人來接替我，就跟他們對她一樣。大家可能會開玩笑說什麼妳只需要站在櫃檯後就能懷孕，或是自來水裡有東西。我會招呼那個過來應徵我的職位的年輕女郎。而從頭到尾我都知道除非我能扭轉命運，否則我就會在幾個月後死亡。

我啜飲咖啡，盡力不讓雙手發抖。又一個女人下樓來，後面跟著一名體格強健的高個子男人，一身灰色套裝，一定是卡爾。我看見他跟她握手。她經過時對我淡淡一笑。我回以笑容，覺得自己是個大混蛋。我正在跟老闆之一約會，她是得不到這個職位的。而她可能迫切需要這份工作。我希望等我需要人接替時她會再來應徵，到時我就不會覺得這麼混蛋了，因為我知道這份工作永遠都會是她的了。

「妳一定是潔思了，」灰套裝男說。「卡爾．沃克。幸會幸會。我聽說了妳不少的事。」他伸出手，還對我眨眼睛。我很好奇李都說了我什麼，他是否跟他說了我跟他上床。一想到卡爾知道這種事，我就覺得很討厭。我根本就不應該同意來應徵的。我現在應該是跟莎蒂一塊搭火車去上班，我不應該假裝成不是自己的人。但是現在變卦太遲了，要是我到這時候才打退堂鼓，李會對我失望。我會害他沒面子，他就有甩掉我的每一個理由。於是我站了起來。

「嗨，幸會，」我說，與他握手。他握住我的手的時間似乎過長了些。

「那我們就開始吧。妳先請。」我發誓我上樓梯時，他的眼睛盯著我的屁股。我很自覺裙子有多緊，上衣有多透明。我希望能知道男人在上班時會談論多少私事，我把共度週末的事告訴莎蒂，李是否也告訴了卡爾？我覺得好髒，像個娼妓，只想趕緊面試完，衝回家去洗澡。

我在樓梯頂的平台停下，讓卡爾先過去，他走過時擦過了我的身體。我很不願意去想他是故意的，可是我很確定他就是故意的。

「進來，請坐，」他說，扶著左邊的一扇門。我進了辦公室，辦公室滿大的，辦公桌後有一張黑色旋轉椅。我在桌前的椅子上坐下，雙腿交叉，仍很詫異看見雙腿裸露出來，而不是穿著內搭褲。

我抬起頭，發現卡爾也盯著我的大腿。

「很不錯，妳的服裝很合宜。我們總希望前檯的人員能夠注意儀容，讓客戶高興。」他又眨眼，重重地坐下。我盡量不讓臉上露出他讓我想吐的表情。

「好，多謝妳的履歷表，」他說。

我是昨天弄的，網路上有現成的樣本，希望專業的設計能彌補貧乏的內容——不過我稍微潤飾了一下。

「嗯，潔思，妳是在購物中心的電影院接待部服務啊。」

「對。我處理網路、電話訂票以及一般的接待工作。我們只是一家小型電影院，不能跟大型的多廳院影城相比，可是我們喜歡提供個人化的、友善的服務。」

我也讀了一篇網上的文章，學到如何在面試時吹噓。顯然重點就在於按對鍵。從卡爾的表情來看，我成功了。

「沒錯沒錯。像我們這樣的小型公司最重要的就是讓客戶以及有可能的客戶一進門就感到受歡迎。」

「那，我一定會確定他們覺得受歡迎。我喜歡讓別人自在，讓他們覺得舒服，等他們見到你們，他們已經對公司有非常正面的看法了。」

卡爾在微笑，而且不停地偷瞄我的胸脯。我會得到這份工作，無論我自己想不想要。我的將來以高速向我飛來，我可能會被撞個四腳朝天。我分不清我是因為興奮而頭暈眼花，抑或是我真的要吐了。

後來我換上了我一般的上班服裝，面試裝安全地塞進了休息室，正在分類刀具，就收到了李的簡訊。

恭喜。卡爾神魂顛倒。妳錄取了。明天我帶妳去午餐慶祝如何？

我成功了。我得到了我要的東西，我只希望我能稍微開心一點。莎蒂走入廚房。我有兩個選擇：現在告訴她，一了百了；或是盡量拖延，一個人瞎操心，擔心她發覺後會說什麼。說真的，根本就談不上是選擇。

「嘿，」我說，「有時間嗎？」

「當然有啊，」她說，微微蹙眉。我把她領出廚房，走到走廊另一邊，先檢查是否有人在附近。

「我，呃，我找到了新工作，」我說。

「嗄？」

「我午餐時去面試，我錄取了。」

她瞪著我，一臉的難以置信。

「哪裡？做什麼的？」

「李的公司。當接待員。」

她拉長臉，昂起了鼻子。「妳為什麼會想去應徵？」

「這樣我才能見到李。要是我待在這裡，我們要怎麼見面？」

「去妳的，潔思。」

「什麼？」

「妳讓他主宰了妳的全部人生了。」

我瞪著她。我覺得這還是我頭一次看見她吃醋，所以她才會說話這麼毒，說一些完全不是真心的話。

「我才沒有！他們剛好缺人，我就去應徵了。根本就不是李給我面試的。」

「可是妳如果不是在跟他約會，妳根本就不會去面試。」

「對，我可能不會。可是如果我沒有跟他約會，我就不會受夠了值晚班，根本見不到他，對不對？」

莎蒂搖頭。「所以妳就要為了他丟掉這份工作？」

「唉唷，這裡也沒有多理想好嗎。」

「我們做得很開心吧？」

「對，可並不見得我就得後半輩子都耗在這裡吧？唉，我只是幫請產假的人代班，要是我不喜歡，隨時都可以回來。」

「搞了半天那個工作還是暫時的？」

「對。可是李覺得目前的接待員產後不會再回來了。」

「妳總是說妳受不了在辦公室裡工作。」

莎蒂泫然欲泣，我覺得這樣對她好卑鄙，可是我看不出還有什麼別的辦法。除非是我不再跟李見面了。

我聳聳肩。「我需要一份朝九晚五的工作，就是這麼簡單。」

莎蒂搖頭。「那我們呢？」

「什麼意思？」

「如果妳白天上班，晚上跟他見面，我們兩個要幾時見面？」

「我們可以週末在一起啊。」

「別笨了，妳會忙著跟大情聖上床，哪有時間。」

我別開臉。「莎蒂，拜託妳別這樣。」

「不然妳要我怎樣？」

「我知道這太突然了，可是我以為妳至少會為我高興。」

「妳像這樣出賣自己，要我怎麼高興得起來？」

我的皮膚刺痛，她現在太過分了。「妳太超過了。」

「怎樣？因為我說了實話嗎？妳從來都不想當接待員，妳從來都不想要朝九晚五，妳也從來都不想要小鳥依人，乖乖聽男朋友的指揮。」

我想回嘴，可是喉嚨像被什麼東西堵住，所以我只是一轉身朝洗手間而去。我不相信莎蒂會這麼說。根本就不是真的，她是因為嫉妒。她認為李把我從她身邊搶走，所以她才會發脾氣，說蠢話。

我關上了廁所門，倚著門，一再地告訴自己我做的事是對的。可惜不管用，於是我掏出手機，上了臉書。爸又貼了一張哈里遜的相片，說他為了媽咪很勇敢。我用頭抵著門，哭了起來。

私訊

莎蒂・沃爾德

03/08/2017 11:20pm

他們不肯聽，潔思。他們說他們會聽，可是他們甚至沒要我做正式的筆錄，只是一直點頭，記下細節，說他們如果需要更多資訊會跟我聯絡。

我一直希望他們會延後葬禮，可是沒有。他們把妳連同證據都埋葬了，留下我一個人站在那兒，嚎啕大哭，想要對其他那些嚎啕大哭的人大吼，說他們根本連一半的真相都不知道，說這壓根就不是意外。他們看到的、聽到的都是假的。我甚至無法看著妳爸，他真的是傷痛欲絕。

李卻不是。整個葬禮上李大概是唯一能自持的人。大家都說他仍然因為震驚而恍惚，其實不是，我知道。他會恍惚是因為他居然能夠逍遙法外。

第二部

潔思

二〇一六年三月四日週五

我仍然想不通莎蒂居然會認為是李殺了我，簡直是胡說八道。我還以為我才是那個心理有問題的呢。我想來想去只有一個結論：嫉妒。只可能是這個原因，她平常是一個頭腦非常冷靜的人。可是，話說回來，我說我要離職，她的反應就太過激烈了。而且這個月來她對我極其冷淡。她怪李把我搶走，而在不知不覺間，她讓這種想法生根發芽，居然真的相信是李殺了我。

我一直想讓她明白問題是出在她的身上，而不是李。她顯然是覺得被拋棄了。我建議她也去應徵別的工作，可是她不想聽。真可惜，因為如果她繼續待在電影院，少了我，這份怨毒就會化膿惡化。我得想個辦法讓她恢復理智，等我走了就來不及了。你愛的人死了，你就沒辦法清楚地思考，沒有人比我更了解這一點。我現在就需要防患於未然。

稍後我到了月台上，發現莎蒂已經到了。「嘿，」我說。

「嗨，」她說，毫不掩飾她的情緒。今天是我在電影院工作的最後一天，我們一塊搭火車的最後一天。感覺像是一個時代的結束。感覺詭異得要命。我們兩個一起經歷過風風雨雨，等到今天結束，就不會再有潔莎蒂了。她不會再回來，我已經知道了。我只是希望能夠在陽光中結束，而不是這種陰霾恐怖的氣氛。

「妳對離職的事改變主意了嗎？是的話還有時間能安排，」莎蒂說。

「沒有，謝謝。我不想驚動大家。再說，下班後我要跟李見面。」

她扮鬼臉，看著地面，左腳沿著一條想像的線摩擦。

「妳為什麼不給他一點機會，莎蒂？」

「什麼機會？我們不可能會變成閨蜜吧？」

「妳怎麼知道，妳又沒有好好認識他。」

我知道這也是我的錯。我跟李見面的次數太少了，所以每次見面都不想有第三者。我也跟李提過讓莎蒂一道來喝一杯，可是說真的，李似乎也不怎麼熱衷。

「我想我們可能合不來，」莎蒂說。「我們沒有什麼共同點。」

「我就是共同點啊。」

「所以是要我們整晚都談妳嘍？」

「嘿，下班後跟我們去喝一杯嘛。」

她並沒有立刻回答。「我會考慮，好嗎？」

我猜我也只能將就了。

「那妳不後悔離職了？」她問。

「對，我需要這麼做。」

「等妳連續七天早晨都得七點起床，妳就不會這麼說了。」

「也許吧，」我說。「可是我有幾天會住在李那裡，這樣會比較輕鬆。」

「妳爸沒意見嗎？」

輪到我低頭看地面了。「他會習慣的，」我說，希望的成分比較大。

「那，我們幾時要見面？」

「午休時間。只要妳不介意早一點上班。」

「妳請客嗎？」她的臉上總算出現了一絲像笑意的表情。

「也許。」

「不過還是不一樣，對吧？」

「對，」我說。「可是不一樣不見得就等於不好，只是事情有了改變。」

火車進站，莎蒂別開臉。上車後我在她對面坐下，她仍然在拭淚。

從里茲車站走去上班，我們沒說什麼，沒有什麼話可說了。一到電影院，莎蒂就把東西丟下，走進廚房去忙。她通常可沒有這麼勤奮。

「哈囉，甜姐，」亞德利恩說，走進休息室，給了我一個擁抱。「我不敢相信這是妳的最後一天。」

「我知道。我還是會來這裡看電影的，你想擺脫我可沒那麼容易。」

「啊，那妳可千萬不要把爆米花撒出來。妳也許是個明豔動人的接待員，可是我知道妳有多笨手笨腳。」

我用力捅他的肋骨，說不出話來，只是走出休息室，立刻就在走廊上和妮娜迎面相逢。

「別因為是最後一天就偷懶，知道嗎？」她說。我聽不出她是不是在開玩笑。

「等我走了妳一定會很想我，」我說，然後邁步走開了。

那晚我跟莎蒂一起走出大門，李就站在外面。她要留下來喝杯酒，我還沒跟李說她也一起去。我覺得用臨時起意這樣的藉口比較好。

「嘿，當個有空閒的女人感覺如何？」他上前來吻我。

「只是一個週末，」我答道。

「那只是妳這麼認為。」他單手插入外套口袋中，掏出一個信封，交給了我。

「什麼東西？」我問。

「打開來看就知道了。」

我看著他，再看看莎蒂，她落在我後方。

「抱歉，這是莎蒂，」我跟他說。「莎蒂，他是李。」

「嗨，」李說，亮出笑容，隨即筆直看著我。我打開了信封，抽出兩張票。我愣了愣才明白這是飛往義大利的機票，又一分鐘才注意到日期是明天。

「我的天啊。我們要去度週末嗎？」

「其實是一整個星期。」

「我不懂。那工作怎麼辦？」

「我找了個派遣工來代班。覺得妳應該要在上班之前好好度個假。所以去威尼斯一星期——只要妳能忍受我那麼久。」

我站在那兒瞪著他。他為我這麼做。貼心地想到了，又安排好一切，還付了錢。從來沒有人為我這麼做過。如果跟他在一起都像這樣子，那我真巴不得快點開始了。

「我終於讓妳啞口無言了嗎？」李問道。

「我不敢相信，」我終於說，衝上前去摟抱他。「太謝謝你了！」

「不客氣。我現在就送妳回家，讓妳收拾行李，然後我再帶妳回我家，明天我們才能到里茲布拉德福機場趕八點半的班機。」

「哇，太棒了。太謝謝你了。」

我突然想起了莎蒂仍站在我後面，等著要跟我去喝一杯送別酒。我向後轉。「真對不起，」我說。「我一點也不知道這件事。」

「沒關係，」她說。「妳去吧，妳還有事要做。」

我看著她，想弄清她是真心的，抑或只是口頭上客氣。

「妳要搭便車嗎？我相信李是不會介意的。」

「不了，你們兩個自己走吧，」她說。「我去搭火車，我不想當電燈泡。」

她掩飾得很好，但我仍聽出了她的怨恨。將來有一天她會想起這件事，想起李總是介入我們之間，總是破壞一切。而她怨恨他的種子可能就在此刻播撒入土，而我卻無能為力。她親眼看見他做出了這麼有意義的表示，她卻仍不能為我開心。

「好吧。」我聳聳肩。

「那，等妳度假回來再見嘍。好好玩吧。」

「謝謝，」我說，儘管她說得咬牙切齒。她邁開步伐，我跟在她後面。「莎蒂，起碼為我開心嘛。」

「我有啊，」她說。「妳跟他媽的灰姑娘。」

我讓她走，回想著我們以前都會一起玩《麻雀變鳳凰》的那一幕，過了一會兒才轉身面向李。

「她是怎麼回事？」李問。

「大概是很難接受她被丟在後面吧。」

「喔。我們該走了，不到十二個小時我們就得趕飛機了。」

我握住他的手，跟他一塊走。走向一個不再讓我害怕的未來。因為只要我跟這個男人在一起，什麼也傷不了我。什麼也傷不了。

我們在我家外面停車。我知道應該要請李進來，可是我還是沒辦法。我彷彿是在害怕如果我請他踏入了我的真實生活，泡沫就會破滅，而且我的馬車就會變回南瓜。

「我會盡快，」我說，一面解開安全帶。

「好。記住，別帶太多東西。手邊沒有的東西，到那裡我幫妳買。行李箱別塞太滿。」

「謝謝，」我說，這才下車，關上了車門。或許莎蒂說得對——或許這種事是不會發生在我這樣的人身上的。至少不會是在真實的生活中。我忽而想到臉書貼文可能跟她有關。畢竟第一則來自於她，而且是從我跟李相遇的那天開始的。我幾乎是這種想法一浮現就自我厭惡，因為我知道她是不會這樣對我的，不會這麼殘忍。尤其是因為她知道我有過什麼樣的經歷。

我進了家門。爸在給自己煮義式咖啡。

「哈囉，」他說。「沒想到妳這麼早，妳不是有個餞別會。」

「對，」我說。「計畫改變了。」

「喔？」

我沒辦法忍住臉上漾開的笑容。「李要帶我到威尼斯去度假，我們明早就要飛去。我只是回家來收拾行李的，然後我就要到他家去了。我們得一大早就出門。」

「哇，」爸說，把熱騰騰的杯子從機器拿出來。「有點突然欸。」

「這是他送我的離職禮物。他找了個派遣工來代一星期的班。」

「妳要去一個星期？」

「對。他已經訂好飯店了。」

「可是妳跟他又不算熟。」

我感覺到大頭針刺破了我的氣球，空氣開始向外漏。「天啊，別又來了，爸。」

「他總不能指望妳就這樣跟他走吧，還有事情得考慮啊。」

「什麼事？」

「比方說這麼做是不是夠理性。」

「理性？」我瞪著他，不太相信自己的耳朵。「我幾時又理性過了？我不想要理性。我想要隨興所至，我想要刺激，就是這樣。好了，我先告退，我還得收拾行李呢。我不想讓李等太久。」

「他在外面？」

「對。」

「妳應該請他進來的。」

「你剛剛的表現剛好證明了我沒請他進來是對的。」

他的表情像玻璃一樣碎了一地。我匆匆上樓，盡量不去想我丟在後面的這亂七八糟的一團。

我把行李箱從床底下拖出來，去年夏末之後就沒用過了，那次我跟莎蒂到阿姆斯特丹度了一個長週末。我們是搭火車去的，其實我們也沒有別的選擇。我不敢冒險上飛機，再崩潰一次。這時我猛然驚覺明天我得跟李搭飛機，我得在整趟航程中把持住自己，絕對必要，因為我不想讓他知道我的過去。我不想再當那個潔思·芒特，所以我需要把她的過去隨她一塊埋葬。

我打開衣櫃。我完全不清楚威尼斯的人都穿什麼，可是我滿確定衣櫃裡唯一適合的服裝是那件晚禮服、那件芥末黃連身裙以及李買給我的靴子。我把這些都裝到行李箱裡，再加上兩條緊身牛仔褲、黑色內搭褲和幾件長襯衫。我把最好的內衣褲塞進去，外加幾條短褲和小可愛，再衝進浴室裡，清空了櫃子裡一半的東西。我抓起化妝包，回房間去再快速瀏覽一遍，看見了媽的鞋子，仍然在我的衣櫃底部。我知道應該先問過爸，真的，可是我很肯定他會說好，所以我就穿上了，關上了行李箱。

我急忙下樓。爸坐在廚房裡，似乎接受了我要出遠門這件事。

「妳東西都帶齊了嗎？」他問。

「對，應該是。」

「護照呢？」

我呻吟一聲，跑回樓上，在五斗櫃裡亂翻，終於找到了。

「謝謝，」我回到樓下後說。「你救了我的命。」話一出口我才明白自己說了什麼，恨得我用力咬住嘴唇。

「聽著，」他說，站了起來，「我很抱歉發了火。我只是擔心妳。」

「我知道。可是你得放輕鬆一點，讓我過我的人生。」

「我會盡量。」

「那我得到玩樂的許可了嗎？」

「當然。」

「好。因為我打算好好玩。」

「只要妳允許我為妳擔心，因為我會擔心，無論妳喜不喜歡。」

「我沒事的。我會享受一生中最快樂的時光。」

爸點頭，上前來，我知道他是要擁抱我，而我得非常努力才能把他在我的葬禮上哭泣的畫面從腦海中抹去。

「到了以後傳簡訊給我，」他說。擁抱隨即送到。我用力吸氣，不想讓快忍不住的哽咽溜出口。

「我得走了，」我說。

「好。我幫妳把行李提出去，見見妳的這位年輕人。」

我猶豫了。我實在不想讓他在此時此刻介入，破壞了魔法。可是我也知道我不想在我們之間留下一個僵局，自己跑去度假。

「好，」我說。我跟著爸到屋外。李看見我們就下了車，向前幾步。

「嗨，芒特先生，」他說，伸出了手。「我是李，很高興認識你。」

爸用力跟他握手。「我也是。叫我喬吧。」

「好。」

我們彆扭地站在人行道上一會兒。

「去義大利倒是個不錯的選擇，」爸說。

「選那裡絕不會錯，對吧？你的親戚在哪裡呢？」

「南部，那不勒斯附近。可以的話我們就會去看他們。」

事實是我年紀較小時我們暑假大半時間都去那裡度假，可是媽過世後的那個夏天我沒辦法坐飛機，之後也只去過兩次。部分是因為坐火車來回實在是太倉促了。

我看著爸。從他的表情我看得出他突然也想到了搭飛機的事。

「妳可以——」

「可以，」我立刻就說。「我們應該走了。」

「對，」爸說。「那，祝你們兩個玩得開心。」

「我們會的，」李說。「還有，別擔心。我會仔細照顧好你的女兒的。」

爸點頭，似乎是放心了。我們坐進汽車裡，李發動了引擎。車子移動，我向爸揮手。

「他像個很好的人，」李說。

「對，他是好人。而且你很懂得怎麼讓女孩子的父親放心，我覺得他喜歡你。」

「那是因為我沒跟他說我打算每天都要蹂躪妳。」

「不說大概是對的。」

「我也會帶妳去觀光，」他說。「有空檔的話。」

「希望如此。我們不能沒拍照，不然大家就會知道我們在幹什麼了。」

我的手機響了，是爸的簡訊。

我喜歡他。我覺得妳媽也會喜歡。玩得愉快。愛妳XX

他總是這樣——代他們兩個人放上一個吻，彷彿媽仍在。我看著窗外，一顆淚珠落了下來。

私訊

喬・芒特

04/09/2017 7:11am

昨晚我去了妳的墳地，我帶了把鏟子，因為我決定了，我受不了了，我要把妳挖出來，才能讓妳陪著我。我瘋了，我知道。可是妳以前跟我說過，戀愛了就會做瘋事，而我仍然愛著妳，潔思。我從助產士的助聽器聽見妳的心跳的那一刻起就愛著妳，從透過妳媽咪的肚皮感覺到妳踢我的那一刻起，從妳呱呱墜地，使盡吃奶的力氣大哭的那一刻起，而我得屏住呼吸，因為我當下就知道妳會是我生命中最重要的人。

所以我帶了鏟子。妳八成不記得我有鏟子，我一直放在後院的工具棚裡，一向都用它來鏟雪。我不記得幾時用鏟子挖過土，可是我總覺得男人就應該要有一把鏟子。

我把鏟子放進汽車裡。抵達之後，我把鏟子帶到妳的墳上。天很黑，半夜兩點（我最近都睡不好），所以我不怕會有人看見，這個時間甚至不會有人出來遛狗。我就站在那兒，一腳踩著鏟子，準備挖土。我挖破了表層，然後像鬼上身似地挖了幾分鐘，可是冷不防間，我知道我不能這麼做。我不想傷害妳，潔思。我幫妳買了可以自然分解的柳木棺，因為妳一向喜歡柳樹，而我忽地想到要是我一路挖到妳的棺木，我可能會不小心把棺材挖破。棺材現在可能已經腐爛了，那就沒有東西能保護妳了。也可能棺木太軟，我的鏟子會把整個棺材打穿。我沒辦法讓自己傷害妳，潔思。我不能冒這個險，無論我有多想把妳帶回來，有多想再跟妳貼近。

我丟下了鏟子，倒在旁邊那堆土上，哭了起來。哭得放肆，連在妳的葬禮上我都沒這樣哭。因為我想妳，潔思，我想念妳的程度連妳都不會相信。而就在這一刻，我頓悟到我是再也喚不回妳了。妳母親過世時我就很痛苦，痛入了骨髓，可是因為有妳，我熬了過來。可是現在沒有了妳，似乎也沒有意義了。我好像是在為妳們兩個服喪。所以我坐在妳們母女倆的墳墓之間，跟妳們說話。說我能記得的妳們兩個的一點一滴。我一直坐到黎明，第一個遛狗人出現時我仍在。一隻可卡犬跑過來舔我的臉。

飼主跑過來道歉，問我是否沒事。他大概以為我是什麼危險人物，早晨七點帶著鏟子坐在墓地。我只是看他一眼，點點頭。他點頭回禮，雖然他看得出我不好。他轉身離開，呼叫狗跟上。

然後我回家了，潔思。我把鏟子放回工具棚，我可能再也不會使用了。連鏟雪都不會。因為每次我看著鏟子，我就會想到妳，以及我再也見不著妳了。

潔思

二〇一六年三月五日週六

我站在里茲布拉德福機場的廁所裡，讀爸的貼文，淚珠潸然滾落。我的爸爸。那個理性明智，一輩子沒做過出格的事的人。現在卻半夜三更帶著鏟子想把我挖出來。我的死顯然讓他瀕臨崩潰邊緣，他最後可能會神智失常。我是說，這已經超過了一般人的忍受範圍了，不是嗎？先失去妻子，然後是女兒。而且他再也沒有人可以說話，他沒有朋友，至少沒有能夠歸類為朋友的人。只有男性友人，也就是說只是工作上的同事，他從來不跟他們交誼，也不打電話給他們。在這世上他僅有的親人就是哈里遜，而他又太小，跟他說了也沒用。而且孩子由李和安琪拉照顧，我甚至不確定爸是否能看得到他。一想到由安琪拉扶養我的孩子，我就不舒服。我不要他過這樣的人生。可既然我不在了，我恐怕也是有心無力。

我搖頭，收起手機。我現在沒辦法應付這個。李在外頭等，可能在怪我在廁所裡磨蹭什麼。我用衛生紙擤鼻子，擦乾眼淚，走了出去。洗手台上方的鏡子照出了一個氣色很差的我。

我真笨，上飛機前看臉書，簡直是笨得無可救藥。我的男朋友正要把我拐去度這一生最美好的假期，我卻站在廁所裡，一臉悽慘。我往眼睛潑水，拿出化妝包，盡力修補。

等我出去後，李正倚著牆。

「嘿，」他說，抬起頭來。「沒事吧？」

這個問題表示他沒起疑心。

「沒事，只是在練習深呼吸。我有一陣子沒搭飛機了，起飛前有點緊張。」

這麼說比較好。我是說，許多人都有飛行恐懼症，不算什麼大事。

「嘿，妳怎麼不早說，」他說，兩條胳膊包住了我。「我會全程握著妳的手。再說飛行時間很短，剛上去就到了。不過中途會在阿姆斯特丹暫停。」

他吻了我的額頭。我到現在才知道原來不是直飛的班機，我的胃又揪成了一團。我握起拳頭，不讓他看見我的手在發抖。

「等飛上天我就沒事了。我不習慣的是起飛和降落。」

「那我會竭盡所能分散妳的注意力。」

他握住我的手，帶我到離境大廳。我們的行李已經託運了，別的乘客大都是年長的夫婦，可能是想藉由到這個數一數二的浪漫城市旅遊來重燃愛火。媽有次跟我說等妳年紀大了，就會一直愛慕年輕人，不過那時妳可以放膽看他們，因為他們是不會看妳的。

我捏了捏李的手，依偎著他。要是由大衛·艾登堡[7]來旁白，他會說這是女性在讓大家知道這名男性已經名草有主了，不准再靠近。

「沒事的，」李跟我耳語。而我相信他。

還不錯，不算太好，但也差強人意了。我覺得我表現得就像一般的緊張乘客，而不是一個瀕臨徹底失控的女人。而我能夠不嚇破膽的唯一方式是想著哈里遜。我知道我不會死在這趟飛行上，因為要是我死了，哈里遜就不會存在了。而他確實存在。我見過他的相片，所以我能夠說服自己我一定能平安飛往威尼斯，並且平安返回。

而且李也遵守承諾，在起飛與降落時吻我。我很確定別人看見了，並且竊竊私語，可是我才不甩他們。

我解開安全帶，吐出一口長氣。

「沒那麼可怕，對吧？」李問。

「對，多虧了你。」

「妳想要的話，我可以取消回程的飛機，我們可以搭火車回家。」

「別笨了，我沒事的。」

「好。我只是不想害妳擔心。我要妳享受假期的每一秒。」

「我會的，我保證。」

我們從機場搭水上公車，橘線的。李似乎對我們的去向非常有把握，不用停下來問路，也不需要看地圖。他之前一定來過，而我忍不住猜測是跟誰來。顯然在我之前他還有女朋友，我覺得一定是不少個。你不可能長得這麼帥卻一個人來度假。我很好奇他帶多少個來威尼斯，因為儘管

❼ 大衛・艾登堡（David Attenborough, 1926-），BBC著名的自然科學節目主持人。六十年來製作的大自然紀錄片備受讚譽。

我很想要自認是第一個，我還沒笨到會這麼想。

我挑了最靠窗的位子，凝視著運河兩邊的舊建築。李一條胳膊搭在我肩上。

「這裡就是大運河，這一段有點難看，不過越往市中心就會越漂亮。」

「這裡已經比星期一早晨的里茲市郊要漂亮了。你來過幾次了？」

「喔，好幾次了。這裡是我最喜歡的地方之一。」

說不定他每一任的女朋友都帶來過這裡。可能是某種的入門測試，就像《麻雀變鳳凰》裡李察·吉爾帶茱莉亞·羅勃茲去聽歌劇。也許我該評論一下建築物，或是此地的歷史。也許，就像電影，只要像第一次的遊客一樣靜靜欣賞就夠了。

「我已經愛上這裡了。」

「好。我們在這裡的時候什麼都不會放過。把每一分錢都花掉。」

我含笑望著他，把頭靠在他的肩上。我猜，如果我真的要死，起碼應該要感謝上天讓我死得快樂。

「下一站下船，」李過一會兒說。他提起我們的行李箱，向我伸出一隻手，幫助我走下水上公車。我忍不住發抖。

「第一件事就是幫妳買一件大衣，」李說。「我說過會冷。」

「我知道，我只是沒想到會比里茲還冷。」

「放心好了，」他說。「飯店走路五分鐘就到了。」

他帶著我走，我們向左轉，再通過一條小橋，然後又右轉。

「到了，」李說，指著對街。一名穿制服的門房以義大利語招呼我們，喚來腳夫幫我們提行李。我聽見李跟他說我們住的是尊榮套房，我跟著他走入接待大廳，那兒擺了一架大鋼琴，氣派得不得了。我這個鄉巴佬差一點連下巴都合不攏。

我的靴子在大理石地面上吱吱輕響。我看著李，他微笑，握住我的手。「妳還沒看到房間呢，」他低聲說。

接待櫃檯的女人向我們微笑，李報出了姓名。幾分鐘後，腳夫回來了，領我們爬了一段樓梯，打開了一扇木門。李伸出一臂，讓我先進去。我跨了進去，第一眼看到的是正中央一張圓形大床，披著白色床單，散置著金色抱枕，上方低低的掛著一個紅色燈罩。天花板露出深色的木椽。床鋪後的牆壁漆上斑駁的金黃色，空空的金色相框點綴其間。大理石地板的另一邊是華麗的金邊玻璃門，門外是陽台，可以俯瞰運河。

「我的天，」我低聲說。「這是真的嗎？」

「對，這是妳這個星期的家。」

「哇，我能住 Travelodge 就很開心了。」

「嗯，妳值得更好的。」李莞爾。「再說了，如果妳是第一次到威尼斯來，妳就得要玩得有風格。」

腳夫離開了，當然是在李給他小費之後。

我注意到桌上的 iPad。「這裡如果是里茲，不到五分鐘就會有人把這個偷走，」我說。

「他們是有我的地址的，記得嗎，」李說。「再說，這星期不需要那個。這是個沒有電腦、沒有手機的假期，記得嗎？」

他在飛機上就跟我說他度假只有這一條規則。我同意了。說真的，沒手機我還能稍微鬆口氣。

「對，我的手機已經關掉了。」

「好。」李在床上坐下，拍了拍床鋪。「來，該放輕鬆了。」

「你說要帶我去觀光的。」

「第一天下午可不要。」

我笑著坐在他旁邊。他握住了我的左腳，把靴子脫掉，接著是右腳，然後就開始吻我。

「我從來沒在圓形床鋪上做過，」我低聲說。「我可能會掉下去。」

「那我會跟妳一塊掉下去。」他吻我的頸子，動手解我的襯衫鈕釦。他的眼中又出現了那種激切。我們快做愛之前他總是那樣看著我，我不在乎他是否也以同樣的目光看別的女朋友，甚至是那些他帶來此地的女朋友。我只在乎在我與他廝守的短短時光中，他都會這樣子看我。

他把我的襯衫脫掉，低頭吻我的小腹，一手在我的腿間揉搓。我抬起臀部，讓他剝掉我的內搭褲。他以牙齒拉扯我的丁字褲，我失聲而笑，幫著他把底褲脫掉。我伸手要脫他的T恤，他卻搖頭。

「別這麼快，」他說。「我還沒看夠妳呢。」他讓我稍坐起來，解開我的胸罩，隨手扔在地板上，再把我放平，分開了我的腿。他繞過床鋪，一面脫掉T恤、長褲和四角內褲。

「讓妳自己高潮，」他低聲說。

一開始我踟躕不前，後來我一隻手向下，照他的話做，意識到他的眼神燒灼著我。他繼續繞圈，鼓勵我，等著我大聲呻吟，緊閉眼睛，他這才上床加入我。

「妳他媽的真浪，」也說，跨騎在我身上。「該我了。」

事後，我們躺在床上，身體膠合，渾身是汗，我感到一顆淚從眼角滴到他的肩上。

「嘿，怎麼了？」他問。

「沒事，」我搖著頭說。「只是有點情緒激動。」

「好，因為我愛妳。」

我用力吞嚥，努力忍住眼淚，但是淚水已經衝上了眼眶。我一直在等他說這句話。即便我知道我會嫁給他，為他生孩子，我仍然需要聽見這句話。

「我也愛你。」

「那就沒事了，」他低聲說。「我們誰也不欠誰。」

翌晨我們終於起床了，李讓飯店把早餐送進房間裡。我們都沐浴過，套上了浴袍，這時有人輕敲房門。

「進來，」李高聲說。我坐在床沿，一名年輕的女性走進來。她的黑髮綁成馬尾，紅唇有如玫瑰花蕾。她端著銅托盤，上頭有咖啡壺、杯碟、各式可頌。她的目光向下，筆直走向餐桌，正要把托盤放下，這時我看見她的目光飄向李，登時圓睜雙眼，倒抽了一口氣，托盤的一側脫手，咖啡杯掉了下去，在地板上砸破了。我聽見她以義大利語喃喃致歉，立刻又以英語說：「真抱歉。」

李大步朝她走去，我這時都還愣在床上呢。

「妳是怎麼回事？」他對她大吼。我看見她向陽台門退縮，顯然是嚇壞了。

「李，別這樣！」我對他喊，從床上跳下來，擋在兩人之間。女孩看著我，又看著李，這才拔腿逃走，淚水潸潸落下。直到此時我才抬頭看見李的臉，他的眼珠幽黑，比平常還要黑，眉毛緊緊擰成一線，呼吸短促粗重。

「你是在幹嘛？」我問，聲音就跟雙腿一樣抖。

「沒什麼，」他說。

「沒什麼是什麼意思？你對她吼叫，你把她嚇死了。」

他也嚇到了我。他現在就讓我害怕，一動不動站在那兒。他閉上眼睛，我聽見了深深的嘆息，他兩隻手抱住頭。

「我很抱歉，好嗎？我剛才失控了。」

「她只是弄掉了托盤，沒必要那麼兇。」我的心臟仍在狂跳。我不明白剛剛是怎麼回事。那不是我認識的李，他完全是反應過度。

他走向床鋪，重重坐下，仍然雙手抱頭。

「對不起，」他又說。「我知道是我反應過度。只是為了妳，我想要讓每個地方都完美，感覺好像被她破壞了。」

「我不在乎，就算她把三道菜的大餐掉在地上也沒關係。那是意外。我上班的時候就老是掉東西，誰也不會像你那樣對我大吼大叫。」

他放下了手，雙手向我伸展。我畏縮了一下，我不由自主。他瞪著我。我無法驅逐出腦海的，讓我驚魂不定的是她看見他時眼中閃過的認識眼神。她認識他，一定是。不然她怎麼會有那種反應？

「你……你是不是以前見過她？」我問。

李抬頭看我。「沒有，」他說得很尖利。

「那你以前住過這裡？」

「喂，我說了對不起。這件事就別提了，好嗎？」

他站起來，走入浴室。我的雙手仍在發抖。她以前見過他，我有八、九成的把握，可我不懂的是她看見他時為什麼那麼害怕，而他又為什麼有那樣的反應。李從浴室出來，我鼓起勇氣想說話，但又有人敲門，一名穿制服的男人送來了新杯子，還帶著畚箕和掃帚。他不住聲地道歉，置換杯子，掃除地上的破片。他要離開時，李也跟上去，我看見他伸手到掛在門後的外套口袋裡，掏出一些錢，再溜到門外，壓低聲音跟他說話。等李回來，他面帶微笑，表現得彷彿什麼事也沒發生過。

「好，」他說，「吃早餐。」他把咖啡壺的活塞向下壓，倒了咖啡，擺在床頭几上，再端著可頌盤爬上床。

我仍坐在那兒，無法移動。李把盤子遞給我，可是這一刻我一點胃口也沒有。

我們沉默了一兩分鐘。我想說話，卻又不想惹火他，或是讓他覺得我不相信他。

「喂，」他終於說。「服務生跟我說我讓那個女孩想起了前男友，而且還不是個好男友。所以她一看見我才會嚇到。」

「所以她以前沒見過你？」

「沒有。她只是以為她見過。」

我點頭，我想相信他，真的。我想要一切都回到從前的美好，我希望能夠把剛才的所見從腦海中拭去，可是沒那麼簡單。

「你為什麼給服務生錢？」

「買花送給那個女生。我本來是該親自送的，可是我不想再嚇到她。」

我點頭。覺得寬心了，我認為我認識的那個李又出現了。一定就是他說的那樣——只是天大的誤會。我覺得很慚愧，居然懷疑他。我拿起可頌，咬了一口。

李輕撫我的胳膊，一副心中的大石落地的表情。「那，」他說，「妳今天想去哪裡？」

我們去了聖馬可廣場。這裡不是我的第一選擇——坐貢多拉是，可是我總覺得現在的時機不對。況且，我想跟人群在一起，許許多多的人，我想聽見他們閒談，聞咖啡香，讓繁華熱鬧分散我的心神。我們在廣場中央找到了桌位，我從機場拿的旅遊指南說廣場中央的餐廳是最昂貴的，到廣場外的巷弄裡比較划算，可是李似乎不在乎。

他點了咖啡和兩片巧克力蛋糕。一隻鴿子落在我們的桌上，李把牠趕走，不過他的動作很輕柔。彷彿是不想太過驚嚇牠。很難相信同一個人兩個小時前還對女服務生吼叫。他越過桌面，握著我的手。侍者送上了我們的咖啡和蛋糕，李以義大利語道謝，捏了捏我的手。一切都很愉快，那一幕只是他一時失察。他真心希望這次的假期十全十美，我能感覺得到。而且我知道對某個東西太渴望有時候會讓你的行為古怪。我不該對他起疑的。我重重地吐了一口長氣。

「吃完了以後，」我說，「能不能爬到塔上？」

「妳想要什麼都可以，」李說。

這星期的往後幾天我們都沒再見到那個女生了，即使我們每天都把早餐叫到房間裡。我很好奇她是否在刻意迴避李。我記得有一次我看見凱倫在電影院等待點餐，那次是在我們分手後幾個月，我叫亞德利恩去幫他服務（亞德利恩說我甩了他甩得好，因為他的皮膚很差，而皮膚差顯然就等於個性不好）。

最後一天早晨，送早餐來的是那個事後幫她清理的男人。他把托盤擺在平常的地方。我發覺上面多了什麼：一個有把手的銀蓋，用來罩住食物的。我猜想李是否要他們為我們特別烹調什麼臨別美食。李走過去給他小費。

「好了，」李走回來後說。「大小姐今天想在哪裡用早餐？」

「你別想，我還是不要到外頭去，冷死了。」

「唉唷，這是最後的一次機會了欸。不然我幹嘛付錢住這種有陽台可以看見運河風光的房間？」

「好吧，就在外面吃。可是得吃快一點，以免咖啡涼掉。」

李微笑，打開了陽台的門，再把托盤端出去。我跟著他出去時才注意到桌上的花瓶裡插了一枝紅玫瑰，還有一小瓶香檳和兩只玻璃杯。

「你幾時準備的？」我問。

「唉，如果妳在浴室裡磨那麼久，那可能就會錯過什麼重要的事。」

我搖頭，對他微笑。

「請坐，」他說。我乖乖照辦。李走向桌子的另一頭，掀開了大銀蓋。底下是一個盒子。小小的紅色的方形盒子。我抬頭看他，不太相信。李微笑，拿起盒子，在陽台上單膝下跪，打開盒子，舉向我，露出了一枚訂婚戒指，單一的鑽石，鑲在辮子形的古雅金環上。

「潔思．芒特，我遇見過最瘋狂、最美麗、最性感、最風趣的女人，妳願意嫁給我嗎？」

我瞪著他。話未成聲先已淚下。李抬高我的下巴，拭掉一顆淚珠。「沒那麼慘吧？」

我失笑，搖頭。

「那麼妳的回答是？」我毫不遲疑。這是我一生中最重大的決定，而我知道該說什麼。有人說他們看見自己的未來寫在星斗間，我卻是在臉書上看見的。可能沒那麼浪漫，可至少你預知了將來的事，而你也準備好了答案。

「好，」我說。「答案是好。」

李輕嘆一聲，彷彿是真的放下了心，彷彿他不是那麼有把握。

「不然我還可能會說什麼？」我問，輕撫他的臉。

「誰知道，我想妳可能沒辦法百分之百確定。」

「你為我做了這麼多，」我說，朝桌子以及後面的房間揮手，「而你真的以為我還會說不？」

「我知道時間有點短。我以為妳可能會擔心妳爸會說什麼。」

我搖頭，眺望著運河一秒，不讓他看見新一輪的眼淚。我仍覺得自己像個騙子。或許我該把真相告訴他，讓他知道他要娶的是個什麼樣的人，由他來做決定。可是我不能，因為我不能冒險失去他。我需要他，哈里遜需要父親。

「既然找到了真命天子，」我說，一面轉過頭來，「那就沒必要再等了。」

「謝謝妳，」他說。「我沒辦法形容我有多快樂。」

「好。那我們是不是可以進去了，免得這個天氣把我的奶頭都凍掉了？」

李哈哈笑。「只等妳戴上這個，」他說，伸出了戒指。

「那就戴啊，」我說。「我來讓你效勞。」

他把戒指套進了我的手指，有一丁點大，但不至於鬆脫。

「我可以拿去調整，」他說。

「沒關係，」我說。「豈止沒關係，完美極了。」

我們進到室內，在床上喝香檳，然後最後一次做愛。這次不同。更悠然，更溫柔。而且更深刻。之後，我躺在他身邊，凝視著戒指，這才明白無法回頭了。這股力道催著我走向我的未來，我只能繫上安全帶，享受這趟旅程，祈禱在我這段完美人生徹底出錯之前，我能摸清楚彈射鈕在哪裡。

□

那天早晨稍後，李在浴室裡，我最後一次檢查行李，就在這時發現了那張字條，折好塞進了我的奶油色小可愛旁邊。上頭只有兩個黑字，寫得顫巍巍的：「小心。」

潔思

二〇〇八年七月

我坐著，直視我對面的女人。她是位教育心理學家，叫寶拉。她似乎人不壞，可是我不想跟她坐在這裡。我會來是因為學校出於「關切」而提起我，爸也說他覺得對我可能有幫助。我對他吼叫，說唯一能幫助我的事就是讓媽從門口走進來，讓這一切都只是恐怖的惡夢。

寶拉在說話，說明程序。她說了所有的「正確」的事，只不過對我來說不是正確的。那些話只會讓我迷惘不悅。等一下她就要開始說悲傷的五個階段了，好像我沒聽過似的。我想對她大吼，說我會用谷歌。我知道悲傷是沒有時間限制的，人人都以不同的速度處理悲傷。但是在現實生活中，才不是這樣的。大家會自己做決定，連跟你談話都不必，就判定你做得是否正確。

寶拉現在盯著我，我才明白輪到我說話了，雖然我不知道要說什麼。那，我就開口吧。

「上星期六，」我說，「我在等火車要去哈利法克斯，月台上有個傢伙只看了我一眼就說：『打起精神來，親愛的。也許不會發生呢。』我就說：『其實發生了。我媽得了大腸癌死了。』他馬上就閉嘴，走開了；我真希望能對每個人都這樣說，或是把這句話刻在額頭上，因為那樣大家就會了解壞事情真的會發生，而且會發生在每個人身上，發生在隨便哪個時候。我可能今天晚上走路回家，被公車撞死。汽車有時候會開上人行道，把人撞死。報紙上說有個人真的這樣死了，司機那時在換CD。

「火車相撞也會死人——不是很常發生，可是也會發生。通常都是末節車廂。我是讀調查結果知道的。光是去上學、去上班就可能會害死你。

「我的一個老師住院了，她從樓梯上摔下來，摔斷了背。沒有人告訴你不要走樓梯，對吧？沒有人說很危險，你最好要小心，去裝個他媽的樓梯升降機，即使你才二十幾歲。所以每件事都有危險，就連下樓梯都是。就算你是隱士，不出門，你也可能會從樓梯上摔下來死掉。

「我不在乎有人爬聖母峰死掉，或是搭什麼小橡皮艇橫渡大西洋死掉，他們知道有風險，也甘願冒險。他們是專門找刺激的人，對那種事有癮頭。他們可能在空閒的時候去高空彈跳，只為了好玩。

「對，讓我覺得難過的人是那些不做蠢事的。莫名其妙對黃蜂過敏，被蜂螫死了。被掉下來的招牌砸死了。在高速公路開車，結果有個白痴從天橋上丟磚頭。

「可是每次我說這些事，大家就說我在胡說八道。其實真正荒唐的是那些兩手摀住耳朵，假裝這些事不會發生的人。

「而且在妳說以前，這樣並不是病態，對吧？只是會發生的事，可是大家就是不想談，甚至連想都不願去想，因為他們會害怕，所以他們就讓四周的人都戴上快樂的面具，談一些愉快的事，因為那樣才不可怕。哼，我寧可害怕也不要當笨蛋，而且我覺得其他人都應該要害怕。如果這樣就讓我被看成是怪人，那也無所謂。」

我看著寶拉，她點頭，寫了什麼。我忍不住想，她是否也認為我沒有處理我的悲傷。

安琪拉

二〇一六年三月十三日週日

他們尚未抵達我就有了預感。我是說，威尼斯是那麼浪漫的城市，不是嗎？我沒去過——賽門不浪漫，也不愛文化——可是據我的所見所聞，那裡是最理想的地點。

即使是從她下車的姿態，我都能看出她覺得很特別。她不再是什麼傻丫頭了——她是女人了。而且看得出來。

我去門口迎接他倆，盡量不動聲色，不在他們進門時低頭看她的左手。可是他們幾乎是迫不及待要告訴我，兩人都太飄飄然了。

李牽住她的手，舉起來讓我看。「我們有好消息，」他說。

我讓一直在底層沸騰的泡沫衝上表面，輪流擁抱李和潔思。

「喔，太棒了！恭喜！我太為你們兩個高興了。我有預感，你知道，上次你們來的時候，我就覺得快了。」

我看著潔思。她抬頭看李，頭髮落在臉上，但我仍看得出她的愛有多濃，一哩外都看得見。

「來，讓我好好看一看，親愛的，」我說，向她伸出了手。我一看見戒指就倒抽一口氣。真的好美，高雅低調，但絕不便宜。

「太美了，」我說。「我很開心他這麼有品味。」

「怎麼這樣說？他們只剩這一枚五十鎊以下的戒指了，」李說。

我們都笑了。我催著他們進廚房。

「真希望你先知會我一聲，李。要是我早知道，我就會準備一瓶香檳。現在我恐怕只有白酒了。」

「白酒好。我們昨天早餐就喝過香檳了，對不對？」他說，轉向潔思。

「嗯，我很高興你們懂得怎麼慶祝，」我說。「坐下來，把經過都告訴我。你在哪兒求婚的？」

「飯店陽台。」

「我還以為你會選貢多拉呢，」我說，看著李。

「不行，那有點庸俗，不是嗎？」

「會嗎？」

「會。我不想落入網路上那些觀光求婚的窠臼，我要它是個人的事情。再說，要在貢多拉上單膝下跪可不容易呢。」

「不過他還是帶妳去坐了吧？」我問潔思。

「喔，有。船夫真的很風趣，一直做奇怪的鬼臉。說實話，我很高興李沒在貢多拉上跟我求婚，我可能會以為他是在玩。」

「你真的單膝下跪？」我問李。

「當然。合法合理，光明正大。」

「我真高興。我不可能讓潔思以為她是要嫁進一個什麼事都隨隨便便的家庭。那我們來看相片吧。」

「什麼相片？」李問。

「度假的相片啊，小笨蛋。」

「都在我的照相機裡，在家裡。」

「我們的李不上臉書就是這點麻煩，」我跟潔思說。「我永遠也看不到那些相片。他為什麼就不能跟別人一樣用手機拍攝再分享呢，真搞不懂他。」

「因為我不想要別人看見，」李說。

「妳上臉書嗎？」我問潔思。

「上啊。可是我不常貼文。」

「不過妳會貼張戒指的相片吧？更新動態。」

「不知道欸，」她說，斜目看了李一眼。「我可能會親口告訴他們，重要的一些人。」

「妳跟妳爸說了嗎？」

「還沒有。我等一下才會跟他說。」

「我想他一定會很興奮。」

她點頭，卻不接話。

「你見過他了嗎，李？潔思的爸。」

「只是匆匆一面，在我們出發之前。」

「改天我得請他過來，商量婚禮的事。」

潔思低頭，我想她是有點招架不住，畢竟她太年輕了。我結婚時比她大了五歲，即使如此，大部分的事宜都是媽打點的。說到這裡我才想到她沒有母親能幫忙。

「咳，妳不用擔心，」我說。「我非常樂意來籌劃婚禮，我是說，我至少該幫這個忙。」

他們兩人互望了一眼，我希望我沒有踩到什麼紅線。我只是想把事情做對。

「如果妳寧願我不插手，就直說，」我往下說。「我不想多事，可是有那麼多的事要做，我以為妳可能需要幫手。」

「謝謝。那就太好了，」她說，語氣倒不是很肯定。

「你們定下日子了嗎？」我問李。

「幫幫忙，我昨天才求婚欸。」

「對，可是我知道你的性子。你不會衝動行事，我猜你早就都計畫好了。」

「我們想在夏季結婚，」他說。

「今年夏天？」

「我們兩個都覺得既然要結婚了，就沒必要再等下去。而且我們要公證結婚，可能在飯店之類的。」

「那我最好開始挑帽子，是吧？對了，潔思，我們何不一塊去選婚紗？」

「不，不用了，妳不用那麼麻煩，」她說。「我會跟我最好的朋友去。」

「最好的朋友不見得會說妳需要聽的話，」我說。「妳需要一個年紀大一點的人，一個經驗多一點的。」

她張口欲言，卻沒發出聲音，只看著李。我看見他輕輕點頭。

「呃，對。那就先謝謝妳了，」她說。

「好，那妳哪個週六放假就通知我，我會擬出一張表，預約婚紗店。我們沒時間可以浪費了。」

我真高興她讓我跟她一塊挑婚紗。重點是，我比誰都了解李。她或許以為她了解李，其實不然。反正是比不上他的親媽的。我知道他會想要哪種款式。典雅而且不退流行。想想葛麗絲・凱莉[8]，我會這麼跟店員說。以葛麗絲・凱莉為範本就對了。

我們坐下來，大吃約克布丁，同時聽他們說度假的事。潔思似乎對飯店印象深刻。我很肯定是他帶愛瑪去的那一家，可是我沒吭聲。我不要她覺得她用的是二手貨，況且，沒有必要舊事重提，那都已經是隨風而逝的往事了。現在重要的是潔思。潔思會變成我的兒媳婦，更重要的是我第一個孫子的母親。

她的胃口仍然很好，不過她好像怎麼吃都不會胖，這樣倒不錯，不用擔心婚紗會穿不下。再沒有比看著新娘硬塞進一件過小的婚紗更讓人難受的事了，我到現在仍不明白怎會有那種事。我

[8] 葛麗絲・凱莉（Grace Kelly, 1929-1982），美國演員，後嫁入摩納哥王室，成為蘭尼埃三世的王妃。以氣質雍容高雅風靡全球。

的婚紗到最後還得縮小，婚前緊張對減重是非常有效的。

「妳去過歌劇院嗎，親愛的？」我問她。「我們的李跟我說過，聽起來很宏偉。」

「對。棒到我差點尿褲子。」我放下了叉子，看著她。「這是《麻雀變鳳凰》的台詞啦，」她一見我的表情趕緊補充。

「喔，對，」我說。「我喜歡那部電影。李察．吉爾真是迷人。」

「對，可是他的眼睛好像太小了，」她說。

我瞧了李一眼。他笑吟吟地看著她。她讓他笑，這一點很好。有時他會太過緊張，但願在這一點上她能夠好好調劑他。

「好了，我們該走了，潔思還要回她爸那兒呢，」李說。這時已經是下午了。「而且她還得為明天的大日子準備準備。」

「當然當然，」我說，轉頭看潔思。「我差點忘了妳的新工作，妳一定很興奮。」

「對，」她說。「我也差點忘了。」

「幸好我沒忘，」李說。「所以為了她的新工作，她的衣櫃內容全部換新了。」

「喔，真體貼。」

「我知道，」潔思說，凝望著他。「他把我寵壞了。」

「唉，衣著得體是很重要的，」李說。「不過我還是沒能說服她把頭髮挽起來。妳不覺得潔思把頭髮挽起來很漂亮嗎，媽？」

「我相信一定很漂亮，可是每天早晨要挽頭髮可是很累人的。婚禮那天挽起來，潔思。我一向都覺得新娘把頭髮挽起來很可愛。」

她瞪著我，眼珠子幾乎要跳出來了。真奇怪，有時候她對一些完全無害的事情的反應還真古怪。

「好了，」李說，站了起來，親吻我的兩邊臉頰。「我們得說再見了。」

「好，走吧，親愛的。旅行回來你們一定很累了。還有再恭喜一次，我好久沒聽到這麼好的消息了。」

我吻了潔思，她謝過我的午餐。「我得打電話給婚紗店，」我說。「確定時間等等。」

她點頭，不過仍有些驚魂未定的表情。可能是興奮過度了。

「妳什麼也不用擔心，」我接著說。「我會幫妳安排好一切。妳只需要出現，看起來美美的。」

「潔西隨時都是美美的，」李說。

「那不就結了，」我說。「那妳只需要出現就好了。」

他們離開後，我猛地想到李可能會邀請賽門來參加婚禮。我不覺得他會——據我所知，他們已經多年未聯絡了——但是仍有這個可能。而單是有可能就足以使我從腳底冷到心裡，我不確定受不受得了再看見他。而讓他站在我旁邊拍照，彷彿我們之間沒有芥蒂？他向來就很拿手，假裝一切正常。就像俗話說的，打腫臉充胖子。家醜絕不外揚。

我們不算真談過往昔的事。李當時有點太年輕，而且我也不願提起。我不確定他記得多少，或是知道多少。可能比我估計的多，可是往事最好就讓它過去，沒有必要留個尾巴。我們需要專注在將來，我只在乎這一點。有婚禮的將來，而且，但願隨後會有兒女出世。我覺得他們不會等太久。事實上，我對這一點滿有把握的。李只要打定了主意，九頭牛都拉不回，而他顯然要潔思。潔思以及她能夠提供給他的一切。成為人父的過程能夠打磨他，他不會犯下和賽門一樣的錯誤。他比賽門好，一向都是，以後也會是。

私訊

莎蒂・沃爾德

13/09/2017 10:45am

警察聯絡我了。他們說李的前女友出面指控。聽起來滿嚴重的。他們詢問過她，她提供了一名可能的人證，他們也準備去查問。顯然跟妳的案子都無關，可重要的是，不是只有我一個人了。別人也說了同樣的事情，也就是說警方現在可得認真看待了。他們不能大事化小、小事化無了。我是不會放棄的，潔思。我不在乎是不是會讓自己變得人人討厭——我得確定真相水落石出。

我知道妳爸一定會很傷心，可是不這樣不行，我也是沒辦法。他的人太好了，妳爸。總是看別人的優點，所以李才能把他耍得團團轉。我不會在這上頭公開說什麼，因為我知道他會看見，可是我很肯定警方會跟他聯絡。他們現在在辦案了。打電話給我的刑警是個蘇格蘭女人，非常嚴肅認真，我聽得出來。不像那個幫我做筆錄的傢伙，根本就不想聽。她不會放過一點蛛絲馬跡，她是這麼跟我說的。我會奮戰下去，潔思。為了妳，也為了哈里遜。是閨蜜就應該要這樣。

潔思

二〇一六年三月十三日週日

我把手機收起來，因為李加完油回到汽車這邊了。我的雙手仍抖個不停。這是度假回來後我第一次上臉書，而且已經後悔了。不可能。我不相信李攻擊過女人。他對我一直是那麼的體貼周到：搭機時怕我緊張握著我的手，誇獎我，幫我買那麼多衣服。可是我也知道他對飯店的女服務生是什麼態度。我看見了他的脾氣，他眼中的陰鬱。她很怕他。顯然他有能力驚嚇別的女人。也許是他脾氣失控，也許是他太過分。不過，對某人吼叫跟攻擊他們是有區別的，我還是不覺得李會傷害別人。可能那個前女友是誇大其詞，說不定她是嫉妒他娶了我而不是她，而莎蒂跑去報警，攪渾了一池清水，而現在他們要往他身上潑糞。存心找碴就一定能找出碴來。我們都做過後悔的事，我們不想讓別人知道的事。

「妳沒事吧？」李一坐進來就問。我很清楚我全身僵硬，緊握著拳頭，指關節泛白。

「嗯，只是要告訴我爸有點緊張。」

「妳確定不要我一起去？」

「我覺得我自己告訴他會比較好。」

「因為妳覺得他會大發雷霆？」

「他只是會很意外，他說我們太倉促了。」

「如果妳想把婚禮延到明年，我沒關係。只要妳覺得好就好。」

我搖頭，想到了哈里遜。他一定是在我們結婚後立刻就受孕的。李現在還在使用保險套。我猜他一定是等我們結婚後才不用。要是把婚禮延後，在我死前哈里遜都還不會出生。我們的兒子不會存在。那可萬萬不行。

「謝謝，可是不用了。我想七月結婚，照我們的計畫。其他人只能適應了。」

「那如果妳需要支援，就告訴我。如果妳爸想正式跟我見面，我沒問題。我可以跟他來個男人對男人的談話，跟他保證我的意圖高尚。」

我揚起眉瞥了他一眼。

「嘿，開心點嘛。」李笑著開車。「我天生就是個理想女婿。整潔體面、有經濟能力，忠厚老實。」

我把拳頭握得更緊，看著窗外，盡力不去想莎蒂的貼文。

□

我一進門，爸就用力擁抱我。

「嘿，浪女回頭了。威尼斯如何？」他就像是一隻笨笨的拉布拉多被一個人丟在家裡，而現在發現他的主人回來了。看著他幾乎讓人心痛，尤其是心中想著我即將要說的話。

「很棒，而且好美。」

他去關門。「李走了嗎？」

「對。說真的，我們都累壞了。他大概是想回家了。」

「來杯熱巧克力歡迎妳回來如何？」

「太好了，謝謝，」我說，在廚房坐下。

「那，你們去了每個觀光景點嗎？」

「對，李大概每個地方都帶我去了。里亞托橋、歌劇院，還有聖馬可廣場那個什麼塔的塔頂。」

「聖馬可鐘樓，」他說。「歌劇院叫鳳凰劇院。」他以最字正腔圓的義大利語說，逗得我露出笑容。

「隨便啦，」我說。「我們玩得開心極了。」

「太好了，」他說，把牛奶倒進鍋子。我一直把左手藏在桌子底下，因為我想先告訴他再讓他看見戒指。現在似乎是好時機。

「其實呢，」我接著說，「我有事要告訴你。」

爸向後轉。我明白最好的辦法就是讓他以為我懷孕了，這麼一來婚禮反而可以讓他鬆口氣。

「李跟我求婚了，」我說，抬起了手，伸到他眼前。要是他因為發現不是我有了而鬆一口氣，他也掩藏得很好。他的表情告訴我他完全沒料到會是這種事。

「你們要結婚了？」他說，五官有些扭曲。

「我知道可能有點太快，可是我愛他，爸，而且他愛我。我們是認真的，我很肯定。」

「誰不是這麼想的呢，潔思。」

「你自己說你喜歡他啊，爸。」

「我是說過，我也真的喜歡他。不過我幾乎沒見過他。」

「那問題在哪裡？」

他關掉爐子，將牛奶緩緩倒入我的馬克杯，一邊攪拌。

「問題是，」他說，轉過身來，把熱巧克力遞給我，「我太愛妳了——我不想看到妳受傷。」

「那——是怎樣，我永遠都不要跟別人約會，因為他們可能會甩了我？」

「不是。可是誠如妳自己說的，有點太快了。」

「有的人等了好幾年，還是嫁錯了人。莎拉阿姨就是。」

「對，我知道，」他說，坐在我對面。「可是那不能怪她。她又不知道結婚不到一年他就會跟別人跑了，是不是？」

「對，而且她跟他交往了九年。這就是我的重點，誰也不能真正了解一個人，對不對？」

「或許吧，可是如果能有幾年的時間，妳就比較有機會看得比較清楚。」

我搥了桌子一拳。爸差點嚇得跳起來。我想跟他尖叫，說我沒有幾年的時間。不是現在就再也沒機會了。

「聽著，我跟你一樣不想把我自己的人生搞砸，可是你得放手讓我自己去過日子。媽就是這麼跟我說的，在她死前。她說我得忠於自己，過我夢想中的人生。」

引用媽的話很卑劣，我知道。可是我得使出一切的手段讓爸合作，我想要他對這件事開心，我覺得將來可以讓他好過一些。

爸的眼神像小鹿斑比一樣。他站起來，走到我這邊，抱住我的頭。「她當然是對的。妳母親一向是對的。只是要放開我的小女兒實在是太難了。」

我站起來，好好給他一個擁抱，用他肩上的開襟毛衣擦眼淚。「無論怎麼樣我都會是你的女兒。」

「而我也會一直為妳操心。我受不了再看著妳受傷。」

這次我壓抑不住哭聲。爸伸手到流理台上抽面紙給我。

「妳確定是他嗎，潔思？妳不會是被一個長得好看、工作也好，車子漂亮的男人沖昏了腦袋？」

我搖頭。「拜託，你知道我沒有那麼膚淺。」

「他幫妳買了不少東西。還帶妳去度豪華假期。」

「對，可是我要嫁他不是為了這個，好嗎？就算哈利王子跟我求婚，我也會說不——因為我不愛他，而且他的頭髮是赤黃色的。」

爸微笑，拭掉眼角的淚。

「我要說的是，李就是我的真命天子。從來沒有人像他那樣對待我，讓我覺得很特別。」

爸緩緩點頭。「日子定了嗎？」

「七月。」

「今年？」

「對。」

「妳沒——」

「沒有，我說過了，他很負責任。我們只是覺得沒必要再等。」

爸默然片刻。我知道他在幹嘛，他是想想通媽在這時候會怎麼說。

「那，需要什麼就讓我知道。我是說，費用我會負責。」

「不必啦，李會付錢。」

「應該是新娘的父親付才對。」

「爸，那種習俗有點像上個世紀的陋習欸。」

「嗄？男人不能再為女兒的婚禮付錢了嗎？」

「不是啦，只是講實話。李賺得比你多，而且會花一大筆錢欸。」

「那也不會在教堂走紅毯了？」

「不會。李想租里茲附近的飯店。安琪拉會負責籌備。」

爸的表情活像是有人踢中他的門牙。

「她主動說要幫忙是因為媽不在了，我不想拒絕，怕得罪了她。」

「對。」

「你也許可以幫我們敲定外燴？幫我們擬菜單之類的？」

他走向水槽，洗起了煮牛奶鍋。我知道他很傷心，可是我不知道還能說什麼。

「我應該上樓去準備明天上班的東西了。」

「對，」爸說。「大日子。看來今年大日子還不少呢。」

感覺很不對勁，站在邁瑟莫伊德車站的月台上卻少了莎蒂。早上七點半就出門的感覺更不對，更別提還穿得像個博姿藥妝店的櫃姐。

李說是為了確保我的第一天隆重出場，說真的，這種說法我以前只聽別人用在賽馬上。不過我猜他的意思是要我挽頭髮、化妝，而不是扮演一匹秀場的小馬。

可是我還真覺得自己是一匹秀場的小馬。我通常不會在十一點之前化妝，而且當然不會化這麼濃。我確實忘掉了唇膏，可能是我不習慣搽口紅，不過等到達里茲之後我會再補上。我不想像別的女人一樣在火車上補妝。

我在月台上行走，有個穿灰色套裝的傢伙從頭到腳掃視了我一遍。我正要大吼：「看什麼看，混蛋？」猛然憬悟，這樣可能不太像接待員。坦白說，我這個人渾身上下沒有一根骨頭像接待員。說我是在演舞台劇還差不多：舞台妝，假髮，戲服，學習如何走路、說話，扮成別人。一切都只為了博得觀眾的贊同。

說到這裡，我還滿慶幸莎蒂不在這裡的。她會是那個當眾質問的觀眾，她會問我他媽的是在扮哪一齣，而我完全不知道該如何作答。

火車進站，乘客朝月台邊緣蹭，我都忘了這個搶好位置的事情了。我恐怕連座位都找不到。早晨這個時段有一大堆人在赫布登布里奇上車。火車門打開，我覺得有人從後面推了我一把，我渾身發冷。我的頭腦向前奔馳，想著眼前的途程，身體互相推擠，火車晃動時大家微微踉蹌。我開始使用治療師教給我的一個技巧。我需要把自己帶回核心，不讓自己被擠出軌道。新工作的第一天，我可不想發生這種事。

我走向一位年長女士以及一個穿風衣的中年男子之間的空位。我看著她，再低頭看她的袋子，袋子放在空位上。我胡亂猜想她是不是那種非要你開口請她移開袋子的人，不過她嘆了口氣，看了我一眼，把袋子移到了大腿上，彷彿是可憐這個袋子居然造成如此的不便。

我掏出手機。火車乘客只要無人可聊天，就是看手機。我打開臉書，只是看動態消息，而不是動態時報。許久以來第一次，我知道我真的有值得貼上去的東西：我的訂婚消息。不過我還不打算貼。首先，我不認為李會贊同。再者，打死我也不能讓莎蒂這樣子得知這件事。無論我們之間的氣氛有多緊張，誰都不應該在臉書上發現他們最好的朋友要結婚了。

我向下捲，尋找稍微有趣的東西。大多只是無聊的自拍和為了芝麻綠豆點小事就滿篇「歐買尬」的貼文。沒有人在臉書上貼嚴肅的東西，沒有人會把生活中的壞事、傷心事貼上去。基本上這些人就是想讓別人以為他們活得很精采。也許李說得對——也許只有魯蛇會用臉書。我猜剛開始還比較好，可是後來人人的父母也玩起了臉書，所以我才希望安琪拉不會在臉書上搜尋我。要是未來的婆婆邀請我加入好友，我會再也說不出一個字來。

為了打發時間，我上了幾個電影網站。我總是說他們應該裝設一個銀幕，只放映預告片，我可以坐著看幾小時。我記得跟莎蒂一塊看《怪獸與牠們的產地》預告片，我們說我們要去首映會。現在沒辦法了。不知道李會不會帶我去看。可是他不喜歡艾迪．瑞德曼，所以我猜大概是不會。

火車準時抵達里茲車站。我讓別人先下車，我可不想跟別人你推我擠，就為了通過驗票閘門。等火車清空之後，我才把小鏡子掏出來，補上新口紅。我對這個顏色不是很喜歡，可是我猜也得將就了，因為少了口紅我可能就不夠資格叫作「衣履光鮮」了。

感覺很詭異，出了車站之後走的是和平常相反的方向。李提議第一天要陪我進公司，可是我拒絕了。我已經覺得跟老闆之一約會很奇怪了——像一刻也分不開的愛侶似的非得一塊進公司就太離譜了。

不知道他會不會跟別人介紹我是他的未婚妻。我一向痛恨這個詞，聽起來好保守。而現在我真的成了未婚妻，我覺得我更痛恨這個詞了。

我深吸一口氣，繞過轉角，看見了「日蝕公關」的招牌。我辦得到，我告訴自己。我只要有心，做什麼都不是問題。一秒鐘後，我的手機響了，是李傳來的訊息。

我聽說新的接待員很正點。享受妳的第一天吧。愛妳。X

來得正好。我踏進了大門，換上了笑臉。即使在我看見櫃檯，想起了上次那位站在後面的懷孕女人，我也沒有慌亂。

李從樓梯上下來。「哇，」他說，「妳還真是有模有樣。」

「那麼我打扮得還可以嘍？」

「比可以還可以。我看我們其他人得迎頭趕上了。」

「要是有人問起，我該說什麼？我是說我們的事。」

「還是公私分明吧。反正他們也很快就會知道。」

「好，」我說。其實我本以為他早就跟大家說了。也許這樣最好。我不想讓大家認為我能得到這個工作是因為我在跟他約會，我知道等他們發覺，他們八成會這麼想，可是如果能讓他們先認識我會比較好。

李又上樓了。我脫掉大衣，掛在衣架上，皮包塞進櫃檯後，打開了電腦。我需要密碼。我都忘了我有多討厭第一天了。卡爾下樓來。不知道李有沒有把訂婚的事告訴他。我藏起了戒指，以防萬一。我可不想露出馬腳。

「嗨，潔思，很漂亮喔。妳來加入我們真是我們的福氣。」他的眼睛在我的身上飄啊飄的，李知不知道他這副德性，還是說從來也沒發覺過？

「要是妳等我五分鐘，我馬上帶著妳的密碼回來，帶妳熟悉流程，再帶妳到公司轉一圈。」

「好，」我說。他消失到樓上。電話響了。我直到第三聲才鼓足勇氣接起來。

「日蝕公關，早安，請問有什麼事？」

我聽著電話，努力把莎蒂大笑的畫面從腦海中刪除。對方要找李。李已經告訴了我他的分機，所以我就幫他接通。然後我就杵在那裡，像個芭比娃娃，心中暗罵自己到底是在做什麼。

私訊

喬・芒特

14/09/2017 9:58pm

潔思，我要妳知道如果我讓妳失望了，我很抱歉。警察今天來了，問了一堆李的事。所以我才會私下跟妳說，而不是貼文讓人人都看見。我不相信他們。我跟他們說我認為是有人在惡作劇，他們應該取消調查。可是警察走後，我自己一個人，仔細思索他們說的話，我開始驚慌，覺得他們可能是對的。萬一是我犯了此生最大的錯呢？萬一我只看見我想看的東西呢？卻忽略了其他？大家都會這樣，不是嗎？於是我開始回顧，想著是漏失了什麼，而此刻我擔心得快死掉，唯恐是我弄錯了。我沒有盡到保護妳的責任。要是我讓妳失望，潔思，要是在妳真正需要我時我卻不在，請原諒我。我真的很抱歉。

潔思

二〇一六年三月十八日週五

我停在樓梯上，做了幾個深呼吸，這才走入廚房。看見爸時我需要保持冷靜。要是有什麼破綻，他會想知道哪裡不對，而我又不能告訴他。剛才看見的東西我不能透漏一個字。說真的，我仍然在設法消化。最讓我吃驚的是警方認真地調查了。理論上，他們不會無的放矢，不會浪費時間調查，除非他們認為確有其事，或至少有此可能。他們不會去找爸，除非他們認為這些指控是真的。

然而，我又沒辦法把他們正在調查的人跟與我訂婚的人聯想在一起。這兩人不是同一個人。不可能是。我不會蠢到愛上一個打女人的男人。我會一眼就看穿他。我沒時間虛耗在這種渾球身上，我從來就沒有過。我現在只能想到一定是有人不知在哪兒出了錯。可能是他的前女友說他對她口出惡言，而警方過度解讀，然後她又說了些假話。而且我知道莎蒂一開始就在吃李的醋，她當然會馬上就做出錯誤的結論。人們會相信自己想相信的事情。可是現在連爸都覺得可能是真的。

「早安！」我一面打招呼一面進廚房。爸抬起頭，立刻就心生懷疑，因為我從來不說早安的。事實上，我在早晨八點之前通常是不會語氣輕快活潑的。

「早安，親愛的。今天晚上不會變卦吧？」

他今晚休假，我要帶他去跟李吃飯，希望他們能夠建立起一些男人的關係。

「不會，我下班之後就回來，我們一起到餐廳。李會在那裡等我們。」

我走過去，吻了他的臉頰。

「這是為什麼？」

「沒什麼。我只是要你記得我是真心的而已。」

此時此刻在午休時跟莎蒂見面絕不是我想做的事情。她星期一傳簡訊給我，問我這星期要不要見面，我實在狠不下心拒絕。況且，我知道我早晚得告訴她。我絕對不想讓她從別人那裡聽說消息。

我走進Pret。她說不想去什麼時髦餐廳。我看見她立刻就發覺了我，只不過她看了我兩遍。

「嘿，」我說，走了過去。「妳好嗎？」

「很好。妳有沒有看到潔思．芒特啊？她好像是失蹤了。」

「真好笑。」

「這麼盛裝打扮是怎麼回事啊？」

「我總不能穿內搭褲和羽絨衣上班吧？」

「喲，下次妳連名牌包都有了。」

「才怪，還是我可靠的老背包，」我說，拍了拍背包。「有些東西是絕對沒得商量的。」

她仍難以置信地瞪著我。

「妳要吃什麼？」我說。「我請客。」

「那就全都要。」

「說真的啦。」

「一個熱捲餅，一塊巧克力布朗尼，一杯熱巧克力，謝謝。下次我請。」

我點頭，也幫自己點了同樣的東西，付過錢，回到座位。我盡量以右手把東西都放到桌上。如果是莎蒂戴著婚戒、披著婚紗，那我可能會沒注意到，可是莎蒂比我更有觀察力。

「那，工作如何啊？」她問。

「還可以。」

「只是還可以？」

「只是還沒習慣。」

「他們都是尾椎翹得半天高的那種公關類型嗎？」

「希望妳沒把李算進去。」

「妳知道我的意思。」

「他們都有點正經八百的，好像都不太笑，可是憑良心說，這份工作很輕鬆。我只需要站在那裡，擺出笑臉。也不會有人要你在地板上爬，撿爆米花。」

「那倒很不錯。」

「對。妳的工作怎麼樣？」

「喔，妳知道嘛，老樣子，老樣子。妳去度假玩得開心嗎？」

我等到莎蒂咬了一大口捲餅之後才回答，我想讓她有幾秒鐘無法說話，再迎接大屠殺。

「很開心，謝謝。我有個消息，我想當面告訴妳。」

我伸出了左手。她看著戒指，再看著我，嘴巴停了一會兒。等她回過神來，她慢吞吞地咀嚼。我覺得我寧可她立刻就大開殺戒，而不是遲遲不肯出手。

「妳是在玩什麼把戲？」

「我要結婚了。」

「對，二十二歲，嫁給一個只認識兩個月的男人。」

「唉唷，妳怎麼跟我爸一樣。」

「這樣會意外嗎？我倒覺得無論是誰都會這麼說，只要是關心妳的人。」

「我就知道妳會這樣。」

「對，因為妳在做蠢事。妳這是在拋棄妳的人生，潔思。而我可不會袖手旁觀，一句話也不說。」

我放下了捲餅。「妳說完了沒有？」

「我還沒開始呢。」

我四下掃視，曉得有人在看我們。

「喂，我很抱歉這麼開心，很抱歉我有了新男朋友和新工作，把妳丟在以前的工作裡。」

「妳以為我是在嫉妒？」

「從我這裡看，的確是很像。」

莎蒂搖頭。「我要怎麼說妳才會懂，潔思？我沒有嫉妒。妳逮到一個帥哥，我真的很為妳高興。可是這樣」——她比了比戒指——「太瘋狂了。看看妳！不到幾個月妳就變了一個人，我都不認識妳了。妳好像是變成了他想要的樣子，而妳因為太迷戀他，所以自己完全看不出來。」

我低下頭，主要是藏住泉湧而出的眼淚。「我受了那麼多的罪，終於有好事發生了，而妳卻弄得像是我又失控了。」

「妳看不清現實是因為妳太迷戀李了。」

「妳為什麼這麼討厭他？」

「我不討厭他。我只是要妳醒一醒。」

「妳根本就不知道他是什麼樣的人。他讓我覺得自己是天底下最特殊的人。他愛我，莎蒂。從來沒有人像他那樣愛我。」

她搖頭。「如果他真的愛妳，他就不會要妳改變。」

「他沒有。」

「對，所以新衣服、新工作，還有他媽的搽口紅——沒有一件事跟他有關，是嗎？」

淚水落下來，我阻止不了。一時間，莎蒂像是要握我的手，但是又打消了念頭。

「妳一定不能再這樣了，」我說。「會有人受傷害的。」

「妳在胡說什麼？」

「如果妳不能為我高興，那妳就得從我的人生退出。因為如果妳還是這樣，妳最後會害每個人都很悽慘。」

「好，」她說，站了起來，把午餐塞進袋子裡，拿起了她的熱巧克力。「我的午餐要外帶了。就當我正式退出了。」

我看著她走，嚥下新一輪的眼淚，恍然大悟。是我把她逼到這個份上的。是我把她氣得太厲害，所以她才會去跟警察說我的先生殺了我。

爸跟我坐在邁瑟莫伊德唯一一家體面的餐廳（炸魚薯條店不算，那可是人間美味）。我寧可去里茲，可是週五晚上到處是酒鬼，我不要讓別的因素毀了爸的這一晚。我要一切都很正向樂觀。他特地為今晚換上了套裝，真的很好看，嗯，以他這個年齡來說的話。有義大利基因的一個好處就是髮線倒退也不影響你的外表。

「妳今天跟莎蒂見面了嗎？」爸問。我們正在喝水。

「嗯。」

「她不是很能接受吧？」

「這麼說還太客氣了。」

「唉，妳們一直都是最好的朋友，潔思。她一定覺得很難過。」

「如果是她訂婚了，我就會為她高興。」

「會嗎？妳的人生中會像多出一個大洞。」

「哼，那我也絕不會讓她覺得很內疚。她怨恨得頭頂都冒煙了。」

「她會想通的。」

「她才沒有，」我說，及時打住。「我是說她不會的。她真的很討厭李。」

「為什麼？」

「因為她怪他把我搶走了。要是她說了什麼不利於李的話，別忘記這一點。」

爸放下了杯子。「她為什麼會說不利於李的話？」

「反正記住就對了。」

李的時機算得正好，就在此時開門走了進來。我幾小時前才見過他，可是我仍然有那種感覺，好像我的內臟快爆炸了。

「嗨，」我說，站了起來，露出笑臉。他吻了我的唇，不至於激情到讓家長難以接受，卻也足以讓我希望爸不在這裡。

「妳還是像平常一樣明豔動人，」他說，這才轉向爸。「真高興又見面了，喬。」

爸站起來，伸出了手。「你也是，李。恭喜。你的動作可真快，我得承認。」

「多謝，」李說。「你的漂亮女兒太神奇了，我可不會呆坐在一邊等別人把她搶走。」

我看著爸臉上的評分表又向上攀升了一格。我們都坐下來。看來李的魅力贏得了第一回合。爸像是隨時準備棄械投降。這時侍者過來幫我們點餐。

「我覺得香檳很適合，」爸說。李的魅力攻勢勝出。爸撤回正規位置就位，正是我需要他的地方。我在世上最愛的兩個男人會隨時在我左右，無論將來會如何。

私訊

莎蒂．沃爾德
01/10/2017 11:22pm

我昨天跟她見面了——李的前女友，愛瑪，愛瑪．麥金利。不過妳可能早就知道了。她是演員，並不是大明星，演過連續劇，也跑龍套，參加過舞台劇巡演。她幾年前演出過《愛默戴爾》[9]，我們兩個都沒看過。我可能不應該跟她見面的，我知道，可是警察跟我說她做過了筆錄之後，我就上網搜尋她，跟她聯絡上了。

她很漂亮，應該說她曾經很漂亮。我上網看她演出《愛默戴爾》時的長相，當然和現在大不相同。她好像是被誰吸乾了元氣，憔悴得要命。想想她發生的事，其實不意外。他打她，潔思。打得很重。不是在一開始。她說他剛開始的時候甜蜜體貼，可是後來，兩人同居之後就變了。起初是一巴掌，只有一巴掌。動手後他自責得不得了，保證不會再發生。可是當然是又發生了。一次又一次。而每一次，她都原諒了他，因為他是那麼的難過。她以為她能夠幫助他，讓他改過自新。

後來他們到威尼斯去度假。他打斷了她的下顎，潔思。他媽的他打斷了她的下顎。她沒有報警——她太難堪了，唯恐會上報。但是她起碼在事發後甩了他。她搬回倫敦，現在仍住在那裡。而且再也沒跟他聯繫。她不知道他結婚了，也不知道妳死了；她是回里茲來看朋友時才知道的，那時她決定要去找警察。她有相片，潔思。拍下了她的慘狀。還有在義大利的就醫紀錄。另外還有個女服務生，他們住的那家飯店，她在事發後進來，目睹了血和一切。

而在她跟我說這些時，我只能想到他一定也是這樣對妳的。妳爽約的那幾次，妳說是因為H鬧了一夜。那次妳說瘀青是不小心撞到的。我全都想起來了，潔思，我為妳大哭，為了他那樣對妳以及妳吃的苦頭。

可是我們是不會讓他逃過這一次的，潔思。必要時愛瑪準備上法院，我也一樣。真相必須公諸於世。我只後悔沒來得及救妳。X

❾《愛默戴爾》（*Emmerdale*），英國的一齣長壽肥皂劇，故事背景設於約克郡谷地一個虛構的村莊。愛默戴爾在1972年10月16日首播，共計八千多集。

潔思

二〇一六年四月二日週六

不！儘管我大聲尖叫，卻沒有發出聲音。幸好，因為我躺在李的床上，而他正在廚房做遲來的早餐。

我的心臟撞擊著胸骨，彷彿是想警醒我要我提防逼近的危險。我的眼睛，我在壁櫥鏡中看見的眼睛慌亂呆滯。我全身發抖。我不想相信。我不想毀了我的快樂。無論幕後黑手是推，無論他們用的是何種手法，他們都是故意要傷害我的。我知道。

可是我不能否認的是他們消息靈通，他們知道我現在仍不知道的事情。而如果我讓自己冷靜下來想一想，這些事都很合理。

威尼斯的服務生。弄掉托盤的那一個。如果是她認出了李呢？如果是因為李曾住過那裡，同一個房間，不同的女人，被她認了出來？她誤闖入房間時，看見那個女人躺在地上，滿臉是血。

感覺上不像是可以捏造的事。我之所以會緊張不安也是因為這一點。我從沒跟別人提起過她。除了李以及來清理的男服務生之外，誰也不知道發生了什麼事。那我怎麼會在這篇應該是一年半後的莎蒂貼文上看見？

我關掉了手機——這次是關掉了電源。我下床把手機放進房間一角的背包裡，不過並不是為了眼不見心不煩。怎麼可能呢？讀過這樣的東西怎麼可能一轉身就忘得一乾二淨？

因為，如果我暫且接受這是事實，那麼我就跟一個會把女朋友的下顎打斷的男人訂了婚。不可能。這種事情不會發生在我的身上。我有個美妙的新生活，而我不會讓任何人把我嚇得魂飛魄散，糟蹋了它。

我套上絲浴袍，是李在威尼斯幫我買的，走向浴室。廚房門關著，但我能聽到培根在鍋裡煎得滋滋響以及背景的收音機。李跟著「天皇老子」樂團在唱歌，我想笑，但是嘴部肌肉卻不聽使喚。

我進了浴室，關上了門。我不肯被這件事嚇到，我不肯讓他們混淆我的頭腦。誰也不能惡整我。

我打開水龍頭，脫掉浴袍。我對鏡端詳自己的身體。潔白無瑕的平滑皮膚。謊言，全都是。如果李會打女人，那我現在也已經知道了。他從沒跟我發過脾氣，我還比他容易暴躁。威尼斯飯店房間的一次意外不足以使他變成殺妻犯。他從未傷害過我，我也沒看過他傷害別人。我只需要時時刻刻想著這一點。

我步入淋浴間，在浴簾後移動腳步。地板很滑，他真的需要一張防滑墊。可是妳不會向李這樣的人提這種建議，他只會一笑置之，說我接下來就要買針織的衛生紙套了。

我伸手調溫度，今天必須要燙，燙得讓我心無雜念。我閉上眼睛，任熱水拍打我的臉，再開始洗頭髮。但我只能看見威尼斯飯店房間那個女孩的臉，她震驚的表情以及錯不了的恐懼。所以她才會在我的行李箱裡留字條，因為她目睹過之前的女人的慘狀。

我發覺我在發抖。我再溫習一遍李的說法。或許他真的長得和她的前男友一樣。或許她眼中的恐懼來自於她的前男友。那字條呢?小心。說不定她只是在提醒我要我謹慎。要是她曾遇人不淑,她對男性可能就有偏見。我自己在凱倫甩掉我之後就有那種問題。我如果看見有女人站在某個男人旁邊,就很可能會高聲示警。

我關掉了熱水,伸手拿毛巾。直到此時我才發現我把毛巾留在門後,我從淋浴間出來,頭髮蓋著眼睛,伸手去摸毛巾——卻摸到了李的肩膀。我嚇了一跳,驚呼一聲。我根本就沒聽到浴室門打開。

「嘿,」他說。「是我啦。我是來跟妳說早餐好了,可是現在早餐可以等一下再說。」他開始吻我的肩膀。「等一下妳去採購婚紗,」他說,「一定要露肩的那一種。我要每個人都看到妳的香肩有多美。」

他捧住了我的乳房,用力吻我的脖子。我激切地想要他,我要他讓我忘掉剛才讀到的一切。要他當我認識的李,那個連我走過的土地都崇拜的人,永遠不會傷害我的人,一百萬年都不會。他的手移到我的雙腿間,我發出呻吟。我的身體想要,我的身體想要他進入我,而我的身體是沒有理由騙我的。

他把家居袍脫掉,把我向後推,靠著磁磚。他進入我的體內,我咬住嘴唇。我讓他在浴室牆上跟我做,做得那麼激烈,幾分鐘之內我連自己的名字都想不起來,更遑論剛才讀到的東西了。

後來我走進市中心去和安琪拉會合。我的頭仍在痛,我的身體仍酥麻,好像是腦袋跟身體打過架，到現在仍在糾纏。

今天全都是安琪拉安排的，她跟所有的婚紗店都約了時間。她跟我說我人來就好。通常我很討厭讓別人指揮我，但今天我卻是滿放心的。此時此刻，我恐怕連到廁所的路都找不到，更別提要籌組整場婚禮了。

我來到清單上的第一家婚紗店外頭，覺得有點傳統。安琪拉在玻璃窗後向我揮手。我盡量擺出笑臉，進入婚紗店時也裝出像是興奮的情緒。她急忙過來吻我，很顯然她很難控制住激動的情緒。

「嗨，潔思。喔，這裡有一些很漂亮的婚紗，我在等妳的時候忍不住先看了一下。我至少看見了三件李會喜歡的。」

一名身著直筒連身裙的高個子女性向我們走來。「哈囉，我叫茱麗亞。妳一定是潔思——也許該稱呼妳未來的葛利菲斯太太。」

要是莎蒂在這裡，搞不好會賞她一拳。說真的，她挨一拳也不算冤枉。我抗拒著打她的衝動，只是有禮地點頭。

「嗐，跟未來的婆婆一起來，好甜蜜喔。我相信妳一定能找到讓妳的未婚夫傾倒的婚紗。」

似乎人人都很在意李會不會喜歡婚紗——而不是我喜不喜歡。

「好，」她接著說。「我們先試幾件基本款，把範圍縮小一些。純白或是象牙白？」

我好想說紅色的，可是我覺得她恐怕體會不了我的幽默感。

「純白很好，」安琪拉說。

「其實，我想要象牙白的，」我說。

茱麗亞看過來看過去，但是安琪拉並沒有反駁。

「好。有什麼特別的款式嗎？」茱麗亞問。

事實上，我可以把穿著嫁給李的婚紗描述得鉅細靡遺。我見過。我熟悉它的每一吋，因為我在我的動態時報上看過了無數次。可是我是不可能這麼跟她說的。

「等我看到我就會知道，」我說。

「喔，那太好了，」茱麗亞說。

「我覺得我們要找的是典雅而且不退流行的款式，」安琪拉說。「以葛麗絲．凱莉為範本，就不會差太遠。」

「可是要露肩，」我說，想起了李說的話。「我要露肩的。」

茱麗亞微笑。「好極了。那我去看看有哪些款式，我馬上就回來。」

「感覺好奇怪，」我在等候時跟安琪拉說。「我不敢相信我就要試穿婚紗了。要是我不適合穿婚紗呢？」

「我就不會操那個心。妳就算套個垃圾袋都還是大美人。」

「他們有象牙白的嗎？」我問。

安琪拉失笑。「我真高興我們的李娶的女孩有幽默感。我只跟妳說，他的上一個女朋友好像把幽默感不知掉哪兒去了，那是說如果她本來就有的話。」

我的內臟揪成了一團，使盡了全力才能不動聲色。「他跟她交往很久嗎？」

「大概一年吧。那時我以為就是她了，不過我不能說我很滿意。她是演員，我不確定她是不是賢妻良母型的。李是想要孩子的，他滿確定的。」

我點頭，把玩著訂婚戒，急於遏制發抖的手。

「他們就是因為這樣才分手的嗎？」我問。

她低頭看手。「大概吧。當然是李決定的。他們去度假，回來後他就說要分手。我再也沒見過她，連電視上都沒有。她叫愛瑪．麥什麼的。我看到她就會認出來。很漂亮——紅色的長髮。不過跟妳沒得比。」

我覺得我可能要吐了。茱麗亞抱著一堆婚紗回來，可是我不想試穿了。我想逃走，把自己鎖在某處，雙手摀住耳朵，大聲唱「啦啦啦！」。

「來了，」茱麗亞說。「我們何不先試這一件？」

她把婚紗拿高，緞面緊身馬甲，魚尾裙。我並不算真的在看。我看的是後面的那件。我嫁給李穿的婚紗。我覺得四面牆壁好似在向我合圍，我現在逃不掉了，即使我決定我想逃。除非……除非我能扭轉什麼。把事情稍微攪亂。也許如果我不穿這件婚紗，我可以改變一些事。可能像《雙面情人》這部電影，差別只在於我不是改換要搭乘的地鐵，而是改換會決定我的將來的婚紗。

「好，」我說，接過來魚尾下襬的婚紗。「我喜歡，我去試穿。」

茱麗亞在試衣間外徘徊，還把頭探進帘子兩次。「還可以嗎？需要幫忙就叫我。」

我讓她進來幫我扣上馬甲背後的鉤子，她以為是我搆不著，其實是因為我的手抖得太厲害了。我走出試衣間，看著鏡中的自己。跟我的結婚照截然不同。而且還可以披著頭髮，也許稍微燙捲一點？

「我喜歡，」我說，一面向後轉。

「妳不覺得有點太暴露了？」安琪拉說，打量著上半身。我抬頭看見她問的是茱麗亞，而不是我。

「身材那麼好，索性就炫耀一下，」茱麗亞說。「尤其又是妳的大日子。」

「對。好，我很滿意，」我說。

「妳不想再試試別的嗎？」安琪拉一臉驚恐。顯然這件婚紗跟葛麗絲・凱莉實在是差太遠了。

「不需要。我喜歡這件。」

「比較不同的款式很有用，」茱麗亞說。「這種事說不準，搞不好妳會找到一件比這件更喜歡的。也許再試個兩件？」我猜她八成有斡旋婆媳對新娘婚紗看法的學位。

「好吧，」我說，決定這可能是安撫安琪拉最簡單的辦法。「那我就試那件蓬蓬裙的。」

「塔夫綢的，好，」茱麗亞說，把婚紗拿高。

「還有這一件，」安琪拉說，拿了真正的那一件。「我覺得妳穿這一件一定很美。」

我索性就試穿，讓她開心，反正不要緊，因為我是不會改變主意的。我跟著茱麗亞回試衣間，先穿塔夫綢的這一件。攬鏡一照，我真的笑了出來。我的樣子就像是個在鬧彆扭的過大精靈。

「也許不要這一件，」茱麗亞說。

「絕對不要，」我說。

我換上另一件時盡量不去看。我試穿這件只是為了哄安琪拉高興。我會盡快穿上再盡快脫下，然後買我試穿的第一件。

等我走出試衣間，一看見安琪拉以及茱麗亞的表情，我才明白或許沒有我想的那麼簡單。

「喔，潔思，」安琪拉說。「妳的樣子美極了。」

「上半身的蕾絲穿在妳身上真的好漂亮，」茱麗亞說。

「我還是比較喜歡第一件，」我說。

「我覺得這一件比較端莊，」安琪拉說。「我相信李一定會喜歡——妳父親也是。」

這一招很陰險，可我是不會中計的。無論我穿什麼爸都會高興的，只要我開心就好，他總是這麼說的。

「謝謝。這件不錯，可是我真的比較喜歡第一件。我說過，我看到了就會知道。」

茱麗亞瞧了安琪拉一眼，好像是拍賣會主持人在確認是否還有人出價。沒有，只有退讓的聳聳肩。

「好，」茱麗亞說。「我相信我們已經搞定了——而且速度之快還破紀錄了呢。」

我回試衣間去脫掉婚紗，希望脫掉的不僅是一件衣服，也是隨之而來的一切。釋放自己以便規劃一個全新的未來——結局由我來塑造，讓我能夠奪回一點控制權的將來。

之後安琪拉帶我到商場的一家咖啡館。我們點了咖啡和蛋糕，選了臨窗的桌子。

她從皮包裡掏出手機，我覺得她還在生我的氣。「我打給其他的婚紗店，告訴他們我們不去了。」

可她還沒撥電話，手機就響了。

「哈囉，茱麗亞，」她說，語帶驚訝。她很安靜，專心聆聽，偶爾說句「這樣啊」。我伸長耳朵去聽另一端說些什麼，可是咖啡館太吵鬧，聽不見。

「我會問問她，」安琪拉過一會兒說。「我等一下再回覆妳。不——不必擔心。這種事在所難免。」

她放下手機，看著我。「茱麗亞打來的，」她說。「妳要的婚紗其實今天早上已經賣出去了。她的助手應該要放上標籤的，可是她忘了。她是新來的，而且店裡又很忙。茱麗亞打電話給公司，可惜已經沒貨了，他們最快要等到八月才會再進貨。她非常抱歉，說願意給妳試穿的另一件打九折——只要妳同意。不然的話，我們可以到別家店去挑。看妳的意思。」

我低頭看著雙手，我的手正在桌下發抖。我怎麼做都無關緊要，我什麼也改變不了。無論我有多努力，我都會在某處被拋棄。抗拒只是白費力氣，我還不如就乾脆接受我的命運。

「那我就買另一件好了，」我小聲地說。

「妳確定嗎？」現在換她遂了心願，她倒好像是為我難過了。只是好像。就我所知，她可以趁我換裝時跟茱麗亞編寫好這個劇本。不過真實情況究竟為何都不重要了，不算重要。唯一重要的是事情發生了。

「嗯，」我說。

「那我打給茱麗亞。」

我聽著安琪拉這一邊的對話，極力想眨回眼淚。

「雖然有些周折，」安琪拉講完了電話之後說，「我覺得這個結果還是最好的。那件婚紗真的是太完美了，潔思。十全十美。一定是命中註定的，對吧？」

我點頭，喝了一口咖啡。

「好了，在我把手機收起來之前，妳一定要讓我加入妳的臉書，這樣我們才能變成好友。然後我們只需要說服我們的李也加入。如果妳能成功，那妳就比我厲害多了。」

我想應答幾句，卻找不到話可說，所以只咬了一口她請我的巧克力布朗尼。我不再知道我是能夠控制我自己的將來呢，或是只能隨波逐流。我漸漸覺得像自己人生中的過客，而且我不確定能讓火車停止，自行下車，即使我想要。

安琪拉・葛利菲斯→潔西・芒特

二〇一七年十月三日

我知道以為妳能看見實在很傻，可是我想讓妳看最新的相片。他現在差不多六個月大了，我們的哈里遜。每天都更像他的父親。他現在還想爬，用手肘爬，拖著兩條腿，像士兵在匍匐前進。他一秒鐘都靜不下來，總是動個不停。等他會走路了，我得減少上班時間，這點我能預知。而且那一天很快就會來到。他會跟我們的李一樣很早就學會走路。有毅力。而且兩條腿也胖嘟嘟的。

總而言之，他非常開心。他當然很想念妳，可是幸好他太小了，不算真的記得妳，也不是很了解發生了什麼事。等他大一點，我們會讓他看妳的照片，跟他說妳的事。妳也許走了，可是妳不會被遺忘。而且妳把世界上最寶貴的禮物留給了我。我的第一個孫子。

潔思

二〇一六年四月三日週日

我是回到家之後才看見的。我通常都在李那邊過週末，但是在安琪拉家吃過午餐之後，我推托要回家看爸爸，早早就寢。

可是現在卻連睡眠的希望都沒了。我的兒子在電腦螢幕上看著我，美麗到極點的褐色大眼和小小的酒渦。而且安琪拉沒說錯——他確實長得像李。像到我在他的臉上看不見一絲的我。我有一瞬間還懷疑他是不是我的孩子，但是內心深處我知道他是。很詭異——我生了這個孩子，然而他對我卻是全然的陌生。

我伸手去摸螢幕，剎那之間真的覺得看見了他的笑容變大，聽見他對我咕噥說話。我很好奇是否能印出照片來，應該是不能，可是值得一試。我把相片存到圖片檔，可是再回頭去找，卻什麼也沒有。我連一張他的相片都拿不到。連一張簡單的相片讓他的母親能夠留念都不行。我真希望能有那種3D列印機，說不定會有用，那我就能把他整個人印出來了。讓他出現在我面前的地板上，又笑又爬，並且散發出寶寶應該有的味道，大概是混合了大便、嘔吐、牛奶吧。

看來我也只能慢慢來，因為我終將是會見到他的。幾個月後他就會在我的體內成長，而且我會感覺到他踢，就跟其他母親一樣。而且我會平安生下他，抱著他，餵他，做其他新手媽媽會做的事。

唯一的差異是我很快就會跟他道別。

而最悲傷的事，真正讓我放不下的事是他不會記得我們短促的相處時光。媽走的時候我至少還有十五年的記憶以及快樂的時光。他卻什麼也沒有。也許，誠如安琪拉所說，對他反而是好事。但願如此。不過這種希望實在是令人情何以堪。妳的兒子比較能接受妳的死，因為他壓根就不記得妳。

「我愛你，」我低聲跟他說。而在話出口之際，我知道我真的愛他。無論發生了什麼事，我都不能離開李，因為沒有李就沒有哈里遜。而我覺得我可能受不了沒有他，我真的受不了。

我不要再讀那些貼文和訊息了，這次我是說真的。我也不碰臉書，我不會讓它佔上風。

我又對哈里遜微笑。「晚安，」我說。「我有一陣子不會再看你，可是我會一直想著你。」我吻了螢幕，閉上眼睛，想像有一天真的親吻他。

翌晨我在等火車，手機響了。我拿起來，很意外居然是莎蒂。我不知道要不要接，卻仍是第二次響就接了起來。

「嗨，」我說。「起得還真早啊？」

「我特別一大早起床來告訴妳我是個混蛋。」

「什麼意思？」

「那天，在Pret。我的表現非常混蛋。」

我有半晌默不作聲，說真的，我是驚訝得啞口無言。我還以為我失去她了，真的。我沒想到還能有第二次機會。

「是我應該想到妳會有多難接受，」我說，聲音顫抖。

「我只是太意外了，我是說，現在誰還結婚啊，對吧？要是妳說妳要跟他同居，我倒還猜到了一半。要在邁瑟莫伊德的連棟房屋跟里茲的時髦公寓中間選一個，我也知道我會選哪邊。」

「我不是為了他的公寓才要嫁給他的。我真的愛他。」

「我懂。我只是不想看著妳變成了中年歐巴桑。如果妳不小心一點，就會在不知不覺間變得渾身都是小嬰兒的嘔吐味，一直在抱怨晚上沒辦法睡覺。」

我得把手機拿遠一點，趁機做兩個深呼吸。她不知道自己在說什麼，我了解，可是我逐漸明白這段友情會變得多不愉快，如果它還能持續的話。

「喂，我不能講太久，」我說。「我的火車快到了。」

「妳沒在他家嗎？」

「沒有。我回來看爸。說真的，我覺得滿累的。我週末跟李的媽媽去買婚紗。」

「哇，大事情耶。買到了嗎？」

「買到了。」

「我會喜歡嗎？」

「不是黑色的，也沒有皮革，先告訴妳。還有，不，我腳上不會穿馬汀大夫鞋。」

「真可惜。不然就漂亮了。」

「我想李的媽媽不會接受。」

「那她接受妳了嗎？」

「大概吧。我們現在是臉書上的好友了。」

「那我標註妳的時候就得小心了，可不想害妳得罪了妳婆婆。」

我的火車駛入月台。

「我得走了，」我說。

「喂，這個星期再一塊午餐怎麼樣？不過這次我請客，彌補我一直這麼混蛋。」

我猶豫了，不確定是否是修補的好時機，心裡惦記著昨晚讀到的東西。不過我已經決定不要再看了，而且說不定能再讓她歸位是個好主意。也許如果我能讓她看清李這個人，她之後就不會興風作浪。

「沒問題。時間確定再通知我。」

週三早晨一醒我就有感覺，每年都一樣。那種心酸。那種痛苦。那種悽愴。人家說時間會治療一切，他們在說謊。真正的意思是在痛苦變麻痺跟你完全意識不到痛苦之間有更多的日子，可是每一年，她的忌日，就像麻醉劑的效用減退，而你發現傷口仍在，一樣的深、一樣的痛，而你這一年只是把它覆蓋住，只為了得過且過。而這一天只是化成了一聲漫長寂靜的尖叫，你等著黑夜降臨，等著麻醉劑再次生效。

我迅速著裝，下樓去。我一進廚房爸就抬起了頭，他已經在哭了，我看得出來。我走過去擁抱他。我們不需要言語。只要知道彼此仍然感覺一樣痛就是安慰了。過了一會兒，他捧住我的頭，吻我的前額。

「一點也沒有好過一點，對不對？」他說。

「對。」

「妳要吃早餐嗎？還是我們就出門？」

「出門吧。」

我們坐進爸的車子，十分鐘的車程都沉默度過。一路上我只能想到爸帶著鏟子行駛這段路，他必定是太絕望了才會想到要把我挖出來。

我摸索著大腿上的水仙花莖。水仙花是媽最愛的花。其實，我不知道是當真如此，或是因為我每年母親節都會送她水仙花，所以她才這麼說。我想到哈里遜夠大以後會帶什麼花來看我。我沒有什麼最愛的花，我看我得選一樣，跟爸和李說。省得他們以後傷腦筋。

以墓園來說，這裡相當不錯。可以眺望盧登山谷——老磨坊的煙囪，原野，樹木，兩側有砌石牆的蜿蜒小巷。而且也很寧靜。我小時候常常全家走路來這裡，那時候我就會埋怨腿好痠。

我跟著爸走向遠遠的那一角，新墳的位置。墳墓後的樹木遮擋了後面的教堂。四處都可見到色彩——玻璃紙包住的花束，短箋上寫著顫巍巍的字跡。

媽的墳在角落。爸買了塊家族墓地。他說將來有一天我們都會團聚。媽會等著我們。可是我從他的貼文知道先葬在這裡的會是我。他就是坐在我們母女倆的墳墓之間哭泣的。

我看著他把一枝紅玫瑰放下，他的手在抖，下唇也在抖。我走過去，捏捏他的手，把我的花束放在玫瑰旁邊。而我在放花時，一直在我心底醞釀的聲音衝了出來，有如一頭原始的獸。我跪了下來，大口吸氣，填補獸離開後留下的大洞。爸蹲在我身旁，攫住我的手臂。

「沒事，沒事，」他說。

「才不會沒事，你不會沒事，我們兩個都不會。」

「潔思，別這麼說。我們已經熬了這麼久了，我們可以一起熬過去。」

我搖頭，兩手在土裡亂耙。

爸想把我的手拉開，想把我拖起來。「潔思，住手，拜託妳。」

「我沒辦法，」我大喊。「我沒辦法阻止，不管我怎麼做，都已經成定局了。」

「好了，別胡說。我們得帶妳回家了。」

我明白他會以為我病了，又來了。我把手從土裡拿出來，瞪著看，再拿近前一點，嗅著土壤的味道，看是否能嗅得到一絲媽的氣息。

爸兩隻手伸到我的腋下，把我扶了起來。我仍然雙腿發抖。我牢牢抓著他，不敢放手。

「我死了以後，你會把我埋在這裡，」我說。「在媽的旁邊。」

爸擦掉臉上的淚。「不，是妳會把我埋在這裡。可是等時候到了，也會有妳的位置。」

「那李呢？」

「我不知道空間還夠不夠。妳想要的話，我可以打電話去問問。」

「還有我們的孩子，」我說。「我要他們也在這裡。」

爸點頭。「現在不必擔心那個，好嗎？我們還有一場婚禮要辦呢。」

他用力抓著我的肩，我能從他的手指察覺到他的擔憂。我向他點頭。

「妳需要去看什麼人嗎，潔思？妳是不是有什麼心事？」

我猶豫了。我好希望能告訴他，可是我不能。他只會很擔心，而我又會被關起來，婚禮就不能辦了。要是婚禮沒舉行，哈里遜就不會存在，我受不了。我受不了不能把兒子生下來。

「不用，我沒事。可是我要你知道我最喜歡的花也是水仙。」

潔思

二〇〇八年八月

我跟莎蒂站在月台上，等著火車進站。現在車站在我眼中非常不一樣了。我想著那些躍下鐵軌自殺的人。我並不是想自己那麼做——我從沒有那種念頭——可是我確實好奇在他們躍下的前一刻心裡都想著什麼。而他們躍身的那一刻，撞上鐵軌或是火車撞上他們的那一刻，是什麼感覺？

我也想著別人。那些在互撞的火車上的人。是否有人真的能夠擊碎安全玻璃？是靠窗或靠走道的位置較好？當時正在上廁所的人又會如何？

火車進站了。我的手指蜷了起來，我把指甲掐進掌心裡。我辦得到，我可以。我數著車廂，但只有兩節，也就是說我沒辦法搭中間的車廂。我不喜歡在頭尾，頭尾的車廂在火車互撞事故中送命的機率很高。莎蒂伸手按了按鈕，車門就嘶嘶叫著打開。我能看見她看著我，等待著。

「走吧，」她說。「看能不能找到座位。」

我強迫自己的腿動，跟著她上車。可是兩條腿卻像生了根。車廂裡總共只剩兩個座位，是最靠近駕駛艙的。莎蒂已經坐了靠窗的位子，她看著我，皺著眉頭。

我搖頭。我只能搖頭。

她拎起皮包，走向我。「怎麼了？怎麼回事？」

我不能告訴她真正的原因——說我不想坐那裡，怕會火車相撞。我不能解釋依照統計坐在火車的前段死亡率比較高。別人都不會去想這種事。他們只是聽說有三人死於火車互撞，他們可能知道一個是司機，可是他們卻不問另外兩名乘客坐在哪裡。他們不問是因為他們不想知道，他們想要當幸福的無知者。

我看著莎蒂。她仍在等我回答。我的嘴巴嚅動，卻發不出聲音。

「妳寧願站著？」她問。

我點頭。她聳了聳肩，火車啟動，她抓住扶手。不過我從她的眼神看得出來，她穿越到另一邊了，她也跟他們一樣。她覺得我快瘋了。

第三部

安琪拉

二〇一六年七月二日週六

我在潔思抵達前先趕到婚紗店，她不像李跟我一樣準時，我注意到了。不過如果這是她最大的缺點，那也不算太壞。我從手提包裡掏出了待辦事項清單，瀏覽了起來。每次我刪除了一項，總是又有一件事得添上。我倒不是在抱怨。能夠負責這麼多婚禮的籌辦事宜讓我覺得很愉快。我有些朋友覺得在兒子結婚時像個完全的局外人。我覺得說起來，我既是新郎的母親也是新娘的母親，真的，真的就是這種感覺。

至少到目前為止都還算順利。婚紗的事只有一兩個分歧點。潔思很堅持不要伴娘，我也接受了，雖然飯店非常樂於為搭配伴娘的禮服改換餐巾的顏色。

她也堅持要讓她的父親跟飯店的主廚商討菜單，儘管我就能夠處理得很好。

門上的鈴鐺叮叮響，我抬頭看見潔思衝進來。

「嗨，安琪拉。抱歉害妳等。」

她的髮梢仍是濕的，好似剛洗完澡。

「沒關係。幸好你們的婚禮不是在早晨。」

「我每次到週末都累得要死。我想我的生理時鐘還沒習慣早起。」

「再忍一個星期，然後妳願意的話，就可以在床上躺兩個星期不起床。」

她微微臉紅。我也一樣，話已出口，後悔也來不及了。這種事不是妳會願意去想的——妳兒子的性慾。不過我可以想像一定是很健康的。

「唉呀，準新娘來了！」茱麗亞說，從裡間衝出來。「今天早晨可好？」

「很好，謝謝，」潔思回答。在我的預想中，她這時應該很興奮，可是卻沒有。會是最後一分鐘的緊張嗎？其實倒也難怪，尤其是她母親不在身邊幫她打氣。

「好，這邊走吧，」茱麗亞說，示意她到試衣間。「我們為妳把婚紗準備好了。如果還需要什麼調整，我們的時間還是很充裕的。」

潔思點頭，跟茱麗亞一起消失在試衣間裡。我掏出手機，進了臉書。潔思仍未貼上婚禮籌備的任何消息。我之前問過她——我猜想是不是因為什麼迷信——但是她只說她不再上臉書了。我們成為好友時我看過了她的動態時報。去年的貼文相當多——都是女孩子的傻自拍照，嘛著嘴唇之類的。很多事她都被她的朋友莎蒂標註，這就是要見證她婚禮的女孩。可是好像一切都在她跟李開始交往後就停止了。我猜是她太忙了，我也知道李不喜歡別人跟他在一起時盯著手機。愛瑪就是在這一點上經常惹惱他，我唯一一次聽見他對她聲色俱厲就是他逮到她在看手機。

試衣間的布帘拉開了，潔思走了出來。我看見她真的倒抽了一口氣，她美極了。婚紗再合身不過了——簡直就像是縫在她身上的。而且她的肩膀確實很漂亮。

「喔，潔思，」我說。「妳的樣子美極了。我真高興妳最後還是選了這一件。」

她擠出淡淡的笑容。我就最喜歡她這一點，她似乎不知道自己有多迷人。愛瑪就沒有給我這種印象。不過話說回來了，如果沒有足夠的自信，也當不成演員吧。

茱麗亞又忙了一會兒，扭扭飾帶又調整裙子，然後才退後一步，嘆了口氣。

「我不得不同意安琪拉的看法。這件穿在妳身上實在是太完美了。而且等妳把頭髮盤起來，戴上頭冠，更有畫龍點睛的效果。」

頭冠是茱麗亞的點子。潔思也同意了，不過總覺得同意得有點認命。

「我們星期三還要跟妳推薦的設計師試做頭髮和化妝，」我跟她說。

「天啊，妳一定會美得驚人。妳的兒子真是好福氣，」茱麗亞微笑道。

「喔，放心好了，他都知道，」我說。「而且我也不會讓他忘記。當婆婆的第一條守則就是確定兒子對待太太的方式是妳自己想要得到的對待。」

我低下頭，兩腳移動，清楚知道自己說的話害我自己不自在。

「可以脫掉了嗎？」潔思問。

「可以，可以，我進來幫妳。」

茱麗亞兩分鐘後從試衣間出來，過來找我。「我覺得她可以搭配一雙高品質的象牙色絲襪，」她低聲說。「我請她帶一雙過來，可是她好像是忘了。」

「謝謝，」我說，「這件事交給我吧。」我拿出我的清單，加了上去。稍後我會帶她到百貨公司的內衣部門。這可憐的孩子現在只怕腦袋裡塞太多事情了。

她從試衣間出來，表情仍有些迷惘。

「妳不急著回去吧？」我問。

她搖頭。李去過他的單身週末了，他現在就在飛往都柏林的途中。我問潔思是否要幫她辦一個婚前派對，她卻似乎沒意願，說她可能會跟莎蒂出去玩一晚。

「好，那，讓我帶妳去吃茶點，然後我們再去逛街，買最後需要的東西。我已經跟茱麗亞說回來的時候會過來拿婚紗。」

「好，」她說。

我們去了上次那家咖啡館，她又點了巧克力布朗尼和熱巧克力。

「我非常希望妳能把秘密告訴我，潔思，」我說，看著她大吃。「我光是看那些一眼，體重就會多出兩磅。妳一定是精力過盛什麼的才能消耗得那麼快。」

她低頭看手，我忍不住感覺她今天有點緊繃。

「妳還好吧，親愛的？是不是有點婚前緊張？」

她聳肩。「大概吧。我不太敢相信我下星期就要結婚了。」

「唉，這倒是可以理解。只要不是因為李說了什麼或做了什麼就好。」

她抬頭，眼睛直逼著我。這還是頭一次她讓我覺得不舒服，就好像她懷疑我隱瞞了什麼。

「他是個好人，潔思。他會好好照顧妳的。」

她把玩著戒指，看著窗外，用力眨眼。

「妳爸爸很期待婚禮嗎？」我問。

「對。只是之後他會很辛苦，只有他一個人。」

「他不會有事的。李離巢的時候我覺得好辛苦，可是後來就會習慣。再說，妳離他又不遠。

誰知道呢，說不定沒多久他就要歡迎新的成員了。」

她砰地一聲放下馬克杯，還瞪著我。

我突然想到她會這麼沉默會不會是她自己也藏著小秘密。

「妳沒有……我是說，妳有什麼事要告訴我嗎？」

「沒有，沒有，當然沒有。」

「沒事，我只是問問。反正也不是什麼問題，至少對我不是。而且我確定對李也不是。妳知道他有多想要有自己的家庭。」

她又低下了頭，在椅子上微微欠動。

「等時候到了，」我往下說，「我不要妳擔心妳得自己一個人面對。我每天都會過來幫妳。晚上不能睡到頭來對身心都不好。我會負責洗衣服，帶寶寶去散步，讓妳有喘息的空間。」

潔思站了起來。「對不起，」她喃喃說，匆匆走向洗手間。我沒想到她會這樣，我從來就不覺得她是很敏感的那種人。我猜大約是整件事的壓力過大。我納悶是否應該跟上去，又決定不要。我實在跟她沒那麼熟。

我喝咖啡，掏出手機，發簡訊給李。

潔思穿婚紗美極了。玩得愉快，要乖喔！X

他不會逾矩的，他知道分寸。他現在不會出亂子了。再說他又不是跟一大群年輕小伙子出去，只是公司的三個同事，而且他們的年紀都比他大。我敢說只是喝幾品脫的健力士，不會有什麼再出格的事。

潔思幾分鐘後回來了，好像哭過。

「對不起，」我在她坐下時說。「妳為了下週六的事緊張不安，我還嘮嘮叨叨說什麼寶寶，我一定像是在給妳的人生潑冷水。」

她抬頭看著我，眼睛瞪得又大又圓。「我想搭火車回家去，」她過了一會兒說。「我覺得不是很舒服。」

「那婚紗呢？」

「妳可不可以去拿，帶到妳家去？我週四預演的時候再跟妳拿，這樣比帶著婚紗搭火車要方便。」

「好，好，沒問題。一點也不麻煩。妳確定自己能走路嗎？我可以送妳到車站。」

「我沒事，謝謝，」她說，穿上了夾克，拿起背包。「我想新鮮空氣對我有幫助。」

我回家後就把婚紗掛在客房的壁櫥外面，其實把婚紗帶回來真是不錯。讓整件事變得更真實。我一直讓自己忙著籌備，但是大多數的安排都是在網路上或是透過電話完成的，現在婚紗在我這兒，感覺像是真的要成真了。我把手探進塑膠套裡，撫摸裙子，想起了我在自己的大喜之日的興奮之情。我想的是那時我是多麼充滿了希望以及對將來的夢想，而避免去想婚後的情況。

我嘆口氣。至少不會太久了。一旦結了婚，李絕不會浪費時間。而且她又那麼年輕，可能會立刻就懷孕——她又不是那些三十好幾的女人，卵子日復一日衰頹。

我在床鋪邊跪下，拖出抽屜，打開來。抽屜裡的東西比以前更多。自從他們宣布訂婚後，我就覺得沒理由再保留了。

我拿出了奶油色和米色的小睡袋，現在顯然沒有人再用什麼嬰兒床毯子了。我有三個睡袋，一模一樣的。我相信有許多夜晚孩子會在這裡過夜，我想確保萬事俱備，盡到奶奶的職責。我會是那種事必躬親的祖母，住得近就是有這個好處。我隨時都可以造訪，幫她暫時照顧寶寶，給她應當充分的喘息空間。他們也可以晚上出去約會，像現代的夫妻，而不用擔心回家來會吵醒孩子。我之後再買嬰兒床，等懷孕的消息確認了之後，我是怕她對這類事會太過敏感。我可不要她看見了嬰兒床，覺得是我在給她施加壓力。

而且她的母親過世了也有一個好處，就是她的家庭不會干涉。我是說，她的父親總不會想被埋在及膝深的尿布堆裡吧？

不，我的第一個孫子會是我一個人的。無論是男孩女孩都會什麼也不缺。而且，一旦孩子來了，我也就什麼都不缺了。我會有個快樂的家，像多年之前，在他把一切都撕裂之前。

潔思

二〇一六年七月二日週六

莎蒂在安排單身派對。我是不想辦的，可是我跟她說李要去過單身週末，她就堅持要辦。我同意了，只有一個附帶條件：只有我跟她。而且絕對沒有安琪拉。

她以電郵傳來的請帖只說七點半到她家——「打扮得美美的」，還要帶過夜的袋子。

感覺很奇怪，走路去莎蒂家，好像我又退回到十四歲。莎蒂重出江湖，雖然可能只有一晚。我按了門鈴，立刻就聽見腳步聲衝下樓。她媽媽總是叫她大象仙子，當然說的時候是充滿了感情。

莎蒂開了門，穿得像一隻雞。

「莎蒂！」我說。「我好不容易有一次準時，妳卻連衣服都沒穿。」

「啊，那妳就錯了。我就是要穿這件。」

「真好笑。能不能提醒妳是妳說要『打扮得美美的』？」

「那是我設的局。相信我，我的衣著絕對得體。」

「哪裡得體？」

「上樓來就知道。」

我跟著她上樓，覺得有點火大，我花時間打扮，結果卻白忙一場。她打開了她房間的門，她的床上和地上有一堆的枕頭和靠枕。窗簾合攏了，燈亮著。床頭几上擺著的爆米花和巧克力之多，我這輩子沒見過，還有一瓶葡萄酒和兩個杯子。而在窗簾之前立了一架巨大的投影機銀幕，連接著筆電。

我轉身看著莎蒂，笑得咧開嘴。「我們的私人電影院。」

「對，」她說。「妳不是一直都想要？」

她說得對。我們以前老是在談這個，還上購屋網搜尋有家庭電影院的房子。

「太棒了，」我說，聲音哽咽。「謝謝妳。」

「唉，我沒辦法跑去影城租銀幕，那些小氣的王八蛋絕對不會給我多一些折扣，所以只好這樣了。銀幕是爸的一個朋友借我的。對了，妳得換衣服。拿去。」

她給了我一個大禮物袋，裡頭有一件跟她類似的小雞裝。

「看看背面，」她說。

我照做。背面上寫著「潔思的母雞夜⑩，二〇一六年七月」。底下有一顆大心，裡面寫「阿潔愛阿李」，還有好幾支箭把心射穿，就跟小時候我們在鉛筆盒上畫的一樣。她特地去做這個。儘管她對李沒什麼好感，她還是為了我而這麼做。我覺得自己好卑鄙，居然恨將來的她。我走過去擁抱她。

「謝謝。太完美了，每一樣都是。」

「很好。我覺得這是我們最後一次度過一個女生之夜。妳也要在這裡過夜。我們有一堆電影要看呢。」

她指著地板上那疊DVD，我至少就看到有兩部《哈利波特》和《麻雀變鳳凰》。「從這一個開始，」她說，舉高了一張《落跑雞》。

「喔，我愛死了金潔了。」

「對，正適合母雞夜。而且等一下還會送披薩來。還有，我保證看完以後不會要妳在地板上爬，把爆米花撿起來。」

我嘻嘻笑，又摟抱了她一次。

「我會非常想妳的，」她說。

我用力吞嚥。她一點也不知道她究竟會有多麼想念我。

「嘿，我只是要結婚，又不是要移民。」

「我知道。可是以後就不一樣了，對吧？我上班和搭火車的時候總是會想妳。以後妳搬到里茲去，我看見妳的機會就更少了。」

「我們還是可以在午休時見面啊。」

「我知道。可是就像我說的，以後就不一樣了。」

我換上了我的小雞裝，莎蒂則去播映第一部電影。

「媽的，」她一轉身看見我就說。

❿ 母雞夜（hen night）就是新娘在婚前的單身派對。而新郎的單身派對則是公鹿夜（stag night）。

「怎樣?」

「妳連穿小雞裝都這麼性感。我真的很討厭妳。」

「搞不好我應該帶去度蜜月。」

「嗯,」她說,露出鬼臉。

「又怎樣了?」

「妳要去度蜜月,聽起來比妳要結婚還奇怪。」

我聳聳肩。「今年確實很奇怪。」

我們咚的一聲跳上床,《落跑雞》的片頭也出現了,莎蒂側目看著我。「妳還有看到臉書上的貼文嗎?」她問。

我發現她用「看到」,彷彿那是只存在於我腦海中的東西。

「我好久都沒上臉書了,」我說。

她把爆米花給我。

「我有點擔心,」她說。「我覺得這種事可能又會再出現。」

「我只是有點惱火而已。」

「妳知道那是不可能的吧?不會有人從未來貼文。」

她在測試我。想明白我的心態而不直接指控我什麼。我又抓了一把爆米花,看著金潔最新的逃離雞舍計畫又遭到挫敗,然後才回答。

「我當然知道。」

「那妳願意的話，大可以慢慢來，不用急著結婚。」

「妳這是幹嘛？在做『我的朋友是否心理不穩定』問卷調查嗎？我看妳大概是漏掉了問題五。」

「嘿，我只是在替妳著想啊。」

「不需要，好嗎？我沒事。我自己心裡有底。」

這句話當然不是真的。我他媽的根本就不知道我在做什麼，我只知道我得走下去，為了哈里遜。

後來，很晚的後來，披薩送來也吃光了，我們看完了一部《哈利波特》，《麻雀變鳳凰》看到一半，莎蒂才轉頭跟我說：「妳說得對，我是在嫉妒，可是只有一點點。我一向就知道妳是薇薇安，我是凱特，只是我大概從沒想到真的會有愛德華，一直到李約妳出去。」

「妳比凱特好多了。」

「我喜歡凱特。」

「我知道，我也一樣。可是妳還是比她好多了。她或許有潛能，可是妳有的是真材實料。」

「只要跟我說星期六李不會坐著白色禮車來，從排水管爬上來找妳就好。」

我又是微笑又是搖頭。

「還有告訴他，他最好要好好待妳，否則的話我就會要他好看。要是他敢傷害妳，他還沒領教過我的脾氣呢。」

我一把抱住她，淚水滾滾而下。他可能不知道，但我是絕對知道的。

□

飯店比我記憶中還要大。憑良心說，我實在看不出有預演的必要。人生中的其他重要事件都不預演，不是嗎？譬如你的死亡。結婚日又有什麼了不起的，需要百分之百按照計畫？婚後的生活才是更重要的吧？

但是呢，安琪拉說我們必須預演。安琪拉說得沒錯，飯店的位置極理想，介於里茲與機場之間，而且房間裝飾得很有風格，空間又大。我個人是覺得安琪拉可能把整個飯店網站囫圇吞了，可是我有什麼資格質疑她呢？

「哇，真華麗，」爸一下車就說。

「對啊，」我說。「好像吧。」

「妳不喜歡？」他問。

「說真的，我覺得登記處就很好了。」

「那妳為什麼同意？」

「我沒同意。她先訂了才告訴我的。」

爸嘆氣，做個鬼臉。「妳可以跟她說不的，妳知道。」

「我說過，在不少事情上。這件事我實在沒力氣跟她吵。」

我們走過那株樹墩扭曲的樹，就是臉書上結婚照背景裡的那一棵。我們第一次來我就認出來了，那時再想做什麼也來不及了，李已經付了訂金。而且婚紗的事仍縈繞心頭，我猜要是我去訂別的會場，那裡只怕會一夜之間燒光。

李和安琪拉已經在接待櫃檯了。安琪拉一手拿筆記本，一手握筆。李過來吻我，我立刻就想到哈里遜，想到李會是多棒的一個父親。

「真高興又見面了，喬，」李說，跟爸握手。「我剛看過你擬的菜單，太棒了。」

「謝謝。希望吃起來也一樣好，」爸說。「否則就會有人說話了。」

「你是西約克郡的地獄廚神嗎？」李問。

「不是，他的心腸軟得要命，」我說。「他連拉高嗓門都不會，更不會罵人。」

「我的表情很嚴肅，」爸說。「如果想在廚房受尊重，你只需要板張臉就行了。」

他轉身面向安琪拉，吻了她兩邊臉頰。我覺得她很高興他是半個義大利人。她就是那種女人，如果邀請爸去吃飯，她會弄個全套的義大利主題，而且覺得誰都不曾想到過。

「哈囉，安琪拉，」他說。「謝謝妳這麼辛苦。」

「哪裡，」她說。「我想確定那天一切都很完美。」

瑪麗出現了，她是飯店協調婚禮的專員。「嗨，大家的心情如何啊？」

「迫不及待，」安琪拉說。瑪麗轉頭看著我，我決定還是別提我大半夜沒睡，而且覺得緊張得快吐了。

「對，」我說，努力掛上笑臉。

「好，請各位跟我來，我帶你們參觀飯店，讓你們知道需要知道的地方。然後我們就按部就班把整個婚禮流程都走一遍，有問題的話請不要客氣，儘管提問。」

我們跟著她出發。李握住我的手，輕捏了一下。

「只要想到蜜月，」他跟我耳語。「等我們去度蜜月，這些麻煩都不算什麼。」

我抬頭看他。這是我愛上的李。親切、關懷，調皮的男人，他就要成為我的丈夫以及我孩子的父親。既然如此，為什麼在他面前我會如此忐忑不安？每次他碰我，為何我都得極力忍著不畏縮？我需要把另一個李驅逐出腦海。另一個李不過是我的想像力——或是某人的想像力——虛構出來的，並不真正存在。沒有什麼好害怕的，沒有什麼好擔憂的。

一直到我們來到婚禮即將舉行的房間，我才驀地想到再兩天我就要結婚了。這件事就要成真了，而我有兩個選擇：把自己憂煩得要死，不確定是否做對了；或是勇往直前，樂在其中。媽總是叫我不要把生命浪費在可能不會發生的事情上。

我走下椅子之間的通道，站在李旁邊。

「哇，妳好漂亮，」他說。

「你怎麼知道？你還沒看見婚紗呢。」

「我可以在腦海中看到，」他說。「而且我估計妳會比我想像中更漂亮。」

□

返家途中爸很沉默。我猜他是漸漸明瞭了週日那天他就會從婚禮回到一棟空蕩蕩的屋子裡。

他在我們那條馬路上僅剩的停車位停好車，我下車來，到後車廂去拿我的婚紗。婚紗套著白色袋子，無法看穿。

「我可以偷看一下嗎？」他問。

「絕對不行。反正也不用等太久。」

他對我微笑，挺傷感的一笑，然後就進了屋子。我把婚紗直接拿上樓，吊在衣櫃裡。再下樓時，發現他坐在廚房。餐桌上有個禮物，扁平的四方盒，銀色包裝紙，綁著藍色緞帶。

「這是什麼？」我問。

「送妳的。」

「我現在就可以打開嗎？」

「可以，可是妳得先看這個。我應該告訴妳一聲，是妳媽寫的。」

他遞給我一個信封，上頭是我媽的筆跡，寫著我的名字。我瞪大眼，手在發抖。

「她在過世前寫給妳的，」爸說。「叫我等時間到了就交給妳。要是妳拿到房間去看，我不介意。我也可以唸給妳聽。」

我搖頭，拆開了信封，抽出兩張紙。

親愛的潔思，

如果妳有點震驚，我很抱歉。現在可能會感覺有點陰森森的，我從地下跟妳聯繫，但是當時我覺得這個點子滿好的。說再見最難的一件事就是知道我沒法在妳人生中所有的重要時刻陪著妳。爸是個好人，一個大好人，百裡挑一的好男人，可是有時候女孩子就是需要媽媽，而我覺得這一刻可能就是其中之一。

妳要結婚了！我得說單是想想就感覺很奇怪，因為此時此刻妳才是精力充沛的十五歲孩子，最愛破牛仔褲和馬汀大夫鞋，要是我暗示這種事，妳一定會對我翻白眼。

也有可能妳不是要結婚，因為我叫爸在妳找到了人生伴侶時把這封信給妳，所以妳也可能只是要搬出去和他同居，這樣也很好。我並不真的在乎那薄薄的一張紙，我最關心的是妳快不快樂。

可是，還是要說聲恭喜！我不知道妳看到這封信時會是幾歲——十八（我知道很不可能），二十五、四十五，隨便——可是我很高興妳找到了一個妳想要共度餘生的人。不容易呀，人生。而結婚並不會讓人生變得更輕鬆，可是在碰上難關時，妳卻會有一個人在妳身邊幫忙妳。我希望那個人配得上妳，我也希望他能像我這樣愛妳（我覺得不可能會有人像我這麼愛妳）。

最要緊的是，我希望他能夠以妳值得的方式寵愛妳、珍惜妳、照顧妳。永遠別忘了妳很棒，而要配得上妳，他也得很棒。

我以前常跟妳說我不在乎妳臥室牆上的那個傢伙有多帥（我承認羅伯·派汀森是滿可愛的），只要他們對妳不好，妳就需要甩掉他們。

爸並不完美（我們沒有人是），而且等我走後他可能會掉更多頭髮，他也可能仍穿著那件討厭的開襟毛衣，可是這些都不要緊，因為他有一顆善良的心，而在這些年來也始終對我不離不棄。

潔思，生妳時我痛得很厲害。不是普通的那種痛，妳出來時，我的腸子都穿孔了（妳的一條手臂舉在頭頂上——沒關係，我早就原諒妳了）。我得在手術台上縫合。縫了好多針——他們連幾針都沒說，因為實在是太多了。他們說等我出院後，第一次腸子運動可能會迸裂，所以那時候我簡直是嚇慌了，我很怕又會爆裂，所以妳爸跟著我進浴室，握著我的手。聽起來可能不怎麼浪漫，我知道，可是這就是真愛，潔思。而不是妳在迪士尼電影裡看到的傻氣故事。所以我希望妳選中的那個人就是那個人，在妳最需要時陪著妳，永遠不會丟下妳一個人去面對困難。

我留了一個禮物給妳。借來的東西⓫，我嫁給妳父親時戴著。我希望妳也會像我們一樣幸福，潔思。並且知道我也為妳開心。

永遠愛妳。

媽
X

我把信放在桌上，嚎啕大哭。爸跪下來擁抱我，把我拉進懷裡，前後搖晃，輕撫我的頭髮。此時此刻我不在乎我已經二十三歲了。我覺得自己又是個小孩子，我希望他能夠一直這樣抱著我，讓一切的壞事都消失。

「她真的愛你，」我好不容易才在啜泣之間開口。

⓫西方新娘為求好運，在婚禮當天傳統上會穿戴「某樣舊東西，某樣新東西，某樣借來的東西，某樣藍色的東西」。

「我知道，」他說，拂開我臉上的一綹濕髮，「可是妳才是她最愛的人。」

爸把禮物拿給我。我拆開了藍緞帶，手指仍在發抖，撕掉透明膠帶，拿出裡頭的盒子。我掀開蓋子，就看見了一條美麗的短珍珠項鍊，就是我的結婚照中的那一條。我還一直在猜項鍊是哪兒來的；就只缺這一樣了。我以為或許是安琪拉會在婚禮當天的早晨給我，但不是安琪拉，是媽。我甚至沒發覺這就是她的結婚照上的那一條。新一輪眼淚又一顆顆落下。爸把項鍊從盒子裡拿出來，幫我戴上。我輕輕觸摸，我能感覺到她。週六那天她會和我同在，她會幫助我走過。因為她了解誰也無法像母親愛子女一樣愛某個人。

私訊

喬・芒特

08/01/2018 9:39pm

他們起訴他了，潔思。李被控殺害妳。警方說他們不能以謀殺罪起訴他，因為他們無法證明動機，但是仍改變不了他殺了妳的事實。我美麗的寶貝女兒，被她自己的先生殺害了。而我什麼也沒做，因為我不知道他在傷害妳。我不知道因為妳沒告訴我。為什麼，潔思？妳為什麼不能跟我說？妳可能是怕我擔心，可是我真希望妳說了。

來看我的女刑警說有時女人會覺得說出來很難為情，說她們覺得一定是她們的錯。不是的，潔思。沒有人應該被那樣子傷害。我很抱歉沒能保護妳。我很抱歉我沒察覺徵兆。可能是我不想察覺。可能是我太努力要接受我的女婿，以為那是妳的意願。我真希望妳媽還在，她就能看穿真相。她會明白是怎麼回事，而且我知道妳會跟她說。

我仍然無法消化這些事。妳好像有個秘密的人生，我只知其一不知其二。可是同時，我要設法把哈里遜要回來。安琪拉不會願意放手，我知道，可是我會找個法子把他帶回他歸屬之處——因為我知道這是妳的希望。

潔思

二〇一六年七月九日週六

我讀的時候並沒有尖叫，我沒有發出一丁點聲響。可能是因為是半夜四點，我不想把爸吵醒。也可能是因為我發不出聲音了。我的身體似乎整個陷入了驚厥。我躺在床上，不由自主地抖動，頭擺來擺去。手機掉在床上，仍顯示著貼文。確實是李殺了我。那個我今天就要嫁的男人就是終結我生命的男人。究竟是如何殺的，我不知道，不過並不真的重要。重要的是他殺了我。

我上臉書只為了看看H的相片。我一直很乖，幾週都沒看我的動態時報，可是我太緊張了，睡不著，而唯一能讓我覺得安心一點的事就是再看H一眼。這麼做笨到了家。可現在我知道了，我沒辦法挽回。我可以盡量說服自己是胡說八道，是被拋棄的前女友以及吃醋的閨蜜的謊言。可是我不能視而不見。事實俱在，在我爸親手寫的文字裡。

我閉上眼睛，想要眼不見為淨，但是它卻銘刻在我的眼皮上了。這下子我再也擺脫不了它了。懷疑的種子已經播散，即使我克制著不去灌溉，它也會尋找縫隙，抓住透進來的陽光，找到出路，突破地表。稍後在我步上紅毯之時，我會滿腦子想著這個。我非但沒有因為要嫁給我想共度餘生的男人而滿面春風，我反而會一直猜測他是如何殺死我的。猜測這一切是否是真的。

顫抖稍微減慢，我恢復了有限的自制力。我極其清楚我仍有一個選擇，我可以決定不出席婚禮。我甚至不必說明原因，我只需要缺席。安琪拉會瘋掉，爸可能私底下鬆了口氣，莎蒂絕對會。

可是我無法向任何人解釋我的決定，大家會懷疑我是否拋棄了絕佳的幸福良機，只因為一件可能不會發生的事。而且我當然得辭職。那倒沒什麼要緊的，因為我相信我能回頭去做舊工作。

但是有個主要原因讓我不取消婚禮，凌駕於一切的原因。我拿起手機，關閉爸的上一則私訊，捲到早先的貼文。H的一張新相片。他在笑，露出酒渦，我還看見了兩顆牙。我甚至不知道我的寶寶長出第一顆牙齒了。這就是我錯過的，過去的這幾個月，錯過了看著他長大。他的頭髮也多了一些，不過仍不算很多。我看著貼文的日期，爸寫的「今天八個月」。我甚至沒留意按讚的人數或是底下的回應，我太忙著計算，直到這時我才確定：隨時都有可能。他是個蜜月寶寶。

我又開始發抖。水銀在向上攀升，快到我覺得會爆炸。要是我今天不嫁給李，H就不會存在。他不會有機會長出第一顆牙，不會有機會對外公微笑，不會有機會被愛他的人抱在懷裡——像我這樣的人。我怎能剝奪他這一切？我怎能剝奪他可能過的生活？他值得活下來；他值得這個機會。可是我也知道要是媽在，她會跟我說我不該像她一樣，人生被縮短。

我猛地坐直，想起了莎蒂說她讀過我的信，說她會確保H平安無事。我這才了解我需要做什麼。我現在不能告訴別人，因為他們不會相信，可是我可以留下話來，將來他們會相信。就算救不了我的性命，卻說不定能夠確保H的安全，如果，不，是在我出事了之後。因為，很顯然把他留給那個據稱殺了我的人並不是一個令人安心的選項。

我下了床，睡意盡失。我現在像通了電，我到房間角落的壁櫥翻找紙和信封，然後抓支筆，在床沿坐下來，開始書寫。

□

天際破曉，我躺在床上，瞪大眼睛。我決定了。或者該說我知道我必須怎麼做了。我覺得像某位歷史人物，一名年輕的皇后認了命。我緩緩起身，不知是世界在旋轉還是我的腦袋瓜在旋轉。封好的信封立在我的五斗櫃上，今天會送出去，不會有人問問題。嗯，可能會有人問，不過不會得到答覆。我做了三次深呼吸才站起來。我像皇族一樣走向門，取下鉤子上的浴袍，包住身體，打開了門，準備面對今天的任何情況。

該我為爸做早餐了。通常都是他做，而我椎心地知道明天起我就再也無法為他做這件簡單的事情了。我不知是否所有的子女都這麼差勁，抑或是只有我這樣。我是否在媽死後太忙著吞嚥悲傷，所以從未注意到他的哀傷？從未注意到他為了我才勉強撐持？這頓早餐甚至稱不上好——吐司上擺水煮荷包蛋，一杯茶。要是我早想到，我可以買點特別的東西。不過我沒想到，我就是這種沒良心的女兒。

爸打開門發現我把餐桌都弄好了，一臉驚訝。「妳還好嗎？」他問。

「嗯，睡不著了，就想說乾脆起來，讓自己有點用。」

「大日子緊張了？」他問。

「大概吧。」

他走過來擁抱我。我費盡了力氣才沒有崩潰。「謝謝，」我說，「我正需要。」

「妳不必擔心的，妳知道。安琪拉真的安排得很好。」

「我知道。」

「她說得對，妳只需要露面就好。」

我擠出半個微笑。「我幫你做了吐司加水煮荷包蛋，」我說，走向爐子。爸發出苦笑。

「怎樣？」我問。

「沒關係，妳都做了，不過我為妳準備了一點特別的東西。」

等待讓我坐立難安。如果我是早晨結婚，就會容易多了。只要起床，打扮好，出門，不會有時間思索我在做什麼。

可是，偏偏就有這段痛苦難耐的空檔。穿上婚紗嫌太早，彩妝美髮師還有兩個小時才來。我的房間不再是以前的避難所了，我的房間是真相攤開或編織謊言的所在，端視你怎麼看。房間裡頭剩下的東西也不多了，我的大部分東西都搬進了李的公寓，包括為蜜月收拾的行李箱。房間空洞洞的，充滿了道別的氣氛，充滿了已在消退中的回憶。我的手機嗶一聲，是李傳的簡訊。

我愛妳。等不及見到妳葛利菲斯太太X

我心中的兩股互相競爭的力量轟然相撞，力道之大，震得我全身都哆嗦。我需要把信送出去。我拿起信封，跑下樓，跑向後門。

「妳要上哪兒？」爸問。

「我需要新鮮空氣。」

「妳還好吧?」

「我沒事。馬上就回來。」

我怕爸會問能不能陪我去,所以我才在他有機會開口前跑掉。我不想說不,害他難過。我筆直朝運河走,媽過世之後我也是去那裡。我喜歡這裡,因為兩邊都可以走,而且不必多加思索就能走回來。我掏出手機,打給莎蒂。她才接我就已經在哭了。

「嘿,怎麼了?」

「妳能不能來找我?」我哽咽著說。

「妳還在家裡嗎?」

「沒有,在運河邊。」

「妳跑那兒去幹什麼?」

我要回答,卻發不出聲音。

「聽著,待在那裡,」莎蒂說。「我馬上到,好嗎?」

我聽出了她聲音中的驚慌,她八成以為我要做什麼傻事。我想大概也是。只不過不是她以為的那種傻事。

她五分鐘不到就趕來了。我從她的臉色以及上氣不接下氣的樣子知道她是一路跑過來的。她一把抱住我,似乎是看見我仍在這裡,大大鬆了一口氣。我又哭了起來。

「怎麼回事?」她問。

我搖頭，仍無法說話。

「妳不想結婚了？」

我聳聳肩。「好難。」我只擠出這麼一句。

「什麼好難？妳是不是逼不得已？」

「我沒有選擇。」

「妳當然有選擇。妳現在就可以抬起腳走人，妳要的話，我陪妳。」

「不，妳不懂。」

「那就說給我懂。」

我仰望天空，這才發覺今天是很美麗的一天，是結婚的好日子。

「我一定得結，只有這條路。」

「我還是聽不懂妳在說什麼。」

「要是我不嫁給他，好事情就不會發生。」

「妳怎麼知道？」

「我就是知道。」

我看見了她恍然大悟的表情，也能聽見她的腦子裡喀噠一聲。

「妳又看到貼文了？」

她覺得我是生病了。要是我不堅持走下去，人人都會覺得我病了。潔思・芒特，她的腦袋不正常，從沒正常過。唉，打從……

「沒有。」我的語氣不善。

「妳愛他嗎？」

「愛。」

「他愛妳嗎？」

「愛。」

「那還有什麼問題？」

我用力吞嚥。她不明白我說的是哈里遜。「就只是，好難。」

「妳是不是婚前緊張？」

「對，大概吧。我沒事的。」

「確定嗎？」

我點頭，一邊拭淚。莎蒂再捏了我的肩膀一下，放開了我。

「那，真是太感謝了，因為我已經買了一身的新行頭。」

我盡量破涕為笑。

「我甚至還買了帽子呢，」她說。

「可是妳不適合戴帽子，妳自己都這樣說。」

「我知道。可是我覺得沒關係，因為大家反正都會盯著妳看，那我乾脆就瘋狂一點。」

我搖頭。「我愛妳，瘋婆子。」

「感情別太豐沛了，我要把眼淚留到以後。」

我從口袋裡掏出信封，交給了她。

「這是什麼？」

「收在安全的地方。如果我發生了什麼不幸再打開。」

「得了，潔思。怎麼又來這一套？」

「我只要求妳這麼多。妳收下會讓我覺得比較安心，拜託。」

她收下來，塞進了外套口袋裡。

「謝謝。請妳記住這是我的選擇，而妳沒辦法勸我打消念頭，好嗎？」

她聳聳肩。我們默默沿著運河走回去。

我不能說我不認得鏡中那個回瞪我的人，因為我認得。我從臉書上的相片認出她的。她有相同的髮型和化妝，相同的婚紗，眼中有著同樣的動搖。我現在知道她了。我了解她是在做必須做的事。我最後環顧了臥室一眼。這麼多的回憶，好的、壞的。可是我是在把潔思・芒特隨它們一塊埋葬。今天是全新的開始，是新的篇章，新的生命。

爸一看到我站到樓梯上就哭了。

「喔，別這樣嘛，」我說。「你要是一直哭，會把我的妝哭花的。」

他微笑，擦乾眼淚。「妳真美。」

「我底下穿馬汀大夫呢。」

「最好沒有。」

我掀起裙襬，讓他知道我只是在開玩笑——我穿著正統的新娘皮鞋。為什麼會有人在乎這個，我真不懂，可是安琪拉很堅持。

我走到樓梯底，爸吻了我的雙頰，視線落在我的短項鍊上。

「真完美，」他說。

「我知道，」我說，輕輕觸碰。

「如果妳什麼時候需要她，別忘了她就陪著妳。」

我點頭。外頭有輛車開過來，說得精確一點，是白色禮車。我看著爸。

「說真的，坐你的車去就很好了，」我說。

「不，」他說。「這是妳的大喜之日，我想在這方面特別一點。」

「謝謝，」我說。這是他付的錢。我會知道是因為李告訴我的。餐點也是他出的錢。我請李讓給他，不想傷害了做父親的尊嚴。

爸打開門，街上還有別人。媽送我上下學時會打招呼的老太太、騎腳踏車的小孩、炸魚薯條店的那傢伙。一些我隱隱記得參加過媽的葬禮的人。他們一起鼓掌，我微笑回應，因為不知道還能怎麼做。

司機繞過來開門，我收攏婚紗，坐了進去，好像每天都在做這種事，好像我知道自己在做什麼。爸坐在我旁邊，握住我的手，輕輕地捏了一下。

「真希望她今天能在，」他低聲說。

「我知道，」我說。「我也一樣。」

禮車飛馳過中央有噴水池的小圓環，在飯店的大門外停住。到了。回不去了。只要我踩上一路鋪到入口的紅毯，我的人生就只有一個方向；而如果我請司機載我回家，我的人生就會往另一個方向，沒有H的方向。

爸又捏了捏我的手。

「要走了嗎？」他問。

我點頭。我在腦海中定格了哈里遜的相片。我這麼做是為了他。我想到他不存在，想到在他受孕之前我就失去孩子，更別說出生了，我就受不了。而如果那表示過程中我得冒生命危險，那就冒吧。我選擇了他，我選擇了我的兒子，而且我相信莎蒂會為了把他帶回我爸身邊而奮戰。

我下了車，雙腿微微發抖。爸繞過來挽住我的胳臂，我非常感激。婚禮專員瑪麗在台階頂端盤桓，對我粲然而笑。

「哈囉，」她說。「妳真漂亮。大家都在房間裡等。」

「我沒遲到吧？」

「沒有，剛好準時。請跟我來，我帶妳到房間去，順便通知登記員妳來了。」

我跟在她後面穿過飯店，婚紗窸窸窣窣響，腳趾緊挨著鞋尖，因為大了半號。我現在走上了這條路，不能偏離了。或許我等於是走向絞刑台，也或許仍有最後一分鐘的緩刑。迄今為止許多事情都證明了是真的，但並不等於全部都會是真的。也許我仍然有改變結局的力量……

我們停在房間外。我能聽見裡頭的喃喃說話聲，隨即音樂響起。門開了。這是我的進場信號。可是我的腿不肯動。我從頸子以下都麻痺了，只有我的頭還能動；我的眼睛看見了那個我愛的男人站在房間前端，我的耳朵聽見了他殺死我時的慘叫聲，而我的腦子發痛，分不清該相信什麼。

我又發起了抖。

「妳還好嗎？」爸低聲問。

我點頭，一顆眼珠落到腮上。

「有我扶著妳，我不會讓妳跌倒的。」

爸抓著我胳臂的手勁加重了。我舉起另一隻手，摸了摸項鍊。她在。她與我同在。她了解我必須做什麼，而且她會在另一端等著我。

我邁出了步子。我側目一看，發覺爸也在哭。他扶著我的手卻毫無動搖。我知道許多人紛紛轉頭，可是我看不見賓客的臉孔——唯有一頂帽子，我假設是莎蒂的，因為我認識的人裡只有她會戴一頂黑色大帽子來參加婚禮。我隱約聽見有人驚呼，可是我不確定來自誰。我的眼睛直盯著站在房間前半部的男人。那人越來越近。我的孽緣。我的宿命。我的愛人。殺死我的兇手。而且很快就是我的丈夫。他轉過頭來，露出笑容。他以唇語對我說「真美」。我的心臟劇烈震動，在愛與恨之間擺盪。我覺得自己向下墜，我伸出手來自救，他握住了我的手。登記員開始說話。沙子從我的鞋底向外漏了，只是涓涓細流，但是已經開始了。

在本郡婚姻是兩個人自願結為連理。

我是自願的。我獻出自己，只待屠刀落下。我是納尼亞王國中石桌上的亞斯藍。

……兩位即將做出此生不渝的莊嚴誓言。

我很勇敢，我很堅強。輪到我開口了。輪到我獅吼了。

我在此鄭重宣告沒有法律上的障礙讓我，潔思・芒特，無法與李・葛利菲斯結為夫妻。

當然是謊言。我就知道一條非常好的理由，可是我不能在這裡說。我必須帶著尊嚴接受我的死亡。

我請在場的諸位見證我，潔思・芒特，接受你，李・葛利菲斯，為我的合法丈夫。

好了，我做到了。還不壞。一點也不痛。我仍在這裡，仍在呼吸——只是暫時的。我們被宣告是夫妻。李俯身吻我，我閉上眼睛。我看見H的笑臉看著我。不用多久他就會在我的體內，不用多久了。

私訊

安琪拉・葛利菲斯

09/01/2018 10:34am

不是他做的。其實我不需要跟妳說，因為妳早就知道了，需要知道的是其他人。那些願意聽謊言，並且囫圇吞下的人。在英國是無罪推定的，至少理論上是如此。可是大家已經閒言閒語了，指指點點，竊竊私語，無中生有。

當然都要怪她們，愛瑪跟妳那個笨蛋朋友。兩個人炮製出一個故事來，就像是兩個現代女巫。我一點也不懂警方為什麼會聽信她們的話，當然，她們早晚會被揭穿的，在我們上法院的那天。這種種的指控終將證明是謊言。

妳知道是怎麼回事，潔思，因為，不像她們，妳是當事人。

潔思

二〇一六年七月十日週日

李從套房的浴室出來，我趕緊把手機放下，希望他沒注意到我慌亂的眼神。

「嘿，我說過，蜜月不准帶手機。」我被他犀利的語氣嚇了一跳。

「我不知道現在就開始了。」

「從我把戒指套到妳的手指上就開始了。拿來。」我仍不確定他是否在開玩笑，還是把手機交了過去。他把手機關掉，丟進了一個行李箱裡，不會跟著我們去旅行的行李箱。

「有必要這樣嗎？」

李的眼神有一抹冷硬，但一見我皺眉看著他，就稍微軟化。他走過來，坐在床上。

「我只是不想讓我們相處的時間有任何的干擾。」

「你到底什麼時候才要告訴我我們要去哪裡？」

「等我們辦登機手續的時候。不過無論是去哪裡，妳都不需要手機。」

「你媽已經把結婚照貼到臉書上了。」

「想也知道。她需要讓生活豐富一點。」

「你爸不會知道吧？我是說從別人那裡聽到。」

「不會。就算他知道了，也無所謂。現在也來不及了。」

「你們兩個合不來嗎？」

李搖頭。「他只要沾手就會壞事。我們一點共同點都沒有，一點也沒有。」

他走過來，吻我的唇。「好了，葛利菲斯太太，妳最好準備動起來了。樓下有豐盛的早餐，然後還要趕飛機。」

很奇怪，進入飯店的餐廳，又看見每一個人。我的祖父母、姑嬸、表親從義大利飛來，都還沒走。我覺得不安，因為昨晚我壓根沒有機會跟他們說話。李不是一直把我帶去跳舞，就是幫我介紹給他的親戚朋友。不過他們還會再待幾天，所以至少在我離開後爸還有他們作伴，他就不會那麼難過。還有媽的妹妹莎拉也仍在，她本來希望能把瑪莉外婆從德文郡的護理之家帶過來，可是最後她的身體太差，不適合長途跋涉。

莎拉阿姨走過來，握住我的兩隻手。

「妳昨天真是太美了，我拍了好多相片，要拿給妳外婆看。」

「謝謝，」我說，擁抱了她。我轉身要介紹李，可是他已經去跟安琪拉說話了。

「妳還真是釣到了金龜婿了，」莎拉阿姨說。「而且他顯然是愛妳愛得發狂。」

我用力吞嚥，俯視著腳。我滿腦子只想到在我死後她回應爸每一則貼文的哀傷表情符號。她當然會覺得有罪惡感，她會認為她應該要代替媽媽照顧我。我看見爸招手，叫我到義大利親戚那邊。

「我最好去看看爸，」我說。

「對，他以後會非常想妳。」

「我知道。」

李跟我在早餐之後立刻出發。淚眼矇矓，又是擁抱又是大喊「玩得開心！」。莎蒂上前來，給了我一個大大的擁抱。

「好好玩，我會想妳的，」她說。

「我本來是要拋捧花的，」我說，「可是我知道妳討厭那種事。」

「對極了。」

「不然的話我會把花丟給妳，」我說。

我最後才跟爸道別。他留在後面，可能跟我一樣害怕。我看不見他的眼睛，因為他戴上了墨鏡，可是我猜他應該在不停眨眼。最後，他四周的人退開，讓他一個人站在那兒，似乎無法直視我。我張開雙臂抱住他，他在我的髮際哭泣。他的氣味是那麼的熟悉，那麼的美好。他最後放開了手，雙手捧住我的頭。

「要快樂。」他只說了這麼一句，就又泣不成聲了。我看見奶奶摟住了他，她也在哭。我努力不去想他們在我的葬禮上會哭成什麼樣子。

我覺得有人按著我的肩膀。

「要走了嗎？」李問。這句問話昨天也出現過，只是現在問的人是我的丈夫而不是我的父親。我點頭，坐進了車裡。

上了飛機之後我才承認我甚至連塞席爾群島在哪裡都不知道。李哈哈笑，請空服員給他餐巾，讓他畫地圖。

「我們今晚在阿布達比的機場飯店過夜。妳知道杜拜和阿布達比最大的區別在哪裡嗎？」

「不知道，」我說。

「杜拜的人不看《摩登原始人》，可是阿布達比的人會看。」

我愣了一會兒才領悟，立刻露出微笑，而且隨即就失聲大笑，我用手肘戳他的肋骨。「我還以為你是說真的，」我說。「害我覺得在地理課上又是笨學生了。」

「妳現在應該更了解我了才對。」

「對，」我說，仰頭凝視他。「我應該是。」

「反正呢，整個飛行時數是十四小時，我們明天早晨會到。不過絕對值得，我保證。」

我倒沒有那麼肯定。我沒飛這麼遠過。我盡量不讓他看見我正死命抓著另一邊的扶手。他還是發覺了，就把我的手握得更緊。「沒事的，我一路上都不會放開妳的手，我保證。」

「連他們送餐來也一樣？」

「對，不管會弄得多髒。」

我嫣然一笑，覺得心裡軟化了。我做了正確的事。很難相信我只差那麼一點就會把事情搞砸。

「謝謝你，」我低聲說。

「謝什麼？」

「謝你照顧我。」

他吻了我的頭頂。「沒事，這是我份內的事。」

次晨我凝視飛機窗外，看著我們降落在一條從島上延伸到海面的跑道上，而另一邊則是樹林茂密的山巒。美景令我目不暇給，我甚至沒因為降落而焦慮難安。等飛機落地之後李才放開我的手。

「看吧，沒那麼可怕嘛。」

「對，沒那麼可怕。」

有艘船正等著送我們到錫盧埃特島，我們的蜜月地。我不再是潔思．芒特了，這點很可以理解。潔思．芒特不會做這種事。潔思．芒特住在邁瑟莫伊德，在電影院地板上爬，撿拾爆米花，週日早晨偶爾還會拿冷披薩當早餐。潔思．葛利菲斯卻像是住在迥然不同的一個宇宙裡——搭飛機到某個島嶼，海水湛藍得不像真的，而牽著她的手的男人像是從某本時尚雜誌上剪下來的白馬王子。

李吻我的頸背，一道暖風輕撫我的臉龐。我選擇了這個人生。而也許，只要我能學會放鬆，盡情享受，最後還會是一段漫長又幸福的人生。

船滑行進入一處小碼頭，一名光腳的男人跳下船，綁好纜繩。另外有人在幫我們卸行李，李握著我的手，帶我下船，走上一處沙灘，白沙亮得刺眼。我們的前方有一簇簇的度假別墅掩藏在樹木間。我們跟著提行李的人爬上陡峭的階梯，來到了一棟獨立的別墅前，一端有瀑布瀉入一個水池，另一端有兩張躺椅眺望大海。我轉向李，滿臉的不可置信。他微笑。那人帶我們穿過兩扇滑門，進入了房間，房間大得能改裝成一間娛樂室。有頂篷的四柱大床綁著蕾絲帘子。我東張西望，仍然無法開口。

腳夫一離開，我就哭了。我坐在床沿，眼淚像兩條小河，我覺得好卑劣，居然懷疑李，因為他為我做的每一件事都他媽的美妙極了，而我的腦子居然把他變成了一頭禽獸。我覺得那是因為在某個程度上，我覺得自己配不上他。我認為他不是我高攀得上的，而我破壞自己的幸福是因為，嘿，我就是個悲慘的人。

「嘿，」李說，「要是妳不喜歡，我們可以換別的地方。」他說話時面帶笑容。我搖頭，大概搖了二十下才總算可以開口。

「我很喜歡，」我說。「而且我愛你。我有點覺得我不配。」

「別傻了，」李說，跪在我的面前。「不然我就要借用歐萊雅的廣告詞了喔。」

我輕撫他的臉。「以後就會像這樣，對不對？」

「唉，在這裡超過兩個星期我就負擔不起了。」

「不，我不是說這個——是我們。我們以後的日子就會像這樣，我們會永遠這麼快樂。」

李點頭。「對。只是我不想要只有我們，我想生孩子，而且我不想等了。我也不想只生一個，或是兩個，我想跟妳生一整支足球隊。」

「哇，你也饒了我吧。我們難道不能像布萊德・彼特和安潔莉娜・裘莉一樣領養嗎？」

「不能，因為我要孩子是我們的——妳跟我的。我不知道妳怎麼樣，可是我很討厭當獨生子。我不想要孩子孤伶伶地長大。」

「好吧，可是如果我變成又胖又腫的媽媽，身上永遠是嘔吐的味道，你還是會愛我，對嗎？」

「還用說。」他微笑。「可是妳不會的。妳會是個漂亮媽咪，就像妳是漂亮老婆一樣。」

他開始吻我。我讓他的話沉澱到心底，讓他的手愛撫我溫熱的肌膚，心裡很納悶這兩個月來我是在搞什麼。這是我的人生，這是我的現實，這是我想要的一切。

李在解開我的襯衫。我滿腦子只想著H的相片，而且他在笑，他的牙齒從亮晶晶的粉紅色牙齦露出頭來。而且我第一次聽見了他咯咯笑，發出幸福的寶寶會發出的聲音。而我知道這就是那一刻，這就是孕育了他的地點。真的再理想不過了。而這是我要給他的一切，完美的一切。李把我放倒在床上，我在心裡默默告訴H，為了他我什麼都願意做，什麼都願意。

第四部

潔思

二〇一六年七月三十日週六

我知道H是在哪一刻受孕的，所以我才沒那麼急著驗孕。我的月經已經晚了三天了，不過我並沒有揪著一顆心——倒比較像是列印出正式的確認單。即便如此，我坐在自家的浴室中小便在驗孕棒上，我也知道看見藍線出現心情會很好。

我說「自家」，不過坦白說，感覺仍不像是家。感覺像我在幫某人看房子，總覺得他們隨時都會度假歸來，把我轟出去，到時我就得要收拾行李，回去過我的舊生活。不曉得我會不會有習慣的一天？還是說得搬到某個我覺得是我的歸宿的地方，我才會適應？而且我們也需要搬家。這種公寓實在不是扶養孩子的好地方。我要兒子有庭院，可以到處跑。不必多大，也不用多美。只要一小塊草皮以及足夠的空間踢球。

我把驗孕棒拿出來，蓋上蓋子，這才沖水洗手。我聽過有些女人說她們知道之後感覺就不一樣，即使她們並無法感覺到體內有一堆細胞。我從他受孕的那一刻起就感覺不一樣了。我會每天早上起床，在早餐前去游泳，就是為了可以跟他說話，不讓李聽見。感覺上我好像已經在帶孩子了。我仰躺在水面上時甚至能聽見他咯咯笑。他喜歡，我知道他喜歡。而且我愛他。我徹徹底底的迷戀他。我很愛可以有個比我自己更重要的人，一個可以讓我付出生命的人。雖然我可能已經這麼做了。

這念頭一冒出來就被我用力摁下去。打從蜜月後我就不允許這類想法鑽進我的腦子。我回來後也不上臉書，因為上次看，我差點就當了落跑新娘。我不會再那麼蠢了——我現在有太多輸不起的東西了。而且我也不想讀那些玩意，把自己弄得半瘋不瘋的。

我摘掉了驗孕棒的蓋子，看見了藍線，比示意圖上的範本還要藍。藍色的，結結實實的。H來了，他就在我的體內。我早就知道，可是現在我有了證明。誰也不能懷疑我了，誰也不能說是我自己的腦袋虛構的。證據就在這裡，藍色和白色。他存在。

我本來不打算立刻就告訴李的。我本來想先保密一陣子。可實際上，我保密太久了，都快要爆炸了。

我從浴室出來，走向廚房，李在煮咖啡。我把蓋子蓋了回去，但是手上仍拿著驗孕棒。他轉身看著我，眼睛落到驗孕棒，隨即回到我的臉上。他詢問地挑高眉毛，我點頭，壓抑不住溜到臉上的笑意。

李走過來，笑得露出牙齒，把我抱了起來。

「媽媽咪唷，妳一點時間都不浪費，對吧？」

「是你說要馬上開始做人的。」

「我知道，而且我也做到了。真的。我只是沒想到會這麼快。」

「就是這麼快。你不會是改變主意了吧？」

李的眼淚湧了上來。這個我從來沒見過他流淚的男人，這個得意地告訴我看《獅子王》辛巴的父親死掉那一段他連一滴淚也沒掉的男人，現在為了他的兒子流淚。

「我愛妳，葛利菲斯太太。」

「我也愛你。」

「還有他，」李說，左手放在我的肚子上。我嚇了一跳。

「你怎麼知道是男的？」

「只是一種感覺。我說過我要一支足球隊。」

「也可能是女子足球啊。」

「是可能，可是我不覺得。至少第一胎不是。」

我極力忍耐才沒跟他說他猜對了。和盤托出的衝動實在是太強了，嗯，顯然不能道出全部實情，不過部分倒是可以。我想跑去拿我的手機，給他看相片。不過他是看不見的，然後他就會以為是我瘋了，到時他就會離開我。

所以我只是微笑，說：「等著瞧吧。」

李笑得燦爛，一面搖頭，模樣就像個小男孩拿到了史上最棒的聖誕禮物。而我很高興是我給了他。

「妳覺得還好嗎？」他問。「我是說，妳沒有想吐什麼的吧？」

「沒有，我很好。其實我覺得棒極了。」

「好。哇，我要當爸了。我還有點搞不清楚狀況呢。」

「我知道。我也覺得還不到當媽媽的年紀。那麼大的責任。」

他看著我，樣子仍然像個小男孩，只不過這一次是個受驚的小男孩。「可是我們沒事的，對吧？我們不會把自己的孩子搞砸了。」

「對，我們沒事。我們應該會跟別人一樣糊裡糊塗應付過去的。」

他又搖頭。「等我告訴卡爾他又需要找接待員，那才好玩了。」

「我還不想讓別人知道。一般都是等三個月以後。只是為了比較保險，你知道。」

「對，對。反正他說過有一個他面試過的女孩不錯，說不定他可以再找她，看她是否需要一份固定的工作。」

「固定的工作？」

「是啊。產後妳不需要回去上班吧？」

我看著他，藏不住惱怒。「我可能會想回去上班。」

「妳當然不會想，妳得帶我們的孩子——那才更重要，不是嗎？」

我的脾氣上來了，轉身就走。

「怎麼了？」他問，下巴繃緊。

「現在又不是一九五〇年代。」

他的表情變得陰森，雙手插進了家居袍口袋裡。「我不是這個意思。我只是不希望我們的孩子由別人照顧。」

「你媽可以照顧。」

「嗄？」他皺著眉頭。

「我是說，孩子出生之後她可以幫忙。她已經說過她很樂意了。」

「幾時說的？」

「婚禮之前說的。她說她很樂意每天過來，讓我有喘息的機會。」

「那妳還是不需要去上班啊。」

我搖頭，極力釐清我們是怎麼會從為了我懷孕而欣喜若狂變成第一次的吵架。

「我整天待在家裡帶孩子可能會得憂鬱症。再說，我們可能會需要錢。」

李哈的一聲笑。

「怎樣？」

「妳一週回來上個兩天班，恐怕也不會有什麼幫助吧？」

他的話刺傷了我，感覺上好像真的被他打了。

「我們可能需要一點額外的錢。我是說，我們不能住在這裡吧？我們連嬰兒房都沒有。」

李背對著我，走向窗邊。「這裡也有兩房的公寓。在下一個樓層。而且不會太貴。不用妳回去上班我也能付得起。」

他這下子激怒我了。我是不會退讓的，即使我知道這是他的心願。

「我們不是應該買棟房子嗎？你知道，有院子的？」

「我們不需要院子。反正有公園。再說，如果有院子，最後也只是架一些廉價的紅色黃色塑膠遊戲屋。卡爾跟他老婆就是這樣，我還不打算變得跟他們一樣。」

李氣沖沖出了廚房。我本來要說我可不想在電梯故障時抬著嬰兒車爬樓梯，可是我看出沒必要再爭執了。他顯然沒心情聽。更何況，我不能告訴他我真正的想法，也就是兒子不會想要整天被關在公寓這種小鴿籠裡，他會想要有院子可以玩。他會需要新鮮空氣。我要他能跟街上的其他孩子一起嬉鬧。這裡沒有小孩。我按住了幾個月後就會隆起的部位。我的快樂氣泡真的脹大撐破了。

□

我站在櫃檯後，很好奇別人是否看得出來。我覺得大不相同，忍不住認為我的外表一定也不同了。我想起了來面試時的那位懷孕的接待員，她穿著高跟鞋有多不舒服。我仍然不知道是誰因為她穿平底鞋而給她臉色看。當時我假設是卡爾，但是在週六的爭吵之後，我就不敢肯定了。

我不認為我的同事在得知消息之後會多開心。有一兩個發現我們要結婚時就有點冷言冷語了，我想像得出背著我他們都會說些什麼。我是說，老闆之一幫他的女朋友進入公司，娶了她，讓她懷孕，她再請產假，一切都在一年之內發生。他們可能會在下班後的聚餐中拿我取笑。不過我是聽不見的，那時我早就走了。

門開了，一名金髮邋遢的青年走了進來，亮出可以拍牙膏廣告的笑容。

「嗨，請問有什麼事？」我問。

「嗨，我是來找李．葛利菲斯的。我叫丹．坦伯頓。」

「好的，」我說。「請坐。我會通知李你來了。」

他坐了下來，兩腿交叉，稍微鬆開領帶。我打給李，可是電話佔線中。我把電話放下一會兒。

「要喝咖啡嗎？」我問。

「太好了。黑咖啡，不加糖，謝謝。」

我再打一次，仍是通話中。我煮了咖啡，端過去給丹。「你的咖啡，」我說。

「多謝，」他說，微微蹙眉。「我是不是見過妳？」

雖然理論上這顯然是一句搭訕的台詞，可是說真的，說出來並不像。

「我想沒有。我來這裡不算久。」

「那妳之前在哪裡？」

「不是公關公司。我其實是在市中心的獨立電影院工作的。」

「我就是在那裡見過妳的，」他說，一隻手指在空中比劃。「我都去那裡看電影。我在櫃檯看過妳，我覺得妳幫我服務過兩次。」

「哇，你居然還記得我。我那時的樣子有點不一樣。」

「漂亮臉蛋我是不會忘記的，」他說。

我微笑，稍微臉紅。我突然意識到後面有腳步聲。我轉頭看見李站在樓梯底，詢問地看著我。

「喔，丹・坦伯頓來找你。」

「我看得出來。」

「我打過內線，可是你在通話中。」

他點頭，板著臉孔，轉身面向客戶。「嗨，丹，抱歉讓你久等。請上來。」丹端起咖啡，經過我面前時又朝我一笑。我像隻小動物尋找掩護似的往櫃檯後躲，我不知道自己為什麼會有這種反應——我又沒做錯什麼。都是李的表情害的。

我又忙了半個小時左右，說真的，我實在沒有什麼可忙的。可是在聽見一陣腳步聲下樓梯時，我讓自己忙著敲鍵盤。

「再一次感謝你過來，丹，」我聽見李在我後面說。「我會很快跟你聯絡。」

「那好，多謝你撥冗跟我見面，」丹說。他走過時我抬頭瞄了一眼——我的工作守則是在客戶離開時對他們微笑。

「再見到妳真好，」丹笑嘻嘻地說。

「我也一樣，」我說。

他把門帶上。李走向我，臉色陰沉。我能感受到他的呼吸吹在我的臉上。

「妳是在哪裡認識他的？」他問。

「他以前常去看電影，還記得我。」

「有點奇怪吧？」

「哪有。他說是常客。」

李揚起一道眉。「那我下次會安排別的地方跟他見面。」

「沒有必要。」

「妳想讓他再來，是吧？」他不客氣地說。

我整個人都繃緊了。「我沒這麼說。」

「聽起來就是。」

「我只是說他並沒有打擾到我。」

「哼，他打擾到我了。」

李轉身就朝樓梯走。我愣在那兒一秒，仍不是很確定剛才是被指控了什麼。我從沒見過李這樣，我從來不覺得他是那種愛吃醋的人。但是話說回來，我跟他在一起時還真的很少會有別的男人在場。我邀請來參加婚禮的男性友人只有亞德利恩跟他的男性伴侶。我根本就沒有跟丹調情。他實在是太反應過度了。我嘆口氣，回去盯著電腦，希望他會有一個非常好的解釋。

李一直到晚上，我們上床後才提起這回事。

「欸，那件事我很抱歉。我發現我可能是有點反應過度。」

我聳聳肩。我不想讓他知道我有多難過，一整天我都沒辦法專心工作。「他真的不是問題，你知道。」

「我會有點保護過度，有時候，」李說。「我想妳懷孕了反而讓情況更嚴重，我有點覺得我有責任保護妳。你們兩個。」

「我自己應付得來，你知道。我還以為你記得。」

「嗯，那是以前。」

「什麼以前？」

「妳嫁給我以前，妳懷著我的孩子以前。」

「我看到了混蛋還是有本事開罵的。」

「不應該讓妳這麼做。現在不行。是我在照顧妳，好嗎？」

我輕輕點頭，只是因為這樣比接著吵要輕鬆。我累了。今天很漫長。憑良心說，我只想睡覺。

李把我拉進他懷裡，吻了我。深情的一吻，而不是一般的晚安吻。我想跟他說我實在是太累了，可是我發現自己在擔心他會有何反應。再說，媽總說夫妻不應該帶著吵架的怒火上床。我們需要這個。我們需要再次連結。然後一切就會安好。

潔思

二〇〇八年九月

「妳有多常想到死亡，潔思？」愛德華問。他要我叫他愛德華，不過他的正式頭銜是簡金斯教授。教育心理學家賓拉向他提起我，因為她認為我需要更多專家的輔導。這只是在委婉地說我快瘋了。

「你是要我老老實實回答，還是要我給你別的答案，好讓你不會覺得我是瘋子？」

「老老實實回答永遠是最好的，」他含笑道。

「那就是我想很多。不過那也很合理，不是嗎？」

「什麼意思？」

「唉，常常想到死亡就比較有機會避免死亡，不是嗎？我是說，我們叫小孩過馬路要小心，這樣他們就不會被車子撞死。這就是想到死亡，不是嗎？只不過大家會說那種想法是合理的。」

「妳是這麼看的嗎？類似安全建議？」

「對。過馬路的時候要小心，那為什麼上火車或者是出門就不用小心？我不覺得有什麼差別。」

「所以妳才不去曼徹斯特？」

「曼徹斯特有槍擊案。」

「所以妳覺得去那裡不安全？」

「對，顯然是。」

「那如果我說去年在曼徹斯特被射殺的年輕人——他們都是年輕人——是被人鎖定的目標，而不是隨機的被害人呢？」

我聳肩。「有人會被流彈打到，對吧？還是小心點比較好。」

愛德華點頭，寫了幾句。到這時候他們一定有我的一大堆筆記了。寶拉寫的，愛德華寫的。但不見得他們就了解我，或是明白我，只表示他們自以為了解。

「不過在妳母親過世前，妳並沒有這樣的想法，對吧？」

「對。可是這就跟抽菸的人一直等到醫生跟他說得了肺癌才戒菸是一樣的。這是一記警鐘，不是嗎？」

「所以妳把妳母親的死看作是一記警鐘？不過她並不是意外去世的，不是嗎？她是死於大腸癌，是無法預防的。」

「不對，可以預防。她可以不吃肉。我現在也不吃紅肉了，因為太多紅肉會害你得大腸癌。」

「是有研究說紅肉可能會增加罹患大腸癌的風險，但是卻不能說有絕對的關聯。」

「沒錯，所以才說是風險啊。我就是在減低風險。醫生不是一天到晚都叫你要減低風險嗎？別抽菸，別喝酒，別吃得太油。多運動，減重。不就是為了要減低死亡的風險嗎？只不過由他們說就叫合理，換成我說，我就被當成瘋子。」

我說完後雙手抱胸。愛德華一言不發。我覺得我可能說服他了，他相信我言之有理。

安琪拉

二〇一六年八月二十八日週日

她幾乎沒碰晚餐，這時我就知道了。她只吃了約克布丁，可是我把牛肉擺在她面前，她卻一副險些要吐的表情。她臉色蒼白，而且神情略顯憔悴。她從來都沒有憔悴過。我覺得上週她就有點病容，吃得也不像平常那麼多，但仍無法和今天相比。她把食物切小，在盤子裡推來推去，最後終於抬頭。我看見李迎向她的視線，揚起一道眉，她微微搖頭。

我決定幫她一把。

「喔，潔思，妳為什麼不告訴我？」我放下了刀叉，衝到她那一邊，把盤子從她的眼皮底下拿走。我回來後，輪流俯視他們兩個，眼淚終於潰堤。

「我真的太為你們兩個高興了，」我說，彎腰給潔思一個擁抱，再在李的臉頰上印下大大的一個吻。「你們一定是開心極了。」

他們又面面相覷。潔思聳聳肩，李抬頭看我。

「謝謝，」他說。「我們是很開心。潔思想等到滿三個月再告訴大家，可是我猜妳已經知道了。」

「我懷李的時候也是一樣，」我說，轉回去看潔思。「每次看到肉就覺得好想吐。真的很恐怖。而且還不只是晨嘔，差不多二十四小時都害喜。」

「我知道。我也一樣。從上星期開始又更慘了，我幾乎都吃不下。」

「要我幫妳弄點別的嗎？湯和麵包？還是蘇打餅乾？我記得懷孕的時候吃了好多蘇打餅乾。」

「好，我吃一點蘇打餅乾好了，謝謝。」

我倒了幾片蘇打餅乾到盤子上，端了過去。她起初只是輕咬周邊，然後就越咬越大口。

「唉，至少有妳能吃的東西了。妳可以把整包餅乾帶回家，親愛的。少量多餐，我媽老愛這麼說。那，預產期是幾時？」

「大約在四月的第二個星期，可是我還沒去檢查，所以不知道確切的日期。」

「喔，春天的寶寶很不錯，之後有一整個夏天。我記得懷李的時候是一月，早上起來天空都好暗。」

「能推著嬰兒車出去散步應該很不錯。」

「啊，嬰兒車一定得讓我買。我想送妳一點實用的東西，當然，偶爾得讓我也推一推。」

潔思看著李。

「謝謝，」他等嚥下了滿口食物之後才說。「那就太好了。可是不要急著亂買東西，時間還很充裕。」

「等潔思挺著七個月的大肚子，她可不會想到處逛街，尋找嬰兒車。現在才是好時機。」

「也許等孕吐停止再說吧，」潔思說。

「對、對。不過我一直吐了差不多四個月，希望妳比我幸運。對了，我們可以上網看，不是嗎？這樣不就簡單多了。」

潔思又咬了一口蘇打餅，李回頭吃牛肉。我猜他也有點緊張。當父親可是件大事。不過我說過，當父親可以讓他成熟。回到家有老婆孩子對他是好事——以免他變成工作狂。

「喔。」我猛然醒悟。「你們當然也得搬家了。」

潔思又看著李。

「我們可能會在同一區找一個大一點的公寓。」

我向他皺眉，不確定有沒有聽錯。「你們還是需要一棟獨立住宅的，」我說。

「孩子還小，沒關係。我們可以等以後再買大一點的。」

「可是公寓根本不適合養孩子，不是嗎？萬一電梯故障呢？你叫她怎麼把嬰兒車抬上樓？」

李翻了個白眼。他少年時候就常這樣。他開口時眼神剛硬。那種眼神我太熟悉了。

「我搬進去後電梯就沒故障過。我們不必因為潔思懷孕了就搬到郊區的雙併房子裡。」

我猜這句話是衝著我來的。李小時候愛死了我們的院子，總是在院子裡，不是踢球就是在花壇裡東挖西挖。可是他一進入青春期，就一口咬定他討厭霍斯福思，說很無聊，完全沒搞頭。他總是說等他有辦法，他馬上就要搬到市中心，而他也這麼做了。大學畢業後他先是租公寓，後來開始賺大錢，就買了一間公寓。可是，市中心不是一個養孩子的地方。真的不是。

我想說什麼，但是我知道必須小心。我不想讓他在潔思面前發脾氣，場面會很難看，而我不想讓潔思看到他那個樣子。

「嗯，現在也許沒關係，可是將來孩子上學，總得搬家吧？市中心好像沒有什麼好學校。」

「我們可能會上私立的，」他說。

「嗄，把錢浪費在漂亮制服上，附近明明就有一些非常好的公立學校啊。這條街另一頭的小學就非常優秀。我開車經過時就看過欄杆上的旗幟。」

鏘一聲，李把刀叉放在盤邊。「我說了，現在這樣就不錯，多謝。」

他的語氣讓我知道我說得夠多了。我向上瞄了一眼，看見潔思鎖著眉頭看著他。我要換個話題，我不想讓氣氛變得更緊張。我很擅長改變話題。環境逼出來的。

「妳這個星期看《烘焙大賽》了嗎？有個女孩子是里茲人，手藝可真好。她的法式泡芙看起來真好吃。」

我一直等到晚餐結束，李在把碗盤放進洗碗機時才回客廳去看潔思。

「上樓來一會兒，親愛的。我們可以上網找嬰兒車。」

潔思跟著我上樓到客房。我打開了電腦，得等個一兩分鐘才能用。李說是因為電腦太老舊了，我需要更新，可是我覺得沒那個必要。

「好了，」我說，點進了「媽媽爸爸」（Mamas & Papas）網站。「里茲有一家分店，我們可以去。我們先看看他們有什麼。」

網頁秀出了一堆令人眼花繚亂的商品，包括汽車安全椅、坐式嬰兒車、輕便型嬰兒車、可平躺型嬰兒車。

「你們應該需要汽車安全椅吧？」

「我完全沒概念，」潔思說。

「那種好像是只需要把汽車座椅拉起來，直接就能接上嬰兒車，這樣就不會把寶寶吵醒了。」

我說話時瞥了潔思一眼。她眼中有淚。

「喔，親愛的，」我說，身子向前探，捏了捏她的手。「不需要為了這點小事難過。」

「我完全沒概念，」她說。「我不知道我需要什麼。我不知道怎麼帶孩子。那我是要怎麼照顧孩子？」

眼淚落下來了。我攬住她，拍她的肩膀。

「放心好了，」我說。「一開始大家都是這樣的，我當然也是。我們都曾經是學習開車的新手，沒有人期待妳是專家。」

「妳真的也一點概念都沒有？」

「不盡然。」

「那妳怎麼知道該做什麼？」

「直覺吧。而且我媽幫了很大的忙。」

話一出口我就知道說錯了。她發出了另一聲啜泣。

「對不起，我不是故意要惹妳傷心。我知道沒有妳媽媽妳會更辛苦，可是我要妳記住我會陪著妳闖過每一個關卡。妳隨時都可以打電話給我，無論是白天或是晚上，而且無論什麼問題我都不會嫌棄，好嗎？」

她點頭，用手擦鼻子。我去抽面紙給她。

「而且我每天都會過去幫妳，尤其是剛開始的時候。等李回去上班，我會確定妳不會是孤伶伶的一個人。」

「謝謝，」她口齒不清地說。「妳真好。」

「別傻了，這可是我的第一個孫子呢。我想要盡可能多陪著他們。我很樂意隨傳隨到，就當我是你們雇用的老媽子吧。」

她擠出淡淡的笑容，然後又擤鼻子。

「這樣吧，」我說，關掉了電腦，「我們改天再來看，等妳心情好一點。在妳離開以前，我要讓妳看一些東西。」

我彎腰，拉出了床底下的抽屜，拿出衛生紙包裹的受洗袍。

「這是李的。我要妳拿去給妳的孩子受洗時穿。」

她又哭了起來——如果她曾停過的話。說真的，她幾乎沒看就又把衣服包起來了。

「謝謝，」她低聲說。「真漂亮。能不能先放在妳這裡，等時間快到了再說？至少等我們搬家以後。」

「當然好，」我說，接了過來，放回抽屜裡。我站起來時看見了她的表情，她在皺眉。

「其他那些是什麼？」她說。

「喔，只是我準備的一些東西。」

「可是妳才剛知道啊。」

「對。可是這都是遲早的事，對不對？」

她走向門口，我認為她仍然在為之前李說過的話煩惱。

「聽著，」我說，走向她。「不必擔心我們的李。我會跟他說。我猜他只是因為要當爸爸了有點緊張，想著該怎麼扶養孩子。等孩子出生了，我會留意本地的房子，找棟有院子的漂亮房屋。我相信等孩子生下來，他就會回心轉意的。」

她看著我，一言不發，然後就下樓了。

安琪拉・葛利菲斯→潔思・芒特

二〇一八年四月十五日

看，小哈里遜，今天滿一歲了。他為了他的媽咪露出了特別的笑容，可是他要妳知道奶奶把他照顧得非常好。他很喜歡在我的院子裡玩（我們老是說他喜歡住有院子的房子，對吧？）現在他在學走路，不用多久他就會踢著球到處跑，跟他的爸爸一樣。爸爸很快就會回家了。目前哈里遜跟我住，我們兩個都好喜歡一起玩。我再也不會得到比他還特別的孫子了。謝謝妳。

潔思

二〇一六年十月十五日週六

我上臉書是因為他的生日。我有三個月沒上臉書了，迫不及待想看一張他的相片，所以我食言了。並不是說我不知道會有什麼事，可是看見H就足以讓我哭成淚人。他變了好多。現在是個小男生了，牙齒多到我都數不完。頭髮也長了，又黑又密。雖然他仍一眼就知道是李的兒子，我卻覺得我在他的嘴巴四周也看出了一點點的我，甚至是一點點的媽。

「嗨，你，」我低聲說，把手機貼著胸口，好像是抱著他，讓他知道我在這裡。深恐在現實生活中我看不到這個版本的他，深恐他三個月大時我已不在。我不想相信這是真的，可是目前為止其他的事情都成真了，即使我曾掙扎過，所以這部分又為何會不同？而且我不懂為何哈里遜仍和安琪拉同住。李既然被捕了，當然應該是由爸扶養他吧？我猜目前他仍未被定罪……一旦李被定罪，坐牢服刑，爸一定就能把他帶回來。我的信總該有什麼作用吧？我知道那不是遺囑，卻是我最後的願望。而且我在信中清楚向莎蒂交代了我想讓誰照顧H——以及為什麼讓李照顧他不安全。

我會努力留下來陪H，因為我最不願意的事就是丟下他。我不會讓他被別人養大——而且當然不是被安琪拉養大。

我到浴室去洗臉。李出去了。他跟公司的史考特去看足球。我安排好今天下午去看爸和莎蒂，我還沒跟他們說我懷孕了，但是該說了。已經三個月了，很快就沒辦法遮掩我的肚子了。感覺上告訴妳的父親妳懷孕了很像是一件不可思議的大人的舉動。而目前我不覺得有什麼長大的感覺，我覺得既渺小又疲倦，還有一點噁心。可是我知道不能再拖了。

我抵達時爸在為我做午餐。感覺好詭異，走進自己的家，卻又不再是我的家了。雖然景物依舊，但已經覺得變小、變模糊了。

「嗨，」他說，擁抱我，吻了我的兩邊臉頰。「看到妳真好。」我知道他是真心的，從他的眼神發亮就看得出來。我盡量不去想少了我在這裡，他有多孤寂。

「嗨，你最近還好嗎？」

「嗯，好。忙個不停。」

我點頭，即使我懷疑他根本就不好。無論他在煮什麼，那個味道已經讓我有些噁心了。我想不出有什麼法子可以跟他說有些食物我吃不下，而不害他瞎操心，而且我好想要當面告訴他。

「我有事情要告訴你，」我說，決定不要再拖延了。「你要當外公了。」

他瞪著我一秒，彷彿是在等我哈哈大笑，說被我騙了。看我沒笑，他好似抖動了一下，隨後才熱淚盈眶。

「嘿，」我說，走過去擁抱他。「我還以為你會高興呢。」

他過了一兩分鐘才能開口，而且他只說：「我是高興。比高興還高興。說真的，是高興得上了天了。幾個月了？」

「三個月。預產期是四月九日。」

他看著我。

「對，」我說。「我知道。好像是她派他來的，讓我們在那天有點快樂的事情來舒緩痛苦。」

爸擦乾眼淚。「她會很高興的，潔思。她會高興得昏過去。」

「她搞不好現在就開始打毛線了，對不對？」

「唉，一定的。她會一直織到孩子出生。到那時妳會被六呎深的小鞋子小帽子埋住。」

「而且她會告訴我一大堆該做什麼，不該做什麼，該吃什麼，不該吃什麼。她會每天都發一通建議。」

爸莞爾，但臉皮馬上就稍微垮下來。「我做了魚，可以嗎？」

「可以，謝謝。不過現在我的胃口並不是很好。其實，我每天早上都吐得很厲害。」

「喔，親愛的，真糟糕。我記得妳媽那時候也是，真希望我能早知道。」

「我不想還不到三個月就跟大家說。你也知道嘛。」

「對。妳明天要跟安琪拉說嗎？」

我猶豫了一秒，想說謊，又決定不要。「她自己猜到了，因為我吃不下週日午餐。有點像提早洩題。」

「喔，」他說，顯然是盡量不要覺得受到冒犯。「我敢說她一定很開心。」

「對，她是開心。說真的，有點開心得過分了。」

「什麼意思？」

「喔，她想馬上就開始選購嬰兒車。而且她還有一抽屜的寶寶衣服。還說什麼沒壓力。」

「哇。我可沒法比。閣樓裡可能還有一些妳以前的舊東西，可是可能都派不上用場。」

「那些都不是李的舊東西，是全新的。她在八字都還沒一撇之前就為她的孫子買好了。」

「這倒有點怪。」

「她還給了我一件受洗袍，是李的。她要讓寶寶穿。」

「我不知道妳會想要受洗禮。」

「我不想啊。我得把袍子留到以後，我跟她說暫時先放在她那裡。」

爸似乎若有所思。還搖了兩次頭。

「怎樣？」

「我還在努力消化。一年前妳都還不認識李，現在就要當媽了。我想他很高興吧？」

「對，是他要孩子的。」

「喔，妳是說孩子是計畫好的？」

「太棒了，」我笑著說，「你覺得我整個就是無能，對不對？」

「不，我不是那個意思……我只是沒想到妳會這麼快就想要生。」

我低頭，轉動著婚戒。

「世事無常，誰也不知道下一秒會怎麼樣，對吧？」

「嘿，妳也知道妳媽會說什麼。」

「對，她也會跟我說做過的事就不要後悔，沒做的事才要後悔。」

爸安靜了一會兒。「妳會是個很好的媽媽。」

「會嗎？我怎麼沒辦法想像。我覺得我一定會把孩子忘在火車上，把尿布包反了，做一大堆的蠢事。」

「妳會把孩子愛到骨子裡，」爸說。「這一點最重要。」

□

我約好了莎蒂在運河邊見，我覺得新鮮空氣對我有益，我也不想在咖啡店裡告訴她，怕她會當眾崩潰。我猜她的反應不會像爸那麼正面。我是說，又不是她要有外孫了，不是嗎？她連一點好處都不會有，只是又進一步失去她的閨蜜。兩個月來很少見到面的閨蜜。

「嘿。」她一到就給我一個大大的擁抱。「妳還好嗎，陌生人？」

「嗯，還好。」

她看著我。「只是還好？」

我決定不拖延了。「唉，六個星期來我都忙著大吐特吐。」

她恍然大悟，下巴掉了下來。「喔天啊，妳懷孕了？」

我點頭，露出小小的笑容，希望能讓她知道這是好消息，起碼對我是好消息。

「他媽的。」

我搖頭。「真是謝謝妳。搞不好他們應該在店裡賣這種卡片。『他媽的，妳懷孕了。』」

「抱歉，我只是太震驚了。」

「對，女人結婚，生孩子，我是有史以來第一個。」

「可是是妳耶，潔思，不是隨便別的女人。我最好的朋友，直到最近都還早上十一點穿著睡衣，懶洋洋地走來走去。妳結婚我都還沒回過神來，現在就又得去逛街幫妳買孕婦裝了。」

「事實就是這樣，要是妳不覺得為我高興，那很抱歉。」我邁步走上曳船道，聽到莎蒂呻吟，跑來追我。

「嘿，我又沒那麼說。我當然很高興，只要妳高興。妳高興嗎？」

「嗯，」我說。

「那李呢？」

「樂透了，是他要孩子的。」

「所以是計畫好的？」

「妳跟我爸一樣。我真的上過性教育的，好嗎？」

「妳都沒跟我說你們要生。」

「哼，妳說得很清楚妳根本不想聽。」

我們閃到一邊，讓一個小孩騎腳踏車經過，這才默然前進。我知道第一個打破僵局的會是莎蒂。

「嘿，對不起，好嗎？」她過了半晌說。「如果這是妳真心想要的，不是因為什麼壓力，我當然為妳高興。」

「真的？」

「真的，那我就要當阿姨了，不是嗎？我會專門揀好康的做，等寶寶吐了或是便便了，我就把他還給妳。」

「真高興我有妳這個靠山。」

「開玩笑歸開玩笑，我真的可以讓妳靠。妳要的話，生產的時候我還可以陪妳。」

「別開玩笑了，妳忘了上次去看《死神的聖物》，妳緊握著我的手？」

「喔，妳是說妳尖叫得快把屋頂都掀了，而且指甲還把我的手掌都掐出血來的那次嗎？忘了，忘了，我早就忘光了。」

「說不定我應該剖腹生產。」

「只要多吃點止痛藥。可以親力親為的事還是自己來比較好。」

「反正，這一點不用妳擔心。李要陪我。」

「妳確定要這樣嗎？記不記得羅比．威廉斯說那就像是眼睜睜看著你最愛的酒吧燒掉了？」

「喔，拜託。」

「怎樣？妳不老是說妳喜歡我實話實說嗎？」

「對，但是不必這麼老實。等我腫得像河馬，不要叫我河馬莉。」

「好，那我就送妳《馬達加斯加》當禮物。」

「我等不及了。」

「妳不用擔心。我敢說妳一定肚子小小的，別人幾乎不會注意到妳懷孕了。」

「我真正想要的是像有些女人懷孕了都不知道，最後上廁所的時候孩子就生下來了。」

「那種故事我才不信，」莎蒂說，這時有隻大狗停下來嗅她的靴子，然後才蹦蹦跳跳跑開。

「我現在也不信。我這輩子沒有這麼累過。」

「妳應該早跟我說的。」

我聳肩。「我在保密，在等到滿三個月。」

她沉吟不語。我知道她在想什麼。我看得出她的臉上漸漸出現關切的神情。

「根本就沒有什麼壞事情發生，對不對？」她柔聲說，想要讓我安心。

「對，」我說，「是還沒有。」

我們讓到一旁，讓三個穿自行車服的男人騎車經過。

「一切都會很順利的，」莎蒂說。

「對，」我說。「但願如此。」

我回家時李已經回來了，電視開著——天空體育台。

「嗨，贏了嗎？」我問，走向沙發，給他一個吻。

「嗯。二比零。」

「好。」

「妳爸如何？」

「高興死了。說恭喜我們。」

「我就說他不會怎樣。」

「我知道。不過我老爸以為是意外。莎蒂也一樣。」

李對我皺眉。「妳幾時跟她見面的？」

「之後。我們沿著運河散步。」

「我真不知道妳幹嘛還跟她混到一塊。」

我退後一步，訝於他的粗魯。「什麼意思？她是我最要好的朋友。」

「以前是。妳們現在差不多都不見面了，妳已經向前邁進了。」

「我們從四歲起就是朋友了，李。」

「無所謂。大家以後都會疏遠。妳們很快就沒有共同點了，妳會忙著帶孩子，而她會跟她其他的單身朋友出去。那妳乾脆就忘了她算了，反正又不是什麼多了不起的損失。」

我覺得自己的火氣上來了，我不敢相信他會說這種話。「我就沒有教你該跟誰當朋友。」

李在沙發上坐直了，手指朝我的方向戳。「我不喜歡妳的口氣，」他說。

「我也不喜歡你叫我不要再跟我最好的朋友見面。」

話一出口我就知道不該說。他拿起遙控器，對準我就丟，我一閃，遙控器打在我後面的牆上。我突然哭了出來。

「對不起，」他馬上就說，瞪著大眼。

「你這是什麼意思？」我哭著說。他從沙發上跳起來，朝我過來，可是我推開了他。

「嘿，我反應過度了，對不起。」

「你可能會打到我，或是孩子。」

他跪了下來，雙手抱頭。「我絕對絕對不會傷害你們，」他說。

「那你幹嘛丟我？」

他抬頭看我，嘆口氣，大眼睛懇求著我原諒。「我爸媽以前常吵架，」他說。「有時我們兩個吵架我會嚇到，我很害怕會變得跟他們一樣。」

我發現自己按住了他的肩膀，是直覺的動作——他很難過，而我就安慰他。然而我很清楚應該是他來安慰我才對。

「很遺憾，」我說。「可是你也不能拿這來當藉口。」

「我知道。只是妳懷孕了，往事一下子都蜂擁而至，讓我開始擔心我會是個什麼樣的爸爸。」

我不知該說什麼。我想跟他說他會是個好爸爸，可是我不知道是否屬實。此時此刻我完全不知道什麼是真的。

李站了起來，向我伸出雙手。我閉上眼睛，握住他的手，想讓一切消逝，想假裝這件事沒有發生過。

「不會有下次了，」他說。

「好。」

「我不是有心要惹妳不高興的，我只是建議可以慢慢跟莎蒂疏遠一點，我是覺得她有點嫉妒。」

「最好的朋友結婚了並不是很容易接受的事情。」

「我說過，也許妳應該丟下她，向前邁進了。」

他拍了拍旁邊的沙發，可是坐在他身邊有點對不起莎蒂，我也不想讓他知道我在全身發抖。

「我去泡茶，」我說。

私訊

莎蒂・沃爾德

28/05/2018 9:05am

他們找到了另一名證人。妳的清潔工，法拉，妳跟我說過的女人。刑警說她之前並沒有老實說，是因為她很怕她會失業，被遣送回國。她的批准居留期過期了，怕會影響到再申請。可是她聽說她可以在英國定居了，所以她才出面作證。她知道，潔思，知道他是如何對妳的。妳當時或許不明白，可是什麼事都瞞不過清潔工的。他們會進你們的臥室、浴室，看見你們的垃圾，沖洗你們的馬桶，幫你們收拾爛攤子。

刑警說法拉看見了妳身上的瘀傷。總是在妳出門可以遮掩得住的地方。她還看見了別的。刑警不肯告訴我，可是她說很重要，讓我們的案子更站得住腳。他完了，潔思。我們會把那個王八蛋關一輩子。妳爸找了個律師，設法要把H要回來。目前是李的媽媽留住他，可是李若是被判有罪，她就沒辦法了。我們會為了妳把他要回來的，潔思。我們至少可以做到這一點。

潔思

二〇一六年十一月二十八日週一

我在浴室裡，看得全身發抖。我們的清潔工，我還沒見過，會作證舉發李。為什麼？她會有什麼理由？我是說除了想說實話之外。

也許李投訴過她，害她丟了工作，所以她想報復？可是他總是說她非常能幹。她是能幹。我們每週一下班回來，家裡總是一塵不染，感覺真的很像是住在飯店裡。而且她也很可靠——從來不曠職。

我把手機放入家居袍口袋裡，打開了垃圾桶，看裡頭的東西。她看見了什麼？她是在這裡發現了什麼嗎？什麼見不得人的東西？

有人敲浴室門，嚇了我好大一跳，垃圾桶砰的一聲闔上。門開了，李的臉探進來。「妳快好了嗎？我們十分鐘後得出門。」

「我再幾分鐘就好。」

他瞧了瞧我掛在門後的孕婦胸罩和內褲。

「那就趕快穿上激情殺手，」他說。「我不想遲到。」

他關上門後我吐了口氣。我一直想跟他說我自己去做掃描就好，我不確定在螢幕上看見H時是否該讓他在身邊。我覺得我的反應可能不會像別的媽媽，第一次看見寶寶，因為這不是我第一次看見他。

可是李堅持要一塊去，說他不會錯過看見孩子的第一次機會。而現在我不能肯定是該為此而開心或是害怕。因為所有的跡象都齊了——發脾氣，失控。也漸漸讓我覺得他或許還是做得出我一直讀到的那些恐怖行為的。

我們坐在診所的候診室裡。這是我第一次被其他的懷孕婦女包圍，儘管我不想跟她們比較，卻很難。有幾個的肚子比我的大。有一個比較小。她們的年紀幾乎都比我大，大多數還要大很多。不知道她們是否看著我，心裡想我當媽媽太年輕了。〈小屁孩〉（*Teenage Dirtbag*）這首歌開始在我的腦海環繞。我很慶幸李陪我來，否則她們可能會以為我是未婚媽媽。我好想放一塊「計畫生育」牌子在我的肚皮上。到目前為止每個人似乎都認為是激情之下犯的錯，是我們在蜜月時太浪蕩。沒有人知道這個孩子豈止是計畫中的，他在將來早已存在了。我們只是確認他會準時來報到罷了。

「葛利菲斯太太？」一名穿藍制服的女人喊道。李還得用手肘推我。我到現在還不習慣這個新稱呼。

「是，」我說，站了起來。

「請這邊來好嗎？」

「我先生也能一塊來嗎？」我問。

「當然啊。」她報以微笑。

我們跟著她走過一間燈光昏暗的房間，中央擺了一張沙發，四周是各式各樣的醫院儀器和螢幕。

「好，」她說，看著我的病歷，「麻煩妳坐到那個上面，把褲子稍微拉下一點，抬高臀部，讓我仔細看看妳的肚子。」

我遵照她的吩咐。她拿紙巾鋪在我的內搭褲褲腰以及我的屁股下方。

「這只是預防凝膠弄髒妳的衣服，」她說。「我放上去時會有點冰，可是我們需要清晰的影像。」

李握住我的手，掌心黏黏的，也可能是我自己的手掌心在出汗，急於看見什麼辨識得出的東西。我竭力想像要是我不知道一切正常，那現在會是什麼情況。如果我像大家一樣擔心那些該擔心的事情，而不是擔心我的先生在孩子三個月大時會對我怎麼樣。

她把儀器轉動了一分鐘。

「今天早晨有人很活躍喔，」她又微笑道。

「他有嗎？」我問。

李詢問地看著我，醫師也一樣。

「我先生覺得是個男孩，」我趕緊說。

「嗯，要是它肯乖乖不動一下子，我大概能夠讓你們知道。你們應該想知道吧？」

我們都點頭。螢幕上有東西變得清晰。他的頭偏向左，小鼻子翹得很高，像在吹泡泡。醫師把螢幕轉過來，讓我們能看得更仔細。李捏捏我的手，笑容讓整張臉亮了起來。「嗯，一切正常，」她過了一會兒說。「而且妳先生說對了。妳懷的是個小男孩。」

李哭了起來，男人的眼淚。他把頭埋在我的肩膀上，我抱著他。「沒事，」我低聲說。「一切都會沒事。」

我是在告訴他，也是在告訴H，但是最主要是在告訴我自己。

稍後我們坐在李的車子裡，瞪著列印出來的黑白掃描片。安琪拉建議我們弄一張3D的。她用她的iPad秀給我們看是什麼樣子，可是說真的，我覺得全都像《哈利波特》裡面的多比，所以我才說2D的就好了。

而且的確是。仍很清楚看出是他。很詭異，可是我真的認出了他。就好像是回到從前。我好希望能夠抹去腦海中的未來，僅僅為此時此刻而開心。

「他真完美，」李說。「百分之百完美。」

「我知道。我好愛他的小鼻子。」

「一定是像妳。」

「不，他像你，他長大以後會像你。」

「現在知道是男孩了，」李說。「我可以開始提供名字了嗎？」

我覺得我抓著紙的力道變得更大了。

「可以啊，」我說。「不過我喜不喜歡就是另一回事了。」

「我已經有一個了，」他說。「我想妳可能會記得。哈里遜。」

我點頭，用力吞嚥。這是另一個機會，也許我仍能夠改變事情，可是我擔心要是我建議別的名字，而李同意了，哈里遜就不存在了。說不定這孩子會出事，我就會失去他。最起碼我知道哈里遜在未來活得好好的，即使我沒有。

「哈里遜很棒。可是現在只叫他H。我不想讓大家在他出生之前就知道他的全名。」

「我沒意見，」李聳聳肩。「我覺得能有個小秘密等孩子出生也不錯。」

我對他微笑，覺得為自己爭取到一些時間。現在我只需要善加利用。

李把我送回公寓。他事先幫我請了半天假，怕到診所會耽誤時間。也因為我說我想在事後回家清洗，換衣服上班。

他駕車離開時向我揮手，他要直接到哈羅蓋特去見客戶。我走進大門，按了電梯，電梯門立刻就打開了，我走進去，看著門關上。我一手按著肚子，輕輕撫摸。

「我看到你了，H，」我說。「現在我知道你在裡面了。我等不及想看看你。在這段期間，我會好好照顧你的，我保證。」

門開了，我走出去，從口袋掏出鑰匙，插入鎖眼轉了轉，門才打開。我把背包丟在玄關，另一手仍拿著掃描片。我走向廚房，想把片子貼在冰箱上。我要像英國的每一個懷孕婦女，我要正常，而這一次會是正常的妊娠，而且我要做其他女人會做的感情豐富的事，因為我現在最想要的就是正常。

浴室門開了。我覺得自己從腳底發冷。一條暗影走出來，手上還有東西，我放聲尖叫，叫聲之大，連聲音衝出喉嚨之後我都還能感覺到喉嚨在震動。有人驚呼，同時咚一聲，一名年輕女人回瞪著我。包著頭巾，身材瘦小，黑色的眸子充滿了驚恐。

「對不起，」她說，英語有點破。「是我，你們的清潔工。我不是故意要嚇妳的。」

我向她點頭，大口喘氣，讓自己平復下來。

「沒事，」我說，俯身撿起了她掉在地上的浴室清潔劑，遞給她。「我忘了妳會來。」

「謝謝，」她說，接了過去。「妳是葛利菲斯太太，我看過妳的照片。」她指著客廳。「對不起，可是妳的衣服真的好漂亮。」

「謝謝，」我說，呼吸恢復正常了。「叫我潔思吧。」

她一隻手在圍裙上擦，再伸向我。「很高興認識妳，我叫法拉。」

潔思

二〇〇八年十一月

火車駛離里茲車站，車廂擠滿了通勤族。我在放學後去幫莎蒂買生日禮物，現在我真後悔沒等到週末。我通常不在尖峰時段搭車的，我不喜歡別人的身體緊逼過來的感覺，我不喜歡吸入他們吐出的廢氣。我要自己的空氣，自己的空間。

我應該更往裡面走，那兒的空間大一點，可是我不想離緊急煞車手柄太遠，萬一發生了什麼事，我需要站在這個位置。理想上是在這個東西和你可以用來擊碎車窗的工具之間。我盡量找一個可以兩樣都看見的位置。我規劃著取得兩樣裝置的路線：經過那個揹粉紅色大皮包的女人，停在那個留鬍子戴眼鏡的中年大叔前面。他們是不會動手的。緊急事件發生時大家都會愣住，嗯，至少有些人會愣住，我在哪裡讀到過。被恐懼麻痺了。所以你才必須時時提高警覺，保持頭腦清醒。不能相信別人能在危機時處變不驚，所以我才每趟行程的第一步就是規劃出逃生策略。有時我會躲避胖子，怕他們會壓住我。要是整個車廂中唯一知道該如何逃生的人被壓在某人的大屁股底下，那有什麼用處。

今天就還可以——我四周的人都不胖。也沒有什麼龐大的行李。不錯。你最不想要的就是被龐大的行李箱給壓住。

火車出了里茲車站，開始加速。我緊握著扶手，手勁比剛才更大，看著我的指關節變白。我沒辦法把司機好好看上一眼，因為我是在開車前最後一分鐘才衝上車的。通常，如果我在月台上等，我會在火車進站時看仔細。中年的火車司機是最好的，太年輕的話經驗不足；太老的話可能會心臟病發作或是更容易打瞌睡。

我們高速過彎，我旁邊的男人後退，撞到了我。他喃喃道歉。我把手向下挪，知道手掌心在冒汗。我盡量看窗外，可是窗外的景物開始飛馳，我只好回頭看著車廂裡，俯視地板，努力猜測別人穿幾號鞋。我發現有個女人的腳好小，可能是三號的。男人就比較難猜了，尤其是介於九號和十一號的。我對面一個年輕人穿尖頭鞋，大概是十二號的，不過鞋尖總是會讓他們的腳顯得比較大。

火車晃動，我抬眼一看。不對勁，我知道。我朝緊急鈴走了一步。火車太快了，平常並不會這麼顛簸。有可能是年輕司機，故意在試膽子。學校裡有些笨蛋也會做這種事。不然就是他的年紀比較大，在打瞌睡，不知道火車在加速。

我的上衣濕濕地黏著背，我能聽見自己的呼吸，既快又淺。要是車長走過，我會問他是怎麼回事，也許他能去問問司機。我左右兩邊張望，卻看不到一個車長，他可能在火車的另一頭，在查票，對當下發生的事毫無所覺。等他查到我這裡都不知要多久，到時就太晚了。我放開了扶手，又向警鈴走了一步。我四周的人好像都不緊張，當然是因為太忙著看手機。火車又晃動了一下，而且似乎更快了。誰也不打算採取行動，看來只有靠我了。我擦掉額頭上的汗，再在裙子上擦擦手。我能聽見輪子輾壓鐵軌，失控了。要是我再猶豫，火車隨時會出軌。

我向前撲，抓住了緊急煞車手柄就用力拉。煞車吱吱叫，車廂向前急晃，然後火車劇烈震動，停了下來。乘客都抬頭瞪著我。有個男人大喊：「嘿！妳在幹什麼？」我向他微笑，知道我救了他，救了我自己，救了每一個人。其他人也開始又叫又罵，指指點點。我沉坐在地上，想到我們和災難的距離是那麼近，忍不住全身發抖。車長來時我仍然保持這個姿勢，蹲坐在地上大聲喊媽媽。

安琪拉

二〇一六年十二月二十五日週日

我一向喜歡聖誕節，太多李的回憶了：他三點就起床，衝向耶誕老人的禮物袋，一頭埋進最底下。他一向都從最底下翻起，也不知是為了什麼。賽門有時甚至懶得進來看他，可我是無論如何也不會錯過的。因為他們一眨眼就長大了。不知不覺間，他們就長成了乖戾的青少年，聖誕節早晨也不肯下床。

坦白說，聖誕節已經變調好幾年了。我忙著為李準備午餐，一邊聽著所有的聖誕歌曲，一邊跳舞。可別誤會了，他過來吃飯讓我非常愉快，可是聖誕節畢竟是孩子的節日。明年這時候這屋子裡又會有個孩子。當然，他太小，不懂是怎麼回事，但卻不能阻止我們為他隆重過節。聖誕節又活起來了。一個道地的全家人的聖誕節。今年我還請了潔思和她爸過來，比去年多了兩個人。邀請她父親來很合理。不然他們可能會提早離開，到他的家去，要是聖誕節這樣結束，就太可惜了。

我很開心他們要迎接的是個小男生。我覺得李會喜歡，有個可以跟他踢足球，大一點跟他一起看比賽的小子。他們有很多時間以後再生個女兒。結婚得早就有這個好處。而我也是因為這樣很慶幸他不是娶了那種職業婦女，非等到三十好幾才會考慮生孩子，說什麼能拖就拖。不，我說年輕時就生，然後好好享受。而且另一個額外的好處是祖父母也夠年輕，能夠隨時幫忙。

他們不肯告訴我給孩子取什麼名字，堅持要叫他H，儘管我猜遍了書上列的每一個寶寶名字，他們仍然守口如瓶。我敢打賭是哈雷，夠摩登，他們會喜歡，再說李比較年輕時也很喜歡他的摩托車。不然就是希爾頓，紀念他們蜜月住的飯店。名人都這樣，不是嗎？用孩子受孕的地點來為孩子命名。貝克漢夫婦就把孩子命名為布魯克林。真可惜他不是在霍斯福思受孕的，不過就算是，他們恐怕也不會用這個名字。

至少知道他的縮寫名也是可以。我已經在寶寶的毛毯上都繡好了。而且知道是個男孩也讓我能夠開始買藍色的衣物。不然的話也只能買些檸檬黃或是米色的東西。

我查看火雞，然後是蔬菜和烤馬鈴薯。一切都很妥當。我的耶誕大餐做得很好，連賽門也都這麼說，儘管說得有些不情願。潔思的父親提議要幫我們做飯，我叫潔思代我謝謝他，建議他帶耶誕布丁過來，讓他覺得他也有點貢獻。憑良心說，我可不想讓一位大廚在我的廚房裡忙來忙去，根據我看的電視，他們可不是那種乾淨整潔的人。按照我的安排，他只會帶一個碗過來加熱，我就不必擔心會亂七八糟的了。

我上樓去，趁他們抵達之前整理儀容。整個屋子都裝飾過。李總開玩笑說像是走入了耶誕老人屋。可是費心裝飾是件好事，可以讓人人都開心，至少能讓我開心。

潔思的父親先到。感覺滿怪的，有個男人在我家台階上吻我的兩腮，祝我耶誕快樂。他遞給我一瓶紅酒，我對酒是一竅不通，但我猜這是瓶好酒，因為我從來沒聽過這個牌子。

他身上的味道也不錯，我在婚禮上就注意到了。跟他的義大利血統有關吧。我總是認為地中海型的男性對於個人的儀表是比較注重的。不過話說回來了，李身上的味道也一向很好。

「哈囉，喬，也祝你聖誕快樂。我們的李和潔思還沒到。請進，別拘束。」

「謝謝。我把布丁帶來了，」他說，舉起了袋子。「只需要熱一下。」

我接過他的大衣掛好，這才讓他跟著我進廚房。餐桌已經擺好了，拉炮是從「一鎊商品」店買來的，誰也分辨不出來，而且我加了一點市場買來的冬青做裝點。

「這裡好有節慶氣氛喔，」喬說，把袋子放在流理台上，雙手互搓。

「咳，我們的聖誕節有好一陣子沒有客人了。我是不知道你急不急，可是我巴不得明年快點到——家裡有個小不點一定很熱鬧。我都已經在數日子了。」

「我想潔思也是。她懷這胎滿辛苦的。」

「我知道，可是一旦孩子出世，所有的辛苦都會忘記。她的整個世界也會隨之改變，我知道我就是。」

「對，我也是。」

「她很期待孩子出生吧？只是最近她好像比較沉默。」

「大概是不知道該怎麼應付，有點心焦吧。少了她的媽媽，她會很辛苦。」

「對，那是自然的，可是我已經跟她說我什麼都願意幫忙，我會每天都過去一趟。」

「謝謝妳，我知道她非常感激。」

「而且我們的李一定會是一個非常勤快的爸爸。當了父母親，他們兩個都會更成熟。世界上沒有比這更好的事了，對吧？」

「對，對。」

李和潔思沒多久就到了。她穿了一件寬鬆的米色長版衣，掛著兩個黑眼圈，頭髮也不像平常柔亮。

「聖誕快樂，」我說，分別給他們一個擁抱。「也祝這個小傢伙快樂。」我一手按著潔思的肚子，她卻瑟縮後退，我不明所以，因為我以前也摸過，她並沒說什麼。

李看著她，又看著我。「她大概是怕孩子踢妳，」他說。

「他在動嗎？妳能感覺他現在在動？」

潔思點頭。

「喔，太棒了。感覺非常不同，對吧？在妳真正感受到他們在妳的體內動的時候。」

「對。」

喬走到玄關，潔思張開雙手擁抱他。我看見她的下唇顫抖。

「你帶去了嗎？」她小聲問。

「有，就擺在我的花瓶的旁邊，那裡都很整齊乾淨。」

他抬頭，看見我的目光。無論他們父女倆在說什麼，顯然都不想讓別人知道。

「好了，快進來坐，親愛的，」我說。「讓兩腳輕鬆一點。」

她脫掉靴子，跟著我走進廚房，坐在她爸隔壁的椅子。

「李，麻煩你幫我開酒好嗎？」我說。他走過來。「她還好嗎？」我低聲問，一面把酒遞給他。

「嗯，只是有點想她媽媽。這是她沒去上墳的第一個聖誕節，可是我叫她不要太難過，要先考慮孩子。」

「一點也沒錯。你做得對，親愛的。可能是她的賀爾蒙的關係。」

李開了酒，拿到餐桌，我則把加熱的盤子從烤箱裡拿出來。

「好了，該把火雞端出來了。」

「我能幫忙嗎？」喬問。

「不用，謝謝你。我們的李會去拿，他是這個家的切肉大師。」

我把切肉刀交給李。有一年我建議買一把電動刀，他卻不感興趣，說他不需要電動刀也能切得很好。不知道他還記不記得在賽門切肉時我們還得別開臉？他最討厭我們看，怕會出醜。

我把烤馬鈴薯、胡蘿蔔、歐防風裝盤，李則把菜餚送上桌。我把肉汁端到餐桌上，今年我還特地準備了蔓越莓醬。我回去拿別的菜，李把頭兩盤端過來。

「好了，」我說，坐了下來，拿起酒杯。「我覺得需要乾杯。」我看著李。

「祝下一個聖誕節，」他說，舉高了酒杯。「我相信一定會比今年熱鬧。」

「也敬不在的摯愛，」喬說，舉起了酒杯。

我看著潔思，忽然發現她的是空杯。

「喔，對不起，親愛的。妳要喝點什麼？」

我看見喬瞥了一眼李，又瞥了一眼潔思。

「妳可以喝一點酒，親愛的，」她父親說。「一點點沒有關係的。」

她搖頭。「水就好了，謝謝。」

「我有橙汁，可以嗎？妳可以喝氣泡飲料的話，我有可樂？」

「真的，水就可以了。」

我把她的杯子拿去裝上水。聖誕歌CD唱完了，我再按一次播放，坐下來，把水給她。

「轟」樂團的〈去年聖誕節〉（*Last Christmas*）飄揚。我一向喜歡歌曲中的雪橇鈴聲，真是聖誕歌曲的經典。我通常會跟著唱，但可不能在客人的面前唱。

「好，剛才我們在幹嘛？」我說。「潔思，妳要不要祝賀什麼？」

她張口卻沒發出聲音，反而落下了眼淚。「對不起，」她說，站了起來。「你們先開動吧。」

她把椅子向後推，匆匆離開廚房。我看著另外兩人，不太知道該怎麼辦。「你最好去看看她，李，」我說。「看是怎麼回事。」

李站起來，但是喬伸出手，按住他的胳膊。

「給她幾分鐘，」他說。「今天對她一向都很難受，她需要一點時間恢復正常。」

「對，對，這是當然的，」我說。「她失去她的時候太小了。我媽過世時我五十歲了，還是很難過。」

「請開動吧，」喬說。「不用等她。」

「你說得對，冷了就不好吃了。我是不是該把她的份放到烤箱裡去保溫？」

「我來吧，」李說，站起來接過盤子。「不過老實說，她現在也沒什麼胃口。」

「她很難過嗎？」我問喬。「我是說她媽媽過世的時候。」

「她是不好受，」喬回答。

李回來坐下，我們吃了起來。

「她有沒有尋求協助？」我趁嘴巴有空檔時問。「那種事永遠都不嫌遲。我上個星期在二台聽到有人在談這種事，說那樣的事情會影響你好幾年之久。」

喬看著我，似乎在斟酌用字。

「我們都陪著她，」他說。

「喔，我並不是說你們沒有支持她，你們當然一定有。我指的是專業的協助，心理輔導等等的。」

喬看著李。兩人都不說話。

「怎麼了？」我問。

「呃，李顯然沒跟妳說過，我很感激他的謹慎，但是也許妳知道最好。潔思在她媽媽過世之後曾看過精神科醫師。」

「喔，喔，這樣啊。你是說她精神失常過？」

喬點頭，眼皮下垂。「我認為在她產後要協助她的人都應該知道這一點，這樣我們才能都仔細留意她。」

「對，對。這是不是說她也會得產後憂鬱症？我在收音機上也聽過他們談這個，現在已經有很多的方法可以治療了。」

「不，我指的不是這個。我只是希望我們大家要特別留意她，我不希望大家錯過了什麼徵兆。我相信李也會同意。」

我看著李。他的眼睛幽黑，五官扭曲。我知道那種臉色，我太清楚了。他不知道。潔思一定瞞著他，這下子場面會很難看了。

「唉呀，」我說，「我們還沒拉拉炮呢。來，喬，拉住這個的尾巴！」

喬跟我才剛戴上了紙帽，潔思就進來了。

「妳還好嗎，親愛的？」我問。

「嗯，我沒事，謝謝。」

「那我把妳的晚餐從烤箱裡拿出來。我們的李特別為了妳放進去保溫的。」

我把盤子放在她的面前。「吃不完也沒關係，吃多少算多少。」

她抬頭看見了李。他瞪著她，下巴緊繃，眉頭深鎖。她皺著眉，直接垂下眼皮，玩弄著大腿上的餐巾。

我得想點辦法，我得沖淡氣氛，我不想要又出錯。這些年來已經有太多次的聖誕節搞砸了。

「對了，聖誕快樂，」我說，舉起了杯子。「祝大家有個新的開始。」

酒杯互相輕碰，大家喃喃說聖誕快樂，之後就都默默無言。我們沉默地進食，只有音樂聲作伴。直到強尼．馬賽斯的〈一個孩子出生〉（*When a Child is Born*）響起，我才抬頭，看到潔思跟她父親都眼中含淚。

「烤箱裡還有餡料，有人要嗎？」我說。沒有人搭腔，我還是站了起來，去端了過來。經過時，我按了音響，跳過了這首歌，保羅·麥卡尼的〈美妙的聖誕節〉（*Wonderful Christmastime*）隨之響起。我覺得跟著哼唱的話很不識趣。

私訊

喬・芒特

25/06/2018 8:05pm

我應該看見徵兆的。為了這件事我一直不能原諒自己。回顧當時，跡象都在，我只是不想看見。像那個聖誕節妳沒來給妳媽上墳，我假定是妳太累了。還有李沒給妳倒酒，連問都不問妳一聲。我以為是妳自己的意思，我以為一切都是妳自己的意思。我不相信有哪個男人能夠逼我的女兒做她不想做的事。我是說，妳又不是那種嬌弱的小女人，對不對？妳從不示弱，從不受人欺負。我早該知道的，我在這方面的經驗夠豐富了。

我想我確實注意到妳變了，可我只是以為妳長大了。結婚又懷孕讓妳沉穩了，讓妳不那麼毛毛躁躁。我的小女兒當媽了——她當然會不一樣。我是這麼告訴自己的。

而現在我知道是怎麼回事了——至少知道一點，我在法庭上硬起心腸聽其餘的部分——我才領悟到只是一個部分。我好抱歉，真的好抱歉，我當時不知道，沒有插手幫助妳。要是我早知道，我會立刻就衝過去把妳帶回家。把門窗整個堵死，不讓他再靠近妳。可是我不知道，妳也沒跟我說。所以我才會在幾星期後去妳的墳上，妳的忌日。所以我才會九月坐在法院裡，聽那個混蛋是如何毀了妳，奪走妳的生命的。我信任過他，潔思。我是大笨蛋，居然信任他，因為他總是彬彬有禮，又衣冠楚楚。甚至在莎蒂來跟我說時，我的第一個想法也是妳又要精神崩潰了，而不是他把妳推向邊緣的。

我很怕這件官司，潔思。有時我不知道如何才能熬過去。但是每一天我都會到，我會聽每一句話，因為我再也不會讓人蒙蔽了。

潔思

二〇一六年十二月二十五日週日

返家途中我們沉默無語，這樣只是雪上加霜，知道無論他想說什麼都不能在車上說。我不在餐廳時發生了什麼事，我回去後就從安琪拉的語調察覺到了，而且我們離開時爸還捏了我的手，彷彿他想為什麼我還不知道的事情道歉。而我最主要還是從李在餐桌上看我的眼神知道的，而且之後他幾乎沒跟我說話。

我想爸是說了什麼關於媽的事，說了我在她過世後的情況。我不知道他究竟說了什麼，但是無論什麼都很嚴重。坦白說，我瞞著李是因為我怕他會甩掉我。我知道爸就算說了什麼，也是因為關心我，可是我還是很氣他。那是潔思・芒特發生的事，而我現在不是潔思・芒特了。我是潔思・葛利菲斯，跟潔思・芒特一點關係也沒有，一點也沒有。

我們在公寓外停車，李下車，砰地關上車門。他繞過來幫我開門。通常他會伸手扶我，因為現在我很難從汽車下來而能保持淑女風範，可是今晚他沒動。他站在那兒，看著我掙扎。我一下車他就把車子鎖上，大步朝大門走。一時間我以為他不會讓我跟他一塊搭電梯，我不是得等電梯下來就是拖著龐大的身軀爬樓梯，可是他按著按鈕等我進去。

說真的，我希望他沒等我。我從沒見過他這樣，我不知道跟他在一起是否安全，我好像是站在一座快噴發的火山旁。我的身體在準備做出戰鬥或逃跑反應，可是我的頭腦卻一直提醒自己懷著五個月的身孕，我是兩樣都做不來的。我筆直瞪著前方，連他鏡中的倒影都不看，唯恐會刺激得他失控。電梯門打開，我嘆口氣，然後走出去，等著李開門。我幾乎能聽見他的心裡氣得冒煙。我忽而明白這次可能就是了，他勃然大怒，第一次動手打我。說不定就要開始了，而我卻跟著他走入公寓。一旦進去了，我什麼辦法也沒有。要是我尖叫，誰也聽不見，我會孤立無援。門關上了。我盡量鼓起勇氣，面對即將而來的命運。他轉身看著我，彷彿在等我說什麼。

「告訴我是怎麼回事，拜託告訴我，」我說。

「我認為應該是妳告訴我才對。就從實話開始吧。」

「是媽過世之後的事嗎？」

「我不知道。潔思，妳說啊。我好像根本就不了解妳。」

「我住了一陣子醫院。」

「顯然是精神病院。」

「對，我有點精神崩潰，就這樣。我的腦筋不清楚。」

「那妳為什麼不告訴我？」他對我大吼。

我害怕地挨著牆壁。「我以為不重要。我才十五歲。我也不知道你十五歲的事啊。」

「妳知道我沒住過精神病院。」

「就算你住過也沒關係。什麼也不會改變。」

「妳害我像笨蛋。」差不多每個字都充滿了恨意。他的臉距離我的只有幾吋，我感覺到他的呼吸噴在我臉上。要是他要打我，我希望他能趕快動手。我本能地把手護住肚子。

「喂，我很抱歉，好嗎？我不知道我爸會說出來，他沒有權利告訴你。」

李攫住我的左手腕，捏痛了我。

「既然我們在談這件事，妳還有什麼忘了告訴我的嗎？更多的小秘密？還住在精神病院的前男友？」

「李，不要。」

「為什麼不要？怕妳說的話我會不喜歡聽？」

我哭了起來。

「對，改用眼淚攻勢。」

「這是什麼意思？」

「女人想脫身不都用這一招嗎？」

「我有五個月的身孕，李。我又過了一個沒有我媽的聖誕節，而且我的先生在對我大吼大叫。你不覺得我是因為這樣才哭的嗎？」

他的臉直接頂上來。「妳騙我，潔思。妳害我像笨蛋。我現在告訴妳，不准妳再這樣，聽清楚了沒有？」

我大口吞嚥，點點頭。他放開了我的手，朝臥室而去，順手關上了門。

我跌在門廳的地板上，又是哭又是發抖。發生了。他要變成我跟自己說他絕不會變成的禽獸了。這就是起點，就是改變的地方。而且可能就從此而一躍到半年之後的謀殺。如果是真的，那我他媽的還待在這裡做什麼？H踢了我一下，彷彿在提醒我我的理由。

要是我現在跑掉，李會找到我，我很肯定。而要是他找到了我，我一點也不知道他會如何對付我或是我的孩子。不。我需要留下來。這裡是H最安全的地方。我不覺得我在這裡李會傷害孩子。

而且等H出生之後或許情況就會改善，或許李會改變。大家都說當了父母的人就會改變。也許我仍能夠阻止這件事。目前我只需要保護好H。他是最重要的。只要他沒事，一切就會沒事。

我把自己從地板上拉起來，脫掉靴子，掛好外套，同時掏出口袋裡的手機，朝浴室走。疲憊如泰山壓頂，可是我沒辦法上床，除非我知道李睡著了。我不能冒險吵醒他，讓他又找我算帳。

我得小便。即使到現在，看到我自己的肚子我仍很訝異。莎蒂猜錯了，我的肚子並不小巧，反而讓我像是整個人腫了一大圈，我往下看只能看到肚子。我不是那個李愛上的女孩子。說不定他就是為了這個原因才會這樣對我。我穿孕婦內褲和胸罩，我一回家就換上內搭褲和寬鬆的套頭毛衣。我累得不願意出門，也累得不願意行房，雖然有時他並不在意。大多數時候我們都關燈做愛，好像他再也受不了看見我。

我洗手，擦乾，放下馬桶蓋，一屁股坐在上面，再拿起手機。我讀了爸的貼文，眼淚一顆顆滾落。我真希望現在能打電話給他，告訴他一切，讓他過來載我。讓他把怪獸都趕走，就像我小時候作惡夢時一樣。可是我也知道我不能回家去。李第一個會找的地方就是那裡，而且我也不要讓爸再受什麼創傷。他的創傷已經夠他一輩子受的了。

我點開了一般的臉書頁面。有人貼文向喬治．邁可致敬，一時間我不確定是否又是未來的貼文。我上了國家廣播網的新聞，是真的，他死了。他才五十三歲。媽很喜歡他，總在車裡播放他的歌，跟著一起唱，而且我好像也坐在兒童安全椅裡跟著唱我的可愛版〈走之前叫醒我〉（*Wake Me Up Before You Go-Go*）。

我又回到臉書，有人貼文說這個聖誕節是喬治·邁可的最後一個聖誕節，一點也不好笑，沒有一個好笑。大家一個一個死掉，我快被嚇死了。我坐了很久很久，點到喬治·邁可的歌曲的連結，讓自己保持清醒。等我確定李一定已經睡著了之後，我才刷牙，卸妝，回到臥室。我盡可能輕手輕腳把門推開，可關門時還是嗒的一聲響。李背對著我，就算他醒著，他顯然也不想讓我知道。我脫下衣服，鑽進鴨絨被裡，背對著他而躺，現在這是唯一能讓我舒適的睡姿。我一手按著肚子，低聲說：「晚安，H，我愛你。」而我的另一隻手則緊揪著床單。

早晨我一睜開眼就看見李的笑臉。他已經把窗簾拉起來了，明亮的陽光湧入室內，我得瞇眼才能把他看清楚。

「早安，」他說。「我覺得節禮日的早餐應該在床上吃。」

我一低頭就看見他端著托盤，托盤上有咖啡壺、馬克杯、一堆可頌。我揉揉眼，坐了起來，連自己是否清醒都不知道。他仍然笑盈盈地看著我，充滿期待，好似昨晚根本就沒發生什麼事。

「來，」他說，把托盤擺在我的床頭几上，再拿一個枕頭，塞在我的背後。然後從托盤上拿起一個碟子。

「巧克力的還是原味的？」他問。

「呃，原味的。」

他把可頌放在碟子上，遞給我，再把托盤端起來，放到他那邊的床頭几上。他回床上坐到我身邊，仍舊滿臉是笑。

我不知該說什麼或做什麼。我很怕萬一提起昨晚的事，他又會大發雷霆。他轉過頭來，看見我仍瞪著他。

「欸，我們就把昨晚的事忘了吧，」他說。「我們兩個大概都累了，我知道妳昨天很不好受。我們重新開始過聖誕節，就從現在起，只有我們兩個？嗯，是我們三個，」他說，自我糾正。

「可是——」

他豎起一根手指，按住我的嘴唇。「不要再說了。我不要妳擔心。只要放輕鬆，妳今天一整天都有我服侍，妳如果不想下床，就不用下床。」

他拿起可頌，咬了一口。我呆若木雞，一句話也說不出來，所以只是瞪著窗外。

我們應該要在除夕夜出門的，去某家酒店跟公司的同事以及伴侶慶祝。老實說，我想不出還有什麼事更可怕。我一向不喜歡除夕夜。我記得小時候還懇求媽讓我守歲，後來她終於讓步，我坐在那兒聽電視上的大笨鐘敲響，以為之後會發生什麼神奇的事，結果並沒有，只是一群人摟摟抱抱，其中一個穿蘇格蘭裙。我轉過頭去問她：「就這樣嗎？」

她點頭。「恐怕是的，」她說。「有點失望，是不是？」

之後我就不怎麼在乎了。這兩年莎蒂跟我一起看電影度過，說實話，我寧可今晚也這麼過，不過我是不可能這麼跟李說的。

他進到臥室來，全身上下都跟平常一樣帥。

「最好快一點，」他說，看見我仍坐在床上，身上還是穿了一整天的內搭褲和套頭毛衣。

「說真的，我實在沒那個心情，」我說。

「為什麼？有什麼不對嗎？」

「沒有，我只是覺得累。再說要是我去了，不到十點我就睏了，我不想害你提早離開。」

「好吧，」他說。是最恐怖的那種口吻，擺明了就是一點也不好。「那我們就不去了。」

「不，不，你去。我不想害你無聊。」

「妳確定嗎？」

「確定，我沒事。我今晚會早點睡覺。」

「我大概午夜以後就會回來。」

「沒關係，你盡量玩吧。」

「好。那我就出門了，反正我都準備好了。」

「對。玩得開心啊。幫我跟大家打個招呼。」

最後一句話我只是在敷衍，我跟同事算不上朋友，他們不是我那一型的。莎蒂說得對——他們都是尾椎翹得半天高的那種公關類型。對我除了哈囉和再見之外，沒有廢話。只因為我是站櫃檯的，他們待我就如下等人。

「好。那新年快樂。」

他俯身吻我的頭頂。我想像中的第一個除夕夜不是這樣的，差了個十萬八千里。

他一走我就用手機打給莎蒂，她很可能也沒什麼活動。說不定她可以過來，她還沒來過呢。我找不出邀請她的機會，在李那樣說她之後。即使我挑個他不在家的時間，我也會一直擔心他會回來，發現她在這裡，最後弄得不歡而散。電話響了兩聲她才接，我聽見背景有許多嘈雜聲。

「嘿，」她說。「還好嗎？」

「還好，有點筋疲力盡而已。妳在哪裡？」

「上班啊。我自願來上班，反正也沒別的事好做。妳呢？」

「在家裡，我是說李的家。我們本來要出去的，可是我沒心情。」

「所以你們要在家裡安靜的廝守嗎？」

「沒有，他出去了。是公司的聚會，我說我不介意。」

「喔。」

「妳幾點下班？我只是在想妳想不想過來一下。」

「我可能十一點才能下班。而且亞德利恩還有演奏會的票，我說我會跟他去。」

「喔，那沒關係。」

「我可以取消，改到妳那兒去。沒關係的。」

「算了，我不想打亂妳的計畫。反正十一點我可能已經睡著了，真的。」

「妳確定就好。」

「確定。那就再聯絡。玩得開心啊。」

「妳也一樣，好好睡一覺吧。」

我掛斷了電話，用力咬住下唇。幾分鐘後我的手機響了，是莎蒂，傳送了一大堆的表情符號，我沒那個力氣去看。我打開了臉書，大家還在談論嘉莉・費雪的死，貼上《星際大戰》的連結。李好像沒那麼在乎，倒是令我意外。我問他為什麼，他說他其實真正喜歡的是男性角色。

人人都在說他們很樂意去看二〇一六年的《星際大戰外傳》，還追悼去世的所有名人。而我滿腦子只能想到明天，這些人會說二〇一七年是多麼恐怖。同時緬懷我。

我點入動態時報，捲回到H最新的相片。

「等不及見到你了，」我說，親吻螢幕。然後就上床了，知道等我醒來，就是我見到他的那一年，也是我道永別的那一年。

莎蒂・沃爾德→潔思・芒特

二〇一八年七月十一日

去年的今天我失去了最好的朋友，我仍然不敢相信妳走了，潔思。我仍在火車站的月台找妳，我仍期待上班時聽見妳的笑聲，我仍然想念妳，而且沒有文字足以表達。

不是人人都像我一樣有好朋友。我記得的第一件事就是跟妳在學校玩，我不記得認識妳以前的人生。我現在好像是從頭來過，學習過沒有妳的人生。大多數時候，我可以將就著過，我可以處理食衣住行，上班工作，保持原樣。可是有時我早上醒來，滿腦子只想到妳發生的事，然後我晚上就只能躺在床上，睡不著覺，因為我覺得好難過，而在這兩頭中間我有的只是一個他媽的大空洞，以前是填滿了妳的。我想妳，潔思。我愛妳，雖然我不能在這裡說出發生的事，我要妳和每個人都知道等官司開始，我會說出真相，百分之百的真相，只有真相。而且我這麼做是為了妳。

潔思

二〇一七年二月十四日週二

去年是玫瑰，有兩打。我記得是送到職場，妮娜還咕噥什麼有人有錢沒腦。我記得感覺很特殊，受嬌寵，甚至是珍惜。

今年，廚房的早餐台上有一張卡片。

「情人節快樂，」李說，走過來，給我一吻。我覺得不值得這一吻。我站在那兒，穿著髒兮兮的家居袍，腰帶鬆鬆地綁在我的肚子下，頭髮亂糟糟的，還掛著兩個黑眼圈。我不知道那些女人是誰，就是懷孕而容光煥發的女人，因為我可絕對不是。我在他的眼前憔悴枯槁，奄奄一息。

「謝謝，」我說，把卡片從我的家居袍口袋裡掏出來，遞給他。

我們同時打開。李寫了「給我兒子的媽」。我又一次懷疑潔思哪兒去了，那個他愛上的女孩。我都不確定她是不是仍存在。我們都發出了恰當的驚嘆聲，之後我就不知該說什麼了。吃早餐時我打開了收音機，掩蓋彆扭的氣氛。李把杯盤放進洗碗機，我則著裝準備上班。我終於讓步，買了孕婦裝。我一直在迴避——「孕婦裝」這個名詞就讓我覺得想吐——但我已經到了大一兩號的衣服也遮掩不住的程度了。我換上了孕婦內搭褲，再套上新的炭灰色長版衣，轉身看著鏡子。我只能想到要是讓莎蒂看到我這模樣，她會笑到尿褲子。我梳了頭髮，別在耳後，徒然希望自己能夠稍微像個樣子。當然沒有。我走到玄關，李在等我。他上下打量我，眉頭擰在一塊。

「妳要穿這樣去上班嗎？」

「我知道很難看，可是別的都穿不下了。」

「妳不能這樣子上班。妳是接待員，潔思，就得要扮好那個角色。」

「什麼角色？我是孕婦。孕婦就是這個樣子，除非妳是碧昂絲，可我不是。」

「那也不需要這樣。」他的語氣變得犀利，以全然的嫌惡看著我。

我覺得自己向後縮，貼著牆。「那你建議我怎麼做？」

「到市中心去買點適當的衣服，我會跟卡爾說妳去看醫生。記住，等妳回來，妳得像個上班女郎，而不是去參加什麼媽媽和小娃娃的咖啡聚會。」

他轉身就走，順手帶上了門。

我閉上眼睛。悲哀的是，我第一個反應不是生氣他那樣子跟我說話，而是鬆了口氣，慶幸他沒打我。「見鬼的快樂情人節，」我嘟囔著，軟軟地倚著牆。

說真的，我並不相信新衣服有什麼差別，可是一小時後我還是穿著從H&M買來的無袖黑色孕婦裝、緊身褲和短靴去上班。我也化了更濃的妝，希望至少能表示我做了「努力」。我脫下大衣，塞進櫃檯後。只有上半身露出來，我站在櫃檯後效果還不壞。

我記得貝絲，我接替的接待員，懷著八個月的身孕還踩著細跟高跟鞋。我覺得八個月時我沒辦法塞進櫃檯後。

卡爾沒多久就下來了，站在櫃檯的側面。我看見他的視線落在我的靴子上，再向上移。

「潔思，」他說。「我明白妳現在工作有點辛苦，所以我要建議把妳的產假往前挪，讓妳做到這個月底。希望這樣子會比較好。」

我瞪著他。這個決定只可能是由某一個人做的，是李叫他來的。我現在的外觀讓李太難堪，所以他不想再跟我共事了。我盡量把傷痛往心底壓，才能夠開口說話。

「不用了，謝謝，沒這個必要，」我說。

卡爾兩條眉毛都飛了起來。顯然他不習慣女人回嘴。

「我是妳的老闆，我認為有必要。我們不想讓客戶看到這種樣子。我建議妳在剩下的兩週裡盡可能待在櫃檯後。」

我太震驚，很難想出回應。「去你的」會是最明顯的反應，潔思．芒特就會這麼說，可是潔思．芒特不存在了。

「好，」我說。「順便通知你，我不會再回來上班了。」

卡爾的笑容透露了他覺得這是好消息。

「喔，在此期間，要是我們能遵守穿高跟鞋的辦公室衣著規定，那就太好了。」

他在我能回嘴之前就消失了，也許這樣反倒最好。

大約一個小時後送給我的花來了。兩打紅玫瑰，綁著巨型紅蝴蝶結。花束送來時，一個叫愛咪的業務企劃正在櫃檯。

「哇，」她說。「好幸運的女士喔。快啊，拍照貼到臉書上，讓全世界都知道他有多愛妳。」

我對她微笑。她上樓後，我禁不住想，其實她跟我一樣心知肚明，一切只是為了維持表象。

□

是莎蒂提議情人節一起吃午餐的，她說只有這樣她才能外帶，即使只是尼祿咖啡的三明治。說實話，能逃離公司，我真是鬆了口氣。

我一走近她就笑得露出了牙齒。

「幹嘛？」我問。

「妳，就像個孕婦，就這樣。」

「妳還沒看到早上我換衣服之前的鬼樣子呢。」

「下次妳就會用妳全裸抱著肚子的照片更新了。」

「想得美。」

「說起來也真怪，最近的這些變化。我剛剛想起來幾年前我們在情人節晚上訂了餐廳，然後兩個人跑去，大吵大喝，只為了氣那些情侶。」

「我相信他們一定到現在還記得妳。」

「唉，總得有人戳破那些羅曼蒂克的伎倆吧？說到這個，他買了什麼給妳？」

「紅玫瑰，」我說。「跟去年一樣。」

「看吧，他進退兩難了吧。他把標準定得那麼高，現在只好每年都一樣，不然妳就會以為他不喜歡妳了。我呢，我就會一開始送一枝玫瑰花，那如果我不喜歡他們了，還是很浪漫，卻不必花那麼多錢。」

我笑了出來，即使內心實在沒有想笑的欲望，可是現在跟莎蒂作伴就是我能得到的最佳治療。「走吧，」我說，把玩著我的婚戒。「我們去買高檔的情人節三明治吧。」

排隊時莎蒂把工作上的新聞全都告訴了我：妮娜說的話，另一位大廚辭職，二號廳後面雙人沙發的某個傢伙得警告他把拉鍊拉起來。我好想念這一切，我想念莎蒂，我想念哈哈大笑。我想念潔思。

「那妳怎麼樣啊？」我們帶著午餐坐下時她問。

「喔，還好。一樣很累。」

「妳幾時開始請假？再一個月？」

「不，其實只有兩個星期。我這個月底就不上班了。」

「喔。妳六個星期都坐在家裡沒事做，不會瘋掉嗎？」

「唉，這件事又不是我說了算。卡爾認定我不符合接待員的形象要求，因為現在我就像《馬達加斯加》裡的河馬莉了。」

「沒開玩笑？他媽的太不合法了。」

「對啊。可是把我老公的公司告上法院可不好看。」

「那李怎麼說？」

我慢悠悠吃完一口，只為了確定我已經夠冷靜。

「誰知道。我們還沒機會談這件事。」

莎蒂看著我。我什麼都瞞不了她。

「你們沒事吧？」她問。

我聳聳肩。「可能是因為現在大家都有點辛苦吧。等孩子出生以後就好了。」

她似乎不相信，不過她應該不會在公眾場合追問這種事的。

「那，在那之前，妳隨時都可以來找我吃午餐，」她說，擦掉嘴上的食物碎屑。

「到時候我還能走得動的話。」

「看妳像鴨子一樣走路會很好玩。」

「也得等我們搬完家。」

「我都忘了。我還沒聽過有人搬家是搬到下面一層樓的。」

「說真的，簡直就像是換一間飯店房間。我所有的東西只需要一個行李箱就裝完了。」

「那妳其他的東西呢？」

「在家裡。我是說我爸家。李不喜歡雜亂。而且我大部分的東西都是垃圾——舊書、舊照片、紀念品之類的。」

「那哪是垃圾，那是很重要的東西。」

我喝了一口熱巧克力。

「那新家是什麼樣子？」她接著問。

「跟現在的那間一模一樣，只是多一間臥室。」我打住不說，因為莎蒂沒來過我們的公寓。

「改天妳上班以前過來一趟——我是說等我請產假以後。」

「好啊，」她說。「我很樂意。」

「可是我們最好等安琪拉把育嬰室裝潢完，感覺上她好像在裝修期間住在我們家裡。」

「妳不會覺得煩嗎？」

我聳聳肩。「她這麼興奮算是好事吧。」

「我覺得有點撈過界。」

「她是好意。」

「等她把牆壁貼滿了搖搖馬和泰迪熊，妳就不會這麼說了。」

我笑了，笑得很暢快，就像潔思·芒特以前的笑。

潔思

二〇〇八年十一月

我躺在醫院病床上，一切都天翻地覆，上下顛倒。火車事件之後變得更糟了，糟糕太多。學校也發生了意外，我向一個老師尖叫，死也不肯去校外教學，因為車輛不安全。還有一次我在河堤上把一個男生從腳踏車上拖下來，因為我看得出他會傷到別人。

愛德華說我無法再在社會功能上正常運作了，說我需要二十四小時的照護，讓他們評估我的狀況，整理我的用藥。所以現在我跟一大堆瘋子關在一起。我被那些真正的瘋子關了起來，而他們卻在醫院外面趴趴走。他們說他們只是想幫助我，他們是為了我好。可是那只是因為他們想繼續當瘋子，不想讓大家知道我才是對的。

爸坐在我床邊的椅子上，他一直在哭，而且瞪著窗外。我看著他，看見了他眼中的恐懼。他覺得我發瘋了，而他不知道該怎麼辦，而且他在自責，可是媽死了又不是他的錯。誰都沒有錯，這種事就是會發生，我們隨便哪一個都有可能會死。問題就在這裡。

護士帶著我的藥進來了，我不想吃。他們是想把我變成殭屍，把我的想法變得跟大家一樣。藥丸有副作用，我都讀過，他們現在是想從內部殺死我。我把藥丸塞到側排牙齒的後面，喝了些水，張口讓護士檢查。她說了什麼，我沒聽清楚。我好像在水底下，有人在水面上說話，所以我聽不見。爸微笑點頭。稍後，趁他們沒注意，我會去廁所把藥吐進馬桶沖掉。然後人人都會微笑，說我很快就會比較好，我就會跟他們說他們愛聽的話，然後他們就會放我回家，不再煩我。而一切都不會改變，我的想法仍然一模一樣，可是他們會開心，說他們把我治好了，這一天就會這樣順利結束。他們想要說事實證明他們是對的，而我是錯的，到時他們就會滿意，而我會讓他們滿意，因為我會比他們更滿意，因為我知道他們是徹徹底底的白痴。只要我把這個秘密藏在心裡，我就會沒事。

安琪拉

二〇一七年三月一日週三

正如我這些個月來跟李說的，這裡一點也不像個家，當然更不是適合養孩子的家。潔思跟李幾天前才搬進來，可是他們已經都收拾好了，所以至少應該有一丁點家的味道，事實上卻沒有。感覺還是像飯店，而且他們沒有小東西或是個人物品來添加點家的氣氛。我在他們結婚的那天送了他們一幅裱框的刺繡，繡了他們的名字和日期等等，可是卻到處都看不到。一定不在這裡。這裡只有一張相片：黑框的黑白結婚照。我知道李喜歡極簡風，可是我覺得他有點矯枉過正。不過，等孩子出生了，就非得改變不可。你不能家裡有孩子還指望家裡一塵不染，到處井井有條。一切都會改變，而且是變得更好。

「那，」我轉向潔思說，「妳確定要這個顏色？」

她點頭。我跟她花了許多時間研究顏料表，我都不知道現在有那麼多種的藍色。我們選了一種柔和的青綠色，比傳統的嬰兒藍要亮一些。潔思似乎偏好這個顏色，而李，說真的，不是很在乎。他把整間育嬰房都丟給我們處理，說可以任由我們計畫。不過當然是由他付錢。

我把滾筒式刷子浸到油漆罐裡，其實這種事我還真沒動過手。以前是賽門負責刷油漆，裝修房屋。嗯，我是撕除過我們臥室的壁紙。他走了之後，我找了個打零工的人來油漆。可是育嬰室是另一回事。育嬰室需要以愛心來裝潢，而且房間小小的，所以我滿確定憑我們兩個就可以在一天之內做完。

我把刷子放在牆上，來回移動。

「看，」我跟潔思說。「滿順利的。顏色也很漂亮。」

「對，」她回答，一面刷油漆一面抬頭。她近來似乎沉靜一些，好像是有人把她的靈魂吸走了。我想她大概是累了，這倒是在情理之中。可是我真的擔心她，尤其是在喬說過她進過精神病院之後。我是說，她一定是狀況很糟糕才會去住院。如果她再次發作，顯然就不適合照顧孩子。幸好我隔得不遠。我跟李說過等孩子出生之後，我每天都會過來，只是為了留意她。我不想要他上班時還在擔心。我知道對她來說一定很辛苦，那麼年輕就失去了母親，可是很多人也都有同樣的經驗，可也沒有就精神失常啊，不是嗎？而要是當時她就精神不正常，誰知道會不會又來一次呢？

再說，她顯然沒有告訴李，這件事讓我很不高興，感覺上好像她在婚前就在隱瞞，修改她的過去，好讓李以為她是他的真命天女。誰知道她還隱藏了什麼？我覺得李也很不高興，我想跟他談這件事，他卻改變了話題，口氣還滿辛辣的。

我察覺到他們兩人之間有問題。那些笑容、牽手、低聲說笑，都好似隨風而逝了。我當然會操心，尤其是有愛瑪這個先例。我真的希望他能明白這一段婚姻非成功不可，她懷著他的孩子啊。萬一出了錯，誰知道我幾時才能見到我的孫子。不，我需要確保他們回到正軌上來，所以我才幫他們報名了產前課程。我認為如果他們對於當父母比較有自信，再看看同樣情況的年輕夫妻，應該可以給他們加油打氣。

「喔，潔思，在我走之前別忘了提醒我要把我跟妳說的課程細節傳給妳。妳知道，就是這個英國生產基金會的課程，兩個星期後開課。」

「喔，對了，我還是不確定這是不是個好主意，妳知道。李不是很熱衷。」

「潔思，有時候他只需要有人輕輕推一把。他並不總是知道什麼對他最好。」

「對，可那種事不合他的胃口，有點離開了他的舒適區。」

「他現在也不能反悔了，我已經幫你們報名了。」

她放下了刷子，瞪著我。「什麼，連問都沒問他一聲？」

「那位小姐說你們的運氣好，剛好可以遞補，因為有人取消了。通常這些課都需要幾個月前就預訂的。」

她在搖頭，又用眼睛在扮那種被大燈照住的可憐小兔子了。

「不，這不是好主意。妳明知道他最討厭聽別人的。」

我抿起嘴。我不需要她這樣找碴。告訴我李是什麼脾氣，彷彿我連自己的兒子都不了解。她只不過才認識他五分鐘。

「不用發愁，潔思。我知道什麼對他最好，我會跟他說的。」

「對，可是之後妳又不在，」她說，嗓門拉高，我之前沒聽過她用這種口氣。「等只剩下我們兩個，妳又不會看到他是什麼樣子。」

她又沾了一些油漆，不斷地在盤子裡拍打。等她再把刷子放到牆上，我看見她的手在發抖。

「潔思，」我說，放下了刷子。「究竟是怎麼回事？」

「他會氣瘋，他會好生氣。」

「不，他不會的。」

「他會，然後他還可能——」

她一句話沒說完就哭了起來。我抱住她，感覺到她的身體在顫抖。

「他可能怎樣？」

「沒什麼。我只是覺得他可能會跟我發脾氣。」

「他沒有什麼好跟妳發脾氣的啊，是我報名的，我會清清楚楚地告訴他。」

她以衣袖擦鼻子。我不確定她的腦筋是不是夠清楚，說真的，她好像有點歇斯底里。是不是又要開始了？精神失常的事。

「妳是不是有點吃不消？」我問。「是不是覺得應付不來，親愛的？」

「不，我沒事。只是對孩子的事有點緊張。」

「如果妳覺得應付不來，我們可以找人協助妳。」

「我沒有問題。」

她的語氣變了，多了一絲我沒聽過的尖銳。說不定這就是李得應付的一面，說不定這就是為什麼他們兩人之間有些緊繃的緣故。

「我知道，可是我們得好好注意妳，妳父親是這麼說的。我們不想讓情況變成——」

「安琪拉，我說過我沒有問題，可以嗎？」

「也許妳需要去躺一下，親愛的。我自己來就可以了。」

「我很好。」

「妳顯然不好，潔思。不過我相信妳去睡一下之後就會覺得好多了。去吧，這裡交給我吧，不用擔心。」

她又擦鼻子，抬頭看著天花板一會兒。我以為她會跟我吵，結果沒有。她只是站起來，走出房間。幾秒鐘後，我聽見她的臥室門關上。我長長嘆了口氣，顯然情況比我估計的還要壞。我真的不確定她是否適合照顧孩子了——如果以她當前的情況來判斷的話。

我看得出需要我的機會比我預計的還要多，無論是孩子出生之前或之後。我會固定過來，也許不給她事先通知，如此一來，若是她實在是應付不來，她也沒有機會能掩藏。

我需要確認她照顧好自己，也去上所有的產前課程。我感覺此時此刻她需要一位像母親一樣的人來照顧她。這點我能做到。我可以將母親以及祖母的角色熔為一爐。我不會讓這個家分崩離析。我曾縮手坐視這種情況發生，但是這一次不會了。

我又拿起滾筒，繼續油漆牆壁。等她醒來，我會油漆完畢，這樣應該能讓她的精神稍微好一點。然後我可以拿我買的鏤空模板給她看，看她最喜歡哪一個。

私訊

喬・芒特
12/09/2018 6:53pm

我不想相信，潔思，我不想相信那是妳的人生。至少在他的前女友出庭作證時，我能告訴自己那不是妳。我聽見了她說李在他們度假時發現她看手機就失控暴怒。陪審團看著她在義大利的醫院拍的X光片時，我看見了他們的表情。但是我可以告訴自己那不是妳。很駭人，他對她做的事，而且變態，一年之後他居然還帶妳去住同一家飯店、同一個房間，但那仍不是妳。即使是在莎蒂開始作證，說這幾個月來看見妳身上的傷痕瘀青，而妳總是藉口掩飾，我心裡也在想可能是她的想像力太豐富了。也許，正如辯方律師所說，她是因為李把妳搶走才嫉妒的。可後來他們宣讀了妳寫給莎蒂的信，要求她在妳發生了什麼事之後，確保讓我得到妳的孩子的監護權，因為把孩子留給李不安全。那時我才知道不對勁。當然，辯方律師說妳在寫信時的精神不穩定，但我知道不是的。

而今天清潔工出庭作證，她自己實在也只是個孩子，她說起在浴室的垃圾桶裡不止一次看見帶血的衛生紙，我的胃就在這時開始翻攪。我聽著她說她每次發現都會把垃圾桶清乾淨，有一次一團衛生紙中還掉出一個白色的硬硬的東西，她拿起來照著燈光，才發覺是一顆牙齒——是一截門牙。他打妳時打掉的一截門牙。就在那時，我低下頭哭了起來。因為我再也不能否認了，甚至是對我自己。他打妳，潔思。他打妳耳光，他用拳頭打妳，天知道還有什麼。而且有時候可能是當著哈里遜的面打的。感謝天主，這個小男孩長大了之後不會記得。可是我會記得，潔思。我現在就能在腦海裡看到，而且我想像不出我會有看不到的那一天。我死也不會原諒我自己，潔思，居然讓妳發生這樣的事。

我仍記得第一次把妳抱在懷裡，妳是個紅通通、皺巴巴的小東西，我把妳交給妳媽，跟她說我絕不會讓壞事發生在妳身上。結果我對她食言，也對妳食言了。我很抱歉，潔思。真的很抱歉，也真的心碎了。

潔思

二〇一七年三月二十日週一

我醒過來，直覺就去摸自己的門牙，只是想確認還在。一週來我每天都重複同樣的動作，在我讀到貼文之後。不知道他打掉的是哪一顆？而我又是如何在沒有人注意的情形下修補好的？我現在仍然是看邁瑟莫伊德的牙醫，但李卻是看里茲這裡的私人牙科。也許那種診所可以在短時間內做出牙套來。我猜就算他們詢問，我也會以謊言掩飾。既然我都騙了我最好的朋友跟我父親，那我也看不出為什麼不會騙牙醫。

我雙手按著肚子。他微微地扭了扭，不過裡頭也沒有多少空間供他扭動了。

「我這麼做全是為了你，」我說。可即使我這麼說，我也知道完全沒有道理。四個月後他就會失去母親，對他怎麼可能是好事？

說真的，我這麼做是因為我不知道還能怎麼做。要是我逃走，找個地方躲起來，我可能還是會死。我不知道我是在哪裡被殺的，可能不在這裡。另外還有一個原因就是我心裡還抱著一絲絲的希望，覺得我可以改變李。覺得就算他打愛瑪，他也可能學到了教訓，不會那樣對我。

而如果我改變不了他，那也許H可以。也許在他出生的那一刻，李會看著他，心腸變軟，知道他不能傷害我。

我把自己弄下床。我已經認定我滿喜歡請產假的。我愛的不是身軀龐大，還會胃食道逆流，半夜需要起來上三次廁所，而是早晨躺在床上，暫時讓臥室是我一個人的。給我空間和時間，而這兩項是我目前最需要的。

我正要去廚房燒開水，忽然發現育嬰室的門微微打開。我走進去，打開電燈。房間就像是安琪拉不斷拿過來的雜誌中的相片，其實不讓人意外，因為她的靈感大多是從那裡得來的。

到處都是協調的青綠色和奶油色。我好不容易才打消了她要在牆上貼鏤空圖案的念頭，主要是因為我知道李會討厭，可是她還是弄了星星、月亮、太空梭的窗簾、燈罩、地毯，H的小床上方掛了一個會轉動的星星月亮玩具，牆上還有一幅裱框的「我愛你愛到天荒地老」刺繡。我走向嬰兒床，把欄杆放下，輕撫床墊。他很快就會躺在這裡。我的小寶貝。當然，我已經能看見他了，我時時刻刻都能看見他。可是我就快能夠摸他，抱他，而他終於要成真了，而不僅僅是我手機上的相片。

法拉十點半抵達。兩週來我都躲出去，沿著運河散步，因為我受不了面對這個很快會知道我不欲人知的秘密的人。可是今天我留下來。今天我覺得我應該要跟這個會為我說話的女人打聲招呼。

「嗨，法拉，」我一聽見鑰匙開門聲就大聲招呼，但是不想嚇到她，像她上次嚇到我一樣。她把頭從廚房門探出來。

「哈囉。」她微笑。她的臉蛋漂亮，配上一對褐色杏眼，睫毛很美，根本不需要睫毛膏。

「我剛煮了咖啡，要喝嗎？」

「不用了，謝謝，」她說。「上班的時候不可以停下來喝咖啡。」

「我不會說出去的。」

她一臉不確定，但一秒之後她的微笑就變深了。「妳說可以就可以。我會把時間補齊。」

「別傻了。每個人都應該有休息時間。妳喝哪一種？」

「黑咖啡，不加糖。」

我點頭。「妳在這家公司工作多久了？」

「差不多一年，我一到英國就開始了。」

「那妳是從哪裡來的？」

「阿富汗，我家。」

我點頭，可是我覺得很笨，因為我對阿富汗知道的不多，只是在新聞上看過片段的消息。

「妳是跟家人一起來的嗎？」我問，一面把咖啡端給她。

她搖頭。「不是，我的家人，都死了。」

「對不起，」我說，低下了頭。「我不知道。我母親也死了，我知道有多痛苦。」

「沒關係，我習慣了講出來。我剛來的時候需要跟有關單位說他們的事。」

「那妳是難民嘍？」

「不是。我的庇護申請沒通過。他們說我回去很安全，雖然我跟他們說了他們是怎樣對付我爸媽和哥哥的，他們還是說現在不一樣了，現在很安全。他們真的不太懂。」

「那妳怎麼還會在這裡？」

「我有拿到批准居留，因為我不滿十八歲，回去以後也沒有人能照顧我。」

「妳幾歲？」

「下個月就十七了。」

我吁了一口長氣。我完全不知道。我無法想像在我失去媽的那個年紀失去全家人是什麼情況。

「我都不知道妳這麼年輕。」

她聳聳肩。「過的是艱苦的生活，外表就會比較老。」

「那妳來的時候才十六歲？妳自己一個人來的？」

「對，可是還有別的人。我們都付錢給同一個人。」

「妳不會害怕嗎？」

「會啊，可是比不上在阿富汗那麼怕。他們會回來抓我，妳知道。因為我的家人沒有照他們的命令過日子，因為我爸爸會說出來。」

「妳還是很勇敢，」我說。她小口喝咖啡。

「如果另一條路是死亡，就很容易勇敢。」

「等妳的居留時間到了，他們會讓妳在英國定居嗎？」

「不知道。他們會等我十七歲半再決定。」

「可是妳不能回去啊！」

「我知道。可是我也只能等，看他們怎麼說。」她喝完了咖啡。我想起了莎蒂的貼文，她說法拉起初不願出面作證，因為她很害怕。我現在了解了害怕是什麼滋味，至少了解了一點點。

「我希望他們能讓妳留下來。」

「謝謝，」她說。「我也希望。」她走向水槽，打算清洗馬克杯。

「沒關係，」我說，把馬克杯接過來。「讓我來吧，我現在能做的事不多了。」

「謝謝，」她說，轉身走了幾步，又轉回來。「妳的寶寶的房間，好美麗。他一定會是一個非常幸運的小男生。」

我對她微笑，知道她很快就會知道我們的家庭真相了。

李對這些課程很不高興，一點也不高興。我仍記得他上星期拉長的那張臉，當時他得面對一條塗滿了花生醬和酵母醬的尿布。說真的，我很驚訝他居然沒有直接走人。扮演媽咪和爹地顯然不是他的玩樂選項。我到現在仍很詫異他會同意來上課。我不知道安琪拉是跟他怎麼說的，也不知道她是如何讓他回心轉意的，可是我滿肯定他在那一刻非常後悔。

我們在學院外停車，李用力甩上門，繞過來我這邊。另一輛車停在我們旁邊。李幫我開門時我看見了駕駛的臉。他也是來上課的，不過我記不得他的名字。

「他們搞不好應該讓孕婦佔兩個停車位，」那人開玩笑說。「真奇怪超市居然沒有『媽和大肚皮』停車位。」

李對他微笑，我猜主要是因為他覺得必須微笑，而不是因為他覺得有趣。他扶著我下車，把門關上。另一輛車裡的女人輕輕悶哼一聲，下了車。

「嗨，潔思，」她說。「越來越艱難了，對不對？」

「對，」我說。「確實是。」我想不起她的名字，不過我覺得是瑞秋，不然就是夏綠蒂。她們有一半的人好像不是瑞秋就是夏綠蒂。年紀都比我大，當然了。大多數至少大個十歲，而且都有事業，不像我。

「今晚他們不知道又要怎麼折騰我們了，」她說。我們一塊蹣跚走向門口。她的伴侶幫我們扶著門，我經過時向他道謝。

我們一進去李就牽住我的手。跟小孩子正相反，小時候看到認識的人，你會立刻就放開媽媽的手。我不知道是該覺得高興還是難過。

「我得說，你處理尿布比我厲害多了，」她的伴侶向李說。

「嗯，不過等我們來真的時候，不會塗滿了酵母醬吧？」李說。

兩人都哈哈笑。他們好像喜歡他。等他們聽說他被控殺害我，可能會向警方提起這段經過，說些「他好像很有幽默感」和「他總是扶她下車，而且牽著她的手」之類的話。

我們走入房間。椅子排成了半圓形，照孕婦、準爸爸、孕婦、準爸爸這樣的坐法，我們坐在最尾端。生產基金會的老師叫凱絲，走了過來。

「嗨，潔思，胃食道逆流的情況好些了嗎？」

「還是一樣糟。」

「妳有沒有少量多餐？」

「有，還是沒有差別。」

「喔，親愛的，起碼妳不用再忍太久了。再三個星期是吧？」

「對，差不多。」我沒跟她說他會遲六天，這不是妳能說的事。

等人人都就座之後，凱絲走向班級的正面。「希望大家都很健康舒適，至少是能多舒適就多舒適。」

我環顧四周。李是唯一沒笑容的。他的下巴繃得很緊。他很討厭這種課，我知道。

「好，上週我們處理過有新生兒之後的實際生活細節，今天我們要處理情緒上的問題，妳以及妳的伴侶的。」

我覺得我聽見李呻吟，即使別人都沒吭聲。我們分成了兩組，媽媽以及準爸爸組，然後我們需要列出清單，按照輕重緩急，列出我們在產後個人的、情緒上的、生理上的需求。我沒說什麼，我不需要。小組中有兩名孕婦說得最多，等她們看我時，點頭同意是最輕鬆的辦法。我瞄了李兩次，他好像也不怎麼投入，只有一次我聽見他發出來自喉嚨深處的笑聲。我猜他們是在談論性事，跟我們一樣。

凱絲和兩組都談過之後，她就叫我們恢復原來的組合。

「好，大家有很多共同點，」她說，「也有些地方是南轅北轍。我們要從產後的房事談論起。好了，各位女士先別呻吟，我了解這可能是妳目前最不會想到的事情，可是我跟妳們保證，從清單上來看，在座的可不是每個人都跟妳一樣的想法。」

男性發出了笑聲。而李則瞪著正前方。

「我要你們都到走廊上，把一個有顏色的計數器放到表示你們預計在寶寶出生後再行房事的時間點上。我已經沿著走廊做了記號，從一天到一年。」

更多的吃吃竊笑，這一次男女都有。

「喔，相信我，我都聽過了，」她說。「好了，女士優先。這是妳們的紅色計數器，背面寫上妳的姓名縮寫，放在妳想放的位置。等妳們回來之後，我會叫小伙子們去放藍色的。」

我接過她給我的計數器，跟著其他女人到走廊上。坦白說，在此之前我都沒有想到這件事。我們大約有一個月沒做愛了，我認為是因為我現在可算不上是辣妹，不過每晚我都比他早一兩個小時上床，只怕也沒什麼幫助。

其他女人在放下計數單時還哈哈笑，大多是介於三週到三個月。我走向三個月那一點。我知道不能超過這一點，因為那時我已經死了，所以我不偏不倚就放在三個月那一點上。

我們回到房間，換男人到走廊上。一大堆的笑聲和模糊的說話聲，然後他們又再進來。

「好了，各位，我要你們都出去，站在你們的計數器旁邊，」凱絲說。

我閉上眼睛。李會很討厭這樣的當眾難堪。我們魚貫走進走廊，看見藍色的計數器全都擠在末端，大家爆出更多的笑聲和驚呼聲。我走去站在我的計數器旁邊，與我同一位置的還有兩個女人，可是她們的伴侶都站在不遠處。只有李不同，他在另一頭，距我目測，他是站在三天的那一點上。

其他人注意到紛紛哄笑。

「呃，李和潔思，」凱絲說，「你們回家路上說不定該聊一聊你們的期待落差。」

當然不會聊，只有懾人的沉默。我絞盡腦汁想知道該說什麼，我迫不及待想說點什麼，什麼都好，只要能躲避我覺得即將來臨的厄運。

「欸，你如果不想上課的話，我們下個星期就不要去了。我不會跟你媽說的。」

我的意圖是讓氣氛輕鬆起來，可是他顯然不想讓心情變好。無論是在車裡、在電梯中，或是站在我們公寓的門外。他打開門，我走了進去，知道自己已經在發抖了。他靜靜關上門，靜得不可思議，然後轉過來，摑了我一耳光。

我大聲尖叫，伸手去摀臉，還沒摸到手腕就被他抓住了。

「妳敢再那樣羞辱我，我就讓妳好看，聽懂了沒有？」

我點頭，吞回眼淚。

「好。我們不去上課了，妳要把手機裡那些女人的號碼全部刪除，誰打電話或是傳簡訊給妳，不准回覆。下星期我會傳電郵給凱絲，說妳不舒服，我們不能去上課了。懂了嗎？」

我又點頭。

「好。滾進浴室去，把妳他媽的那張臭臉洗乾淨。」

私訊

莎蒂・沃爾德

20/09/2018 6:45pm

他逃掉了，潔思。我好抱歉，可是他們判他無罪。我覺得是法官在證據概述的時候授意的，他叫陪審團不要忘記李・葛利菲斯並不是因為毆打愛瑪・麥金利而受審的，也不是因為他可能做了什麼導致妳死亡的事情而受審的。他們要考量的只有一個問題：是否可以合理的懷疑那天早晨妳在淋浴時是因為他打了妳而使妳摔倒，頭撞到洗臉台，再撞到地磚，兩次的撞擊嚴重到讓妳昏迷，誘發了顱內壓升高，最終導致死亡？

他說他們只需要衡量實際的物證，而不是臆測。我本以為法拉的證詞就夠了，尤其是牙醫也證實了治療過妳，事發當天幫妳的門牙裝了牙套。可是辯方律師說可能只是意外，因為這是妳給牙醫的說詞，而李說的才是真相。無法證明是李把妳的牙齒打掉的。就算是他，也不能證明妳死的那天他曾打過妳。他們當然也想辦法汙衊法拉，說她在妳死時並沒有說出全部的真相，警方詢問她發現妳倒在浴室地板上的情況，她也沒提到看見血跡。她想說明她是因為太害怕會被遣返，因為發現妳倒在地上，處處是血，害她想起了她家人的慘狀。可是最後陪審團不採信。

他們寧可相信安琪拉。安琪拉相信她的寶貝兒子忠厚老實，宣稱不知道愛瑪的遭遇，而她最關鍵的證詞是事發當天李去上班之後，她立刻就去了公寓，發現妳沒事，只是很累，因為妳晚上起來太多次。所以她才把H帶回家，叫妳回去補眠。只是妳說妳可能也睡不著，寧願去洗澡，洗個澡可能還能清醒一點。她甚至說她叫李去買一張止滑墊，可是李不肯買，說不夠時髦，而且會發霉。

我知道安琪拉在說謊，潔思。她作證時我緊盯著她，我連眼皮都沒眨一下。她說什麼擔心妳的心理狀態，覺得妳得了產後憂鬱症。她說她開始每天早晨都過去，因為她很怕妳不適合照顧H，說妳可能隨時會崩潰。她甚至還有臉說妳對孩子沒有感情，說長時間把孩子留給妳照顧讓她很不安。全都是放屁。我聽著聽著差點就在旁聽席上吼叫。我希望他們能再叫我上去作證，那樣的話，我就能告訴他們真相：我這輩子沒看過有人這麼愛戀他們的寶寶的。而且還是從妳告訴我妳懷孕了那一刻就開始的，更別提他出生的時候了。可是我卻得聽著她睜眼說瞎話。她當然在說謊，我從她的眼睛就看得出來，雖然她極力想要把眼睛藏在她的白痴劉海下面。哼，她當然會說謊，李可是她的親骨肉啊。我敢說她在李去上班之前就把H帶走了，後來他們一起串供。因為她如果不幫他圓謊，不但李完蛋，她也會失去H。可是現在李逍遙法外，她不但是兒子回到了身邊，還可以保住孫子。而等李回去上班，就是她一個人照顧他了。

電視新聞播出了他自由自在走出法院，發表了什麼可悲的聲明，說被控殺死妳對他是莫大的惡夢，說一開始就不該有這場官司，說他只想要回家看兒子。

我最氣的就是這個，潔思。居然是他會把H扶養長大，他會把他自己的版本告訴他，而H永遠不會知道真相。而妳的寶貝小兒子長大後會相信他的媽咪是死於不幸的意外。

不過李知道真相，安琪拉也是，而他們這輩子都得要揹著十字架。X

潔思

二〇一七年三月二十一日週二

原來是這樣，我是這樣死的。被我自己的浴室，自己的丈夫殺死的。而這個丈夫還能逃脫罪責，因為沒有一點具體證據能定他的罪。這樁罪行唯一的證人就是我，而我已經死了。李會繼續過日子，可能會對下一位女朋友做同樣的事。而H會被殺死他媽媽的兇手以及幫兇手說謊的奶奶扶養長大。

那是什麼樣的人生？什麼樣的死亡？絕不是我要我們母子倆擁有的，我至少知道這一點。我把手機放下，想伸個懶腰，感覺到下背部隱隱作痛，比一般的妊娠痠痛還要痛。我全身抽筋僵硬。我在沙發上過了一夜。昨晚我受不了進房去跟李睡在同一張床上，所以我就躺在這裡，蓋著我的家居袍。我覺得迷迷糊糊地在某個時間點睡著了，但大部分時間我都瞪著天花板，雙手揪著家居袍，等待黎明降臨。

然後呢？我回頭躺著，等著厄運臨頭？那可不行。夠了。我現在知道他確實會打我，我不能再假裝是想像力作祟了。我一直告訴自己這一切不是真的，他可能連手指頭都不會碰我一下，哼，這下子我知道不是這樣了。我想起了法拉跟我說的話，說唯一的選項是死亡，離開就不算勇敢。她說得對，我現在懂了。我知道留下來我就會變成統計數字，我可不願意。問題不是夠不夠勇敢，我只需要做合情合理的事情。為了我自己，更重要的是為了H。

我側身，設法讓兩腿踩著地板，坐了起來，背墊著靠枕。這時，門開了。我半期待會看到裝著咖啡和可頌的托盤，但是並沒有。我看見的是一個滿臉悔意的男人，一副鬼模樣好似也沒有睡多少。他走向我，仍無法直視我的眼睛。等他走到我面前，他就跪下來，低著頭，哭了起來。

我沒料到這個。我不知該說什麼或是做什麼。他朝我伸出一隻手，不停哽咽。「對不起，真的對不起。」

我牽住他的手，我不知道還能怎麼辦。他抬頭看我，用那雙充血的大眼睛。

「我不是故意要傷害妳的，」他說。

「可你還是傷害了我。」

「我知道。所以我才來道歉。」

「道個歉就沒事了嗎？」

他搖頭。「有時候，」他囁嚅著說，「我自己都會害怕，我真的怕死了。昨晚就是。」

「你也讓我很害怕。」

他點頭，目光落在我的肚子上。「而且還在妳……」他越說越小聲，又一次雙手抱頭。

「我跟妳說過我媽跟我爸的事，」他說，「只說了一部分。比吵架還糟糕。我從來沒有跟別人說，可是我爸……」他又一次語不成聲，緊閉著眼睛，花了一分鐘鎮定下來。「我爸打我媽，」他說。「我只能記得片段——我太小了，而且我覺得她一直不讓我知道——可是有一次我看見他打她，在臥室裡用拳頭打她的臉，打得好用力，她搖搖晃晃，倚著牆倒下來。她在流鼻血，壁紙上都噴到了。他們不知道我在看。我聽見吼叫聲，就從房間出來看是怎麼回事。之後他甚至沒有去把她扶起來，他走過去，吐她口水。我昨天晚上說的話，『把妳他媽的那張臭臉洗乾淨，』就是他跟她說的話。」

他又哭了起來。我不知道該做什麼或說什麼。我仍忙著把那個我認識的安琪拉跟他剛才形容的安琪拉，被毒打流血、倒在地上的女人，兜起來。我無法想像，完全無法想像她吃的苦。

「對不起，」我說，按住他的肩膀。「我很遺憾你得看見那種事，可是不等於照搬到我身上就沒關係。」我的聲音非常穩定，連一絲顫抖都沒有。我從某處找到了力量，一股連我都不知道的力量。

「我知道，」李說。「所以我才感覺這麼可怕。我很怕我會變成我爸。」

我懂。我了解瀕臨失控是什麼感覺。我決定要再給他一次機會，向我坦白的機會。

「你之前打過女人嗎？」我問。「別的女朋友？」

他猶豫，然後抬頭看我。「沒有，從來沒有，這是第一次。」

我用力吞嚥，知道他在說謊。我的腦海浮現出愛瑪被他打斷了下顎的臉。可能還有其他人，其他那些太害怕而不敢出面的人。

「你需要尋求協助，李。」

「我會。只要能改過來，我什麼都肯做。我不想讓我們的兒子長大時看見我做的事。」

「他不會的，」我冷靜地說。

李抬頭，臉上的皺紋比剛才少了一點。「我們稍後再談，等我下班回來。我會帶妳出去吃飯，要是妳太累，就外帶，隨妳喜歡。」

我點頭卻不吭聲。他站起來吻了我的頭頂。

「不會有下次了，」他說。「我發誓。」

等聽到前門關上我才行動。我現在的動作快不了，可是起碼今天的速度比平常快。我走進臥室，拿出壁櫥裡的行李箱。我給過他機會，他卻不珍惜。他跟我說謊，說之前沒打過女人，又保證不會再有下一次。我敢賭他也對愛瑪說過這句話，以及他之前交往過的女人。我這還是頭一次慶幸有臉書的貼文，讓我看見了我不想要的一種將來，讓我知道他的話一文不值。

我沒帶走他買給我的衣服，我收拾的是讓我舒服的衣服——內搭褲和運動衫，是潔思·芒特愛穿的衣服。因為我要拋下的是潔思·葛利菲斯。我把拉鍊拉上，把行李箱拖到玄關。再看了育嬰室最後一眼，房間寧靜祥和，耐心地等著歡迎它的新生兒，但是它的美只是假象。表象下的東西才是最重要的。

我走進浴室，我要洗個戰鬥澡，然後就離開。我需要把我的傷痛擦洗掉，以便重新開始。我脫下了家居袍，我的肚子現在太大了，連進出浴缸都困難，我第一百次希望有個無障礙淋浴間。我猜多一個房間就得要從浴室的空間扣除。我抓穩洗手台邊緣，保持重心。我滿腦子只想到這裡就是出事的地點，我正在命案現場，幾乎是在重新模擬事發經過，只不過真正的命案還要再四個月後。而且H在我的體內，安全無虞。誰也奪不走。

他踢了，彷彿是在提醒我。我仰臉承接熱水。如果我不知道故事的結局，我又會怎麼做？其實不需要費疑猜。我會留下來。他說之前沒有打過女人，而且絕對不會有下一次，我會相信他。我佔了未卜先知的優勢，所以我才需要採取行動。我不想變成故事中的那個女人。儘管我深愛李——嗯，至少有一部分的我是——我知道要是我留下來，我會送掉性命，我會躺在血泊中，被清潔工發現，而那個可憐的女孩年紀輕輕就已經目睹過夠多的死亡了。而且李會全身而退，並且把H扶養成人。

就是因為如此我才能夠忽略我腦海中的聲音，叫我要相信他，體諒他也是受害人的聲音。說也許，只是也許，這一切都是我自己的虛構，因為我巴不得摧毀任何向我而來的幸福。

我聽到浴室外有動靜。前門關上的聲音。我關掉熱水，抓下杆子上的毛巾，裹住身體。萬一是李回來了呢？萬一他明白我是要離開他，而動手阻止我呢？我聽到玄關的耐磨地板上有腳步聲，但不是李的腳步聲，是屬於女性的。腳步聲停止，我想起了我的行李箱在外頭，整裝待發。

短暫的靜默。接著是人聲揚起，女性的聲音，急迫地呼喚我的名字。

我愣在浴缸裡，緊抓著毛巾。我看著門把向下轉動，看見安琪拉走了進來，臉色不善。

「出去！」我大吼。

她搖頭。「除非妳告訴我為什麼妳的行李箱放在玄關上，否則我是不會出去的。」她的聲音低沉緊迫。我從沒聽過她用這種語氣說話。我想騙她，說是我預備住院的行李，但及時醒悟到現在不是說謊的時候。現在是說真話的時刻。

「我要走了。」我說。

「什麼意思？妳有八個月的身孕啊。」

「我知道，所以我才要離開。為了保護我的兒子。」

「好了，潔思，我覺得妳最好冷靜點，妳又在情緒不穩了。」

「我沒有。我沒有問題。有問題的是妳兒子。」

她對我蹙眉。「怎麼又扯上我們的李了？」

「他打我，安琪拉。昨晚他狠狠甩了我一耳光，就在進門後。」

我看見她打哆嗦，整個身體似乎在抽搐。「不，妳說謊。」

「我也希望是我說謊，相信我。可是說謊的是妳的兒子。不過妳大概早就知道了。」

「我一點也聽不懂妳在說什麼。」她的嗓門拉高了，不肯跟我視線接觸。

「喔，我覺得妳懂。他並不是到義大利度假後甩了愛瑪的，對不對？他自己飛回來是因為她住院了，因為下巴被他打斷了。」

「不。」她猛烈搖頭。她不想承認，即使是對她自己。

「而且之前可能還有別的女人。幾十個吧。而每一次妳都只假裝沒那回事，把嬰兒服再放回抽屜裡，準備下一次用。後來他終於找到一個女孩笨到會相信他，會一頭愛上他，盲目到看不見他是怎麼待她的，是怎麼操縱她的，把她塑造成他想要的樣子。」

「潔思，我覺得妳最好是去躺下來，我覺得妳人不舒服，我覺得妳不舒服已經有好一陣子了。」

「喔，我好得很，」我說，聲音堅定清晰。「相信我，我從來沒有看得這麼清楚過。」

「這些都是妳編造的，在妳的腦子裡。是妳又發作了。」

「連妳先生打妳也是嗎？」我說，揚起了聲音。「這也是我編造的？他老是打妳，還尖聲叫妳去把妳他媽的臭臉洗乾淨？」

她在我的面前崩潰。我看著她一手按著洗臉台。

「妳先生那樣對妳，安琪拉，而李也在那樣對我。該是停止自欺欺人的時候了。」

她抬頭看我。「他跟妳說的？他記得？」

我點頭。「他才是需要協助的人，安琪拉。他，也許妳也是。」

「妳不能走，」她懇求道。「會毀了他的。」

「要是我留下來，他會毀了我。」

「他不會，我保證。我會負責讓他去尋求協助。」

我搖頭。「不，不可能。他只會一錯再錯，而且會變本加厲。H出生之後他把我的門牙都打掉了。而且最後他殺了我，這裡，就在這間浴室裡。」

安琪拉搖頭，整個人都在發抖。「不。妳開始胡說八道了。妳怎麼能知道將來的事？」

「無所謂，反正我就是知道。李被控殺害我，只不過他無罪開釋了，因為妳幫他圓謊。妳說妳來這裡，在李去上班以前把H帶走，其實是假的。妳為他掩飾，因為妳受不了失去妳的寶貝孫子。」

我抬起腿，準備要跨出浴缸，就在這時，她撲過來，歇斯底里尖叫。「妳不准走，妳不准帶走我的孫子！」她抓住我的胳臂，手指掐入我的肌肉，拉扯我，把我向下拽。我放聲尖叫，失去了平衡，向下栽倒。我看見洗臉台朝我撞過來。現在就要發生了，此時此刻，甚至在H出生之前。我要死了，還會失去我的寶寶。我奮力扭轉身體，急於保護孩子。我覺得自己往下跌，我看著天花板，聽見安琪拉在尖叫，也可能是我在尖叫，很難分辨。然後是咚一聲，我撞到了浴室冰冷的、堅硬的地磚。

潔思

二〇〇九年六月

莎蒂敲我的房間門，走了進來。很奇怪，看著她穿校服。我想不起來我上一次穿是幾時。我很久沒上學了，也無法想像再回學校。

「學校如何？」我問。

「還好吧，可是英文誰也沒把握，對不對？我可能寫了一堆的廢話。」

「才不會，妳的成績一定很好。」

莎蒂微笑，坐在我的床上。我住院時她沒來看我，爸說精神科不是像她這樣年齡的女孩該去探病的地方。他好像忘了那裡也不是像我這個年齡的女孩該住的地方。

「妳怎麼樣？」她說。

「喔，就那樣嘛。」

「還是不需要吃藥？」

「對，他們說不用再吃了，他們要看看情況。」

她點頭。她知道我在醫院假裝吃藥，他們早晚都會發覺的。某個自以為聰明的護士以為佔了上風。不過我仍然沒吃多久的藥，一等他們以為藥有效我就停藥了。

「那，再來呢？」

「不知道。現在回學校太晚了。爸說等我好一點，可以明年重修。不過不念這裡，也許去念高職。我想要重新開始，我不想讓大家都知道。」

她點頭。「妳可以去上考德戴爾學院啊？就跟別的同學說妳被當掉了，誰也分不出來的。」

她說得對。但是我也知道，我在那裡交到的朋友，或是之後交到的朋友，都會跟我以前的不一樣。他們會分成兩種：一種是知道我的，另一種是只知道我想讓他們知道的皮毛。

我凝視著床頭几上媽跟我的合照，我們攬著彼此的肩，笑得開懷。我現在記不得當時是為了什麼笑了，真希望我沒忘記。

「她很以妳為榮，潔思，」莎蒂說。

「什麼，因為我發神經，把你們都嚇得半死嗎？」

「不是，是因為妳度過了這麼大的難關，我們其他人連一半都想像不出來。」

我聳聳肩。「我可能還沒度過去。」

「妳克服了最困難的一年，現在再沒有什麼能夠打倒妳了。妳比我們都要堅強，潔思，妳只是自己不明白。」

我俯身摟抱她，就像這一切發生之前的擁抱，只不過跟以前的擁抱一點也不同了，意義更加的深遠了。

「謝謝，」我說。「我是說一直陪著我。沒有放棄我。」

「朋友不就該這樣嗎，」她說。

「不，是妳很夠朋友。」

她向我微笑，用纖長的手指擦掉眼角的淚。「星期六要不要去逛街？」她問。

我遲疑了一下才回答。我有好久好久除了家和醫院之外哪兒都不去了。

「好啊，」我說。「好，我很願意。」

爸會高興的，我知道。他會以為那表示我好多了。恢復正常。我再也不知道什麼叫正常了。別人問起我是否好多了，我不知道該怎麼說。跟什麼相比？幾個月前嗎？那，沒錯。在媽過世之前嗎？不可能。我不認為自己好多了。醫生說沒有所謂的神智正常與神智失常，說心理健康是一種連續體，在這一條軌道上我們都會在生命的不同時段來來回回。大多數時候我們能設法遠離麻煩，只是偶爾會在尾端撞上緩衝器。而因為我們也許最終會下車，並不表示我們就沒事了，可也不表示我們會一直瘋下去。就只是我們又回到了軌道上，跟每一個自稱是正常的人一塊推擠，爭搶座位。

安琪拉

二〇一七年三月二十一日週二

她倒在地板上。一時間我不敢去碰她，唯恐她死了。因為如果她死了，那就是我殺了她——也殺了我的孫子。恐懼在我的心中波濤洶湧。我該怎麼跟李解釋？我不由自主地發起抖來。她發出聲音，只是很微弱的一聲，但是我知道她沒死。

「喔，天啊，」我說，在她身邊跪了下來。毛巾鬆開了，她的大肚子突了出來。她在摔倒時轉動了身體，背部著地。我呆呆杵在那兒，腳像生了根，被恐懼麻痺了——我怕的並不是即將目睹死亡，而是我就要失去自己的孫子了。

我到處尋找血跡，沒看見。我搜索枯腸，努力思索這種情況下該如何應變。我覺得我應該把她轉成側躺的姿勢，可是我不確定能不能移動她。我也很怕做錯了，怕我可能會雪上加霜。她的頭略微動了動，一秒之後，她的身體抽動，發出了高頻的喊聲。她睜開眼睛，我這才知道她的神智還清楚。「H，」她喘著氣說，「他要來了。」

我站了起來，跑到玄關，我剛才看見她的行李箱就把手提包丟在那兒了。我掏出手機，撥了九九九。我從沒用過這個號碼，他們接聽時我一直發抖。

「救護車，」我說，回答他們我需要的是哪種協助。我等待他們轉接，浴室又傳來一聲大喊。

「是我媳婦，」一有人接聽我就說。「她懷孕八個月，重重摔了一跤。她說要生了。」

我把地址給他們，再跑回浴室，她又尖叫。

「沒事了，」我跟她說。「救護車要來了。」

「爸，」她說。「打給我爸！叫他到醫院。」

「那李呢？」

她搖頭。「爸。」

我回到玄關，照她的話做。喬接聽時似乎很驚訝。

「哈囉，安琪拉。沒事吧？」

「是潔思，」我說。「她要生了。」

「不是下個月嗎？」

「她摔倒了，」我說。「在浴室裡滑倒了。救護車馬上就來，他們要帶她到吉米，就是聖詹姆斯醫院。她要你去那裡會合。」

「她沒事吧？」喬問。

「不知道，」我說。「我們會等救護車來。你就直接去吉米，到產科去。」

他掛上了電話。我能想像得出他的表情，能想像得出他飛奔而出跑去開車。她是他的女兒，是他僅有的親人，她以及孩子。我知道那是什麼感覺。

我回到浴室，拿下門後吊著的家居袍，披在她身上。

「他現在就會趕到醫院去，」我說。

她點頭，五官又扭曲，同時尖叫。我握住她的手，卻被她甩開。

「盡量吸氣，」我說。「盡量讓速度慢下來。」她的五官都揪成一團。不知道我是不是該把她抬起來？我還是決定留給救護人員吧。我仍不確定她有沒有受傷，我不想幫倒忙，我已經把事情搞得夠糟的了。

我聽見對講機響，立刻跑向玄關，接起來。我叫他們搭電梯，按鍵讓他們進來。我等著他們抵達我們這一層。

「這裡，」我大聲呼叫。「她在裡面。」

他們跑進來，一個人推著輪椅，把它留在玄關。我為他們扶著浴室門，潔思又發出尖叫聲。

「沒事了，親愛的，」年長的那個說，俯身檢查她。「我們馬上就會把妳送到醫院去，我只是要先確認妳沒有摔斷哪裡，沒有什麼嚴重的傷勢。」

他輕輕抬起她的側面，一手伸到底下，順著她的脊椎摸，按壓她的下背部。他叫她移動腳趾，她也做到了。

「她有沒有昏倒？」他問，轉向我。

「沒有，沒有，我想沒有。」

他以手電筒照她的眼睛，要她追循他的手指。觸診她的頸子和鎖骨，再拿出聽診器。

「可能有點冰，」他說。

他把聽診器放在她的肚皮上，微微移動，然後停下來再聽。

「他還好嗎？」她嗚咽著說。

「嗯，」他說，「他沒事。我們要把妳扶起來，讓妳坐輪椅，送妳去醫院，好嗎？」

她點頭，又呻吟一聲，緊抱著肚子。救護人員站到她的兩側，把她抬了起來。毛巾鬆落了。我衝過去，把她的家居袍給她蓋上，想減少她的尷尬。他們把手臂伸到她的腋窩，側著把她抬到了玄關。我把輪椅推過來，看著他們輕輕把她放下。

「好了，妳要陪她去嗎？」年紀大的救護人員問。我還沒開口，就看見潔思搖頭。

「不用，」我小聲說。「她父親現在正趕過去，她會需要過夜的行李。在那邊，」我說，指出了東西。

另一名救護人員拿了行李箱。「喔，還有這個，」我說，跑進育嬰室，帶著汽車安全椅回來。

「你們需要我幫忙嗎？」我問。

「不用，謝謝，」他說，接了過去。「我拿得動。」

潔思又尖叫。

「好了，」年長的那個說。「送妳到醫院吧。」我看著他們把她推出了公寓，進入電梯，我這才關上門，向後轉，直接走進育嬰室。進到裡面我才開始哭，癱在地板上，緊緊抓著我買給孫子的泰迪熊，那個我不知道會不會看見的孫子。

私訊

安琪拉．葛利菲斯

二〇一七年九月二十一日

我一向就知道不是李，潔思。他們沒有證據能定他的罪，是因為根本就不是他做的。就是這麼簡單。不過我也知道看起來可能像是他做的。所以我才會那樣。我並不以我的所作所為感到得意，潔思。只是我一抵達就看見妳的行李箱放在玄關，我就慌了手腳。因為我以前就收拾過一只行李箱，潔思，我也把它放在玄關。我沒有拎著行李離開完全是因為那個看見了行李箱的小男孩，他開始發問，痛苦的問題，我無言可答。所以等他的父親下班回家，行李箱也已清空了，而小男孩也聽到吩咐，什麼也不准說。我留了下來，幾週，幾月，幾年，往後的每一個日子。逆來順受，因為我受不了拋下我的小兒子，而且我也知道我沒辦法帶著他走。我沒有能力獨力扶養他。到頭來，竟是他父親的行李箱擺在門口，他為了另一個女人離開了我，那個女人可能比我年輕，可是現在可能也老了。跟我一樣蒼老，傷痕累累，心如死灰。

所以我才會神經錯亂，我才會跑進浴室裡懇求妳留下來。等我看見妳躺在地上，一動不動，血從妳的頭上流出來，我才知道妳不是死了，就是快死了。而在那一瞬間，我得決定是要留下來幫妳，或是帶著哈里遜離開。假裝我是在意外發生之前來的，像往常一樣早晨過來帶孫子，讓妳能自在地洗個澡。

所以我選了哈里遜。我滿腦子只想到那個小男孩，扯開嗓門尖叫。我知道我得把他帶走，要是我再多留一秒，甚至是撥打九九九，警方都可能會想到不是意外，是李打妳，到時候哈里遜不僅失去了他的母親，也會失去他的父親。沒有孩子應該這麼可憐。

所以，沒錯，是我帶走了他，我把門關上，丟下妳一個人等死。因為我受不了這樣對待我的孫子。雖然過程中我可能犧牲了妳的性命，可是我跟自己說妳也會這麼選擇的。因為妳最知道做母親的為了拯救她的小兒子會不惜一切代價。

當然，我說我是在李上班之前就到公寓來的，警方相信了。誰也沒想到該質疑，我是說，哪有人可能把自己的媳婦丟在浴室地上等死呢？他們在法庭上也相信了我的說法，即使那些女人出庭作證，說出了李的那些骯髒事。

覆水難收，我的餘生都會良心不安。現在誰也不會知道真相，因為我一句話也不會說。李可能知道，當然的。可是就算是他殺了妳，我仍然不相信。我也不能問他，即使我想問；因為若是問了，他會知道我發現了妳，知道我把妳丟在地板上等死。我們從不談這件事，我想以後也不會談。母親與兒子之間有一種特殊的感情。有些事最好還是不要挑明了說。

潔思

二〇一七年三月二十一日週二

我確信我會在救護車上分娩，所以救護車停下，他們開始把我從車後推出來時，我很驚訝。

「到了嗎？」我問年長的那位救護員，他說他叫泰瑞。

「到了，我們會直接把妳推進去，有人等著接手。」

「他不會有事吧？」

「他沒事，」他說，對我微笑。「他有一個很強悍的媽媽，不是嗎？」

我點頭，同時也呻吟，收縮又來了。泰瑞把我推進了產科的櫃檯，一名醫生和一名助產士帶著推床在等我。我聽見泰瑞連珠砲似地跟他們說話，而我被抬上了推床。我只能聽見片段的話語：我的收縮間隔，產後我需要徹底檢查。另一名救護員把行李箱以及汽車安全椅交給我，然後我們就前進了，直接進電梯。助產士握著我的手，說她叫葛蘿莉亞，我盡量不要去聯想到《馬達加斯加》的河馬莉。

「爸爸來了嗎？」她問。

我正要說來了，忽地醒悟她說的是孩子的爸爸。

「沒有，」我說。「我剛離開了他。」

她微微挑眉。「小姐，妳還真會挑時間。」

她的話把我逗笑了，這是好幾天來我第一次笑，也許是好幾週來。

「不過我爸爸會來，」我說。「他是我僅有的親人。嗯，他跟這個小傢伙。」

另一陣收縮開始，她把我的手又握緊一點。

「他應該還要三週，」我說。「我摔倒了，我很擔心會傷到他。」

「救護人員說他沒事。妳只是把他吵醒了，現在他以為該出場了。」

電梯門打開，我被推了出去，轉向左方。

「我們要快速評估一下，」葛蘿莉亞說。

「我說過，我要生了，」我尖叫。

「我知道。」她微笑。「我們得檢查還要多久。」

「好，」幾分鐘後她說，從我的雙腿間探出頭來。「看來我們得把妳送到樓下的分娩室了。別緊張，可是他好像很急著想見媽媽。」

「妳不會讓別人進來，對吧？」我問，很確定安琪拉現在已經通知李了。他很可能正趕到醫院來。「我只想見我爸。」

「放心，別人都進不來。妳在這裡很安全。」葛蘿莉亞說話時捏捏我的手。不知道她是不是猜到了我擔心的不是生產，而是生產之後。

我被推進了分娩室。上次李陪我來做產檢，我隱約記得這裡的格局。李還開玩笑說等我開始分娩，他起碼有地方洗澡，當時我就不覺得好笑。

「妳不必待在床上，」葛蘿莉亞說。「我可以幫妳洗澡，不然那邊有個分娩球，妳想要的話也可以蹲著。」

「我還是躺著好了，」我說。她拿起一件病人袍，幫我穿上，又幫我接上了床邊的一個儀器，監看胎兒的心跳。

「他沒事嗎？」我問。

「他很好。」

我閉上眼睛。我滿眼都是H的臉，小小的酒渦，帶笑的眼睛。另一次收縮襲來，我只能想到我等不及要見我的小寶寶了。

有人敲門，我不確定是多久之後了。我只知道我差不多是四肢著地趴在床上，滿臉是汗，屁股翹得半天高，而我嘶吼得像一匹狼。

「是誰？」我問她。「我不要他進來，我不要他靠近我。」

「妳父親？」葛蘿莉亞問。

「不，」我說。「我說的不是他。」

「喔，」她說。「我去看看是誰。誰也過不了我這一關。」

她走向門口，不是李的聲音，也不是爸的。是莎蒂。

「是妳的女朋友，」葛蘿莉亞大聲說，轉過來又對我挑眉。「小姐，妳真的一點時間都不浪費。」

我笑了起來，主要是因為鬆了一口氣。

「她是我的閨蜜，」我大聲喊。

「妳要她進來嗎？」

「要，」我說。

莎蒂匆匆走過來。「嘿，」她說，按摩我的肩膀。

「妳幹嘛說是我的女朋友？」

「我總得通過櫃檯那一關吧。妳爸在外面等，他覺得妳可能會要我陪妳，所以他在路上就順便去接我了。」

我點頭，發出另一聲狼嚎。

「她通常都這麼吵嗎？」葛蘿莉亞問。

「更吵，」莎蒂說。「李呢？」

「我離開他了，」我說。

「什麼？為什麼？」

「能不能以後再說？我現在有點忙欸。」

她點頭，抓緊我的手。

「去跟爸說我沒事，寶寶也沒事，」我上氣不接下氣地說。「然後再回來，準備聽我尖叫。」

莎蒂回來後不再多問李的事，而且她也在我向她介紹葛蘿莉亞時忍住了沒笑出來，只是給我會心的一笑，趁葛蘿莉亞離開聽力範圍，低聲跟我說：「《馬達加斯加》寶寶。」說真的，她真是最完美的生產夥伴。我很慶幸她來了。慶幸在我開始罵髒話時，除了葛蘿莉亞之外還有一個人可以罵。慶幸在我用力推，唯恐自己會裂成兩半時，她給我加油打氣，保證我不會意外拉出屎來。也慶幸她按著我的肩，讓我把一個滑不溜丟、全身皺皮的小東西推擠到這個世界上來。

「他很好，」葛蘿莉亞說，迅速檢查了H一遍，這才把他交給我。我抱著他，哭了。我的寶貝。我願意為他而死的寶貝，可是我發現最終沒有這個必要。

「我的天啊，」莎蒂說，大聲吸鼻子，擦眼淚。「這是妳的寶寶，這是妳的兒子。」

我點頭。「他叫哈利，」我說。「因為他是那個活下來的男孩。」

過了一會兒，在他們徹底檢查過哈利以及我之後，他們把我推到過渡期照護病房。葛蘿莉亞說這是預防措施，只是因為哈利早產了三週，他們想觀察一陣子，而不是因為他有什麼問題。爸在病床邊等我，手上捧著好大一束花，我都還沒到他的眼前，他的眼淚就大顆大顆落下了。

他彎腰吻我，發著抖握住我的手。「安琪拉打電話來，我擔心死了，」他低聲說。

「我們沒事，」我說。「我們兩個都沒事。」

我看見他的眼神挪向我的寶寶，他咬住下唇，然後綻開笑容。

「見見你的外孫，」我說。「他叫哈利．喬．芒特。」

「他真漂亮，」他說。「十全十美。謝謝妳。」

他沉默片刻。還沒開口我就知道他要問我什麼。

「怎麼回事？我是說妳跟李。他為什麼沒來？哈利為什麼沒冠他的姓？」

「我離開他了，爸。我會告訴你原因，我也會解釋一切，我知道等我說完你就會了解，可是你不介意的話，我寧可以後再說。我不想破壞現在的氣氛。你只需要知道我很好，哈利很好，我們出院以後會回家跟你一起住，可以嗎？」

「當然可以，」他說，用力吞嚥。「妳媽會非常以妳為榮，妳知道。」

我點頭。爸一手伸進大衣口袋裡，把一個寫了我的姓名的信封遞給我。我一眼就認出了筆跡。

「我說過她寫了好幾封，」他說。「預備重大事件和緊急事件的。」

「謝謝，」我說。「我猜我經歷這些事件的速度要比她預期的快。」

我一直等到稍後才讀，等到爸和莎蒂離開，哈利也在我身邊睡了，助產士們都跟我保證沒有我的允許不會有人進來看我之後。我的下半身痠痛，而且全身都痛，筋疲力竭，巴不得趕快睡一覺。可是我知道除非我知道信上寫了什麼，否則我是睡不著的。

我拆開信封，抽出一張紙，讀了起來。

親愛的潔思，

誰也不能幫妳預備這一刻，妳知道。妳可以去上課，讀所有的育嬰書，可是什麼也不能讓妳對把孩子抱在懷裡的第一刻有心理準備。

我知道妳會怎麼想，因為我第一次抱著妳也有同樣的感覺。做母親的第一次抱著孩子都會想著同樣的事。不過，潔思，妳應付得來。而且妳也會知道該做什麼。不是因為妳讀過書或是聽過別人的指教，而是因為這是妳的孩子，妳直覺就會知道該做什麼。妳四周的人可能會教妳別的方法，他們想讓妳有不一樣的做法。也許如果我仍在，我也會。可是妳不需要聽他們的，潔思。妳只需要學會信任自己。一開始沒辦法，因為妳太焦慮，但是漸漸地，焦慮會減輕，妳就會開始信任自己的判斷。

讓我來告訴妳為什麼妳會是對的，潔思。因為妳愛這個孩子勝過世上的任何人。妳是他的媽媽，妳會像我為妳奮鬥一樣為他奮鬥。妳只需要愛他，潔思。就是這麼簡單。還有，拜託替孩子的外婆送上一個吻，每天都要跟我的孫子說雖然我見不到他們，我還是一樣愛他們。而且我會守護他們，就像我一直守護著妳一樣。

安琪拉

二〇一七年三月二十一日週二

我在等李下班回家。我坐在育嬰室裡，周遭盡是我為了孫子準備的東西。

「唉唷，」李說，一看見我就嚇一跳。「妳怎麼會在這裡？」

「在回憶，」我說。「回憶你出生的時候。」

「潔思呢？」他問，放下了公事包，鬆開領帶。「在睡覺嗎？」

「不，」我說。「她不在這裡。」

「什麼意思？」

「她走了，李。她今天早上走了。」

他瞪著我，我能看見他的表情慌亂。「妳最好有一點條理，」他說。

我站起來。「她跟我說了昨晚的事，李。她不得不說，因為她的行李箱擺在門口，而我尖聲懇求她不要走。」

李垂下眼皮，一言不發。

「我想阻止她，」我接著說，很詫異自己的聲音竟那麼冷靜。「她在洗澡，我到浴室去，懇求她不要走。她就是在那時說出了真相。她知道。她不知怎麼知道了愛瑪跟其他女人的事。」

「少胡說了，」李說。「她不可能知道。」

「她就是知道。她還告訴我如果她留下來她覺得可能會發生在她身上的事。她認為你會殺了她，而我會在法庭上為你說謊。」

「耶穌基督，她瘋了，是不是？終於精神失常了？」

「不，我不覺得。我坐在這裡一整天，思索她說的話，而且我也看得出來有可能。我是說，我們兩個都知道事情可能會升溫，不是嗎？我們都知道，男人打女人一次，僥倖逃過懲罰，他就很可能會再犯。

「而如果我為你的其他次遮掩，我看不出萬一你殺了她，我為什麼這一次不會幫著你。我愛你，你知道。你是我兒子，所以我的愛是無條件的愛。什麼事我都肯為你做，即使是在法庭上說謊，作偽證。只不過我今天下午才明白了過來，那不是真正的愛，只是一種盲目的溺愛。而我溺愛了你好多年了，李，逆來順受，結果看我是什麼下場。」

「我不像他一樣壞，」李說。

「你會的，如果我任由你繼續下去。你會比他還壞。所以非得停止不可。」

「什麼意思？」

「我不會再幫你掩飾了，李。我不會假裝我不知道實情。你得面對自己，我也一樣。你別無選擇。」

他面色蒼白，身高竟然像縮水了。「我不懂，」他說。

「潔思生產了。我想阻止她離開，她摔倒了，然後就開始陣痛。救護車趕來把她送到醫院去了。她的朋友剛貼文到她的動態時報上，說他今天下午出生了，母子平安。」

李轉身就往門口走。

「你要去哪裡？」我問。

「去醫院，」他說，「去看我兒子。」

「不，你不能去，」我說。「因為潔思不要你去。你敢去，我就把你的所作所為貼到臉書上，我會告訴大家你是怎麼對待她和其他女人的。」

「妳才不敢，」李咆哮。

「以前是不敢，」我說。「可是現在敢了。」

李舉起拳頭，向我衝來。我舉起一隻手，那隻抱著襁褓中的他的手，那隻安撫哭泣的他的手，那隻在他上學第一天向他揮別的手。

他就在我的面前停住，放下了手，轉身去踢他的公事包，公事包飛向五斗櫃上的泰迪熊音樂盒，音樂盒演奏了幾聲〈搖啊搖，寶寶〉（*Rock-a-bye Baby*），就跌落到地上。

李也一樣，跪倒在地毯上，哭得難以自抑。我按住他的肩膀。我的手現在比他的強壯，因為我找到了一種更堅強的愛。

早晨我並沒有換上平常的勇敢面具，我不要再躲在面具之後了。感覺很奇怪，看著鏡中自己的素顏。少了眼線，我的眼睛似乎小了很多，但儘管在別人的眼中是如此，我卻知道多年以來我的眼睛是第一次睜開了。

我在臉書上傳訊息給她，問我是否能去看她。我說李不會跟我一起去，說我會獨自前往。她過了一陣子才回覆，我猜她是忙著照顧孩子，也可能她只是不知道該說什麼。

不過她還是說了好。說真的，我滿意外的。我謝了她，說我不會久留。我非常清楚她並不期待，她是寧可自己和寶寶在一起的。

我搭公車進城，醫院的停車院一位難求，我不想滿頭大汗抵達。我滿容易就找到了過渡期照護病房。

我向櫃檯的女士報上姓名，她問我是孩子的什麼人。

「奶奶，」我說，聲音穩定驕傲。一位助產士刷卡讓我進入病房區，帶我到她的房間。

「她在裡面，」她笑盈盈地說。「正在給孩子餵奶。他們母子都非常好。」

我打開門，戰戰兢兢地進入病房。潔思抬頭看，既沒微笑也沒有嘶吼。她的臉上有一種純然的幸福。我的視線落在她胸前的孩子上，他又紅又小，小指頭抓著她的胸口。

「恭喜，」我說。「他真漂亮。」

「謝謝，」她說。隨即臉色一垮。「李知道了嗎？」

我點頭。「我昨晚告訴他了，」我說。「在我看見妳朋友的臉書以後。」

她對我皺眉。「那他為什麼不來？」

「我不准他來。」

她的眉頭鎖得更緊。

「我也跟他說了很多別的事情，是我早就該跟他說的事情。他不會來騷擾妳的，潔思。我跟他說除非他去尋求協助，否則就不能靠近妳。」

她哭了起來。

「對不起，」我說，在床邊坐下。「很抱歉我什麼也沒說，什麼也沒做。是這樣的，我不覺得我有那個勇氣起身對抗他。我先生打了我那麼多年，我都忍下來了，我以為是因為我很軟弱。」

潔思搖頭。「妳愛他，」她小聲地說。

「對，」我說。「對，我愛他。」

「所以才讓妳盲目，是不是？」

我點頭，擦掉眼角的一顆淚珠。「後來他開始動手，他帶回家的女孩子最後也都變得跟我一樣，我不想要相信，我一想到他就跟他父親一樣，我就受不了。」

「那是什麼改變了？」

「妳，」我說。「妳改變了他，妳也改變了我。」

「他還是打我。」

「對，可是他因此而痛恨自己。而我也從妳身上得到了力量。天啊，我希望在妳這個年紀時能有妳一半的力量。」

我們默默無語，只聽著孩子吸奶的聲音。

「他會變嗎？他能嗎？」

「我不知道，」我說。「我只知道他不能再這樣子下去了。」

寶寶不吸奶了，她低頭看著他。他閉著眼睛。她把孩子抱緊一點。

「助產士說他很健康，」我說。

「對，他很幸運。我們都很幸運。」

「對不起，我不知道我是怎麼回事。」

「沒關係，」她說。我卻知道不是，知道我無法抹去發生的事。

「好吧，」我說，站了起來。「妳一定累了，我就讓妳休息吧。」她瞄了一眼我拎著的大購物袋。

「喔，」我說。「我差點忘了。這些是我幫他買的新衣服，妳不想要的話，不必收下。」

「謝謝，」她說。

我把袋子放在房間角落，就在汽車安全座椅旁，背對著她。

「我沒把受洗袍放進去，」我說。「上頭有血跡，妳知道。受洗禮那天回家後李的爸打我，說我沒有阻止他在教堂裡哭。那時我仍抱著孩子，他還穿著受洗袍。」

她低頭，把玩著孩子四周的毛毯。

「妳要抱抱妳的孫子嗎？」

我看著她，我一直不敢提這個要求。「謝謝妳，」我說。

我走過去，站在她旁邊，她把孩子抱給我，這個珍貴的一份希望。我凝視著他，咬住嘴唇，眼淚潸然落下。因為我太愛他了，也因為我差一點就失去了他。

潔思·芒特
二〇一七年七月十一日晚八點半

我本來不會看到這一天的。無論是什麼原因，反正我本來是不會活著的。可是我活下來了，所以今天我才能跟大家道謝，謝謝你們在我需要時陪著我，即使你們當時並不明白。

這幾個月來並不容易，卻也是我這一生中最美好的幾個月。是的，單親媽媽很辛苦。是的，我仍然缺乏睡眠。是的，有時好不容易熬到晚上，我會癱成一團，失聲痛哭。而且說出來很重要，所以我才會在辛苦的日子裡也貼文，因為臉書上每一則精采的、微笑的貼文都有它另外不為人知的一面。生活的另一面——艱辛的時刻，眼淚，熬過另一天的恐怖。

可是今天我貼的是陽光的貼文，所以我才放上了我和哈利滿臉是笑的相片，因為今天我非常高興自己活著。

有關本書

警告：以下內容將破梗！

很遺憾，是兩位朋友過世才讓我興起寫這本書的念頭。我一直在構思要寫一本年輕女性發現她的一頁頁人生，而且必須在遵照每一步和徹底改變之間抉擇。我感興趣的是我們說想要改變過去，可是我們經常忘了我們想要改變的事情雖說有負面的結果，但同時或許也有個正面的結果。不過，我的胡思亂想沒能建構起一本小說，而且似乎也沒有多少實質意義。

後來有位朋友乳癌過世，這是我第一次失去臉書上以及實際生活上的朋友。在她死前，她的親友利用社群媒體為她的孩子募款，讓她在臨終之前得到莫大的安慰。我同時也發覺在她死後讀她朋友的貼文具有極大的撫慰力量，並且打造出一個新的朋友圈（很多人之前素不相識）。

我的第二位朋友過世則是另一種情況。她把自己的心理健康問題記錄在臉書上，後來她自殺身亡，她的臉書湧入了數不清的悼慰，我從他們的姓名和相片認出他們也像我一樣，在她遇見難關時都設法在臉書上提供鼓勵。

這一次也是一樣，閱讀其他人的回憶，拼湊出我所知不多的她的生活領域，令人覺得安慰。我去參加她的葬禮，跟一些在臉書上向她致哀的人談話。

她們過世之後，兩人的朋友都繼續在臉書上貼上他們的想法和懷念，尤其是在特殊的日子裡。落筆時，臉書也提醒了我其中一人這一週就要過生日了，她當然沒法過了，可是她的親友會在臉書上貼文向她致意，而這也是這種新的社群哀悼的一個現象。

這本小說就是以此為前提發展出來的，它的意念是如果有人在社群媒體上看見了將來他們死後湧入的大批哀悼文章，那麼他們當前的生活方式可能就會受到影響。

要是你還沒看小說，就不用看了，但是這裡提出的情況是家庭暴力。身為記者，我報導過許多多恐怖的案例，訪問過許多承受家庭暴力的女人，也採訪過男人是如何變成施暴者的（在這裡我想指出李雖然小時曾親眼目睹家庭暴力，我並無意說凡是跟他有同樣經驗的男性都會變成施暴者。許多同樣情況的男性長大後並不會變成施暴者，而且經常會為反對男性施加暴力於女性之事發聲）。

我尤其念茲在茲的是統計數字，平均來說，婦女會被毆打三十五次後才報警。我經常聽見有人質疑她們為什麼隱忍那麼久，這些人不了解這些案件的複雜紋理——控制行為，女性通常在心理上與情感上受虐，她們的自尊消蝕，更遑論擔心孩子，生怕離家出走孩子無人照料。

可是我想給我的主角看見未來的能力，並且探索一下獲知虐打會持續並且最終導致她的死亡，這份認知會如何影響她。我也想強調另外一個事實，亦即有高達百分之三十的家暴事件是從女人懷孕開始的，或是變本加厲的。二十年前，我報導了一項本地女性收容中心的調查結果，我的新聞編輯說：「對，那是因為那些男人有更多的靶子。」我反對這個「笑話」，卻被告知女性主義者沒有幽默感。不幸的是，這種態度今天仍然存在；我們需要持續挑戰這些觀念，為的是要確保對女人施暴這種事將來有一天會徹底根除。我會用本書的版稅捐給下列的慈善團體，他們每一個都在這個領域有傑出的貢獻。如果你們也能支持他們，我會由衷感激——你也可以把求助熱線傳給任何你知道需要支持的人。感謝你。

白緞帶運動——男性為終結對女人施暴而努力

www.whiteribboncampaign.co.uk

援助女人——全國性的慈善團體，以終結對婦女與兒童施暴為宗旨

www.womenaid.org.uk

庇護站——英國最大的一個僅提供家暴專家服務的團體

www.refuge.org.uk

全國家暴專線——由「援助女人」與「庇護站」主持

二十四小時免費電話：0808 2000 247

謝辭

我覺得這一次我要以奧斯卡獎得主的標準來致謝辭——但願我可不要搞出什麼信封烏龍！寫小說是一種孤獨的過程，可是讓小說問世，送到讀者手上，卻得動用一大幫的人。特別感謝我的編輯凱絲琳・托錫格，幫助我把故事鍛造成形（這本書會更好都是她的功勞），並且到處推銷——也感謝整個Quercus團隊的辛苦。我的經紀人安東尼・高夫打從一開始就支持我，他的專業與智慧都是無價之寶，也感謝「大衛・海亨」公司的大力支持。

多謝愛蜜莉和邁羅負責攝製本書的預告片，以及茱莉亞與凱倫提供地點。感謝蘭斯・里托給我的網站一個精采的新小說大變裝，也感謝大衛・厄爾回答層出不窮的檢調問題。感謝所有讀過早期樣本並提供引述的作者，以及審查並助我擴充字彙的部落客。感謝獨立書店與圖書館仍然在支持讀者與作家——讀書一族真的是很可愛的一群人。

感謝我的親友不懈的支持，並且忍受我的反社會期。另外要特別感謝那四位把臉書相片借給潔思、安琪拉、莎蒂和喬的人——我就不一一點名了！

多謝我的先生伊恩（攝影機拍著第三排一名長期受苦的灰髮人）拍攝了精采的本書預告片，拍攝作者相片，一手包辦全部家事，陪著我散步，聽我劈哩啪啦說情節，而且，討厭，建議了臉書的點子。感謝我的兒子榮恩（眼中帶淚），謝謝你在科技上的支援、你的點子和熱忱，還有當「受到過譽的演員」（鏡頭帶到大笑的梅莉・史翠普），並且在舞台上與銀幕上讓卡司動起來，讓我有額外的時間完成這本書。我保證在你將來的頒獎典禮上會穿一件「像樣的禮服」！

對於我當記者時採訪的那些逃過家暴的諸位，多謝你們為了幫助別人而說出你們的經歷——你們的力量就是我的靈感（淚水潰堤）。

還有你們，我親愛的讀者，謝謝你們去借、去買、去推薦和評論這本書，你們的欣賞、回饋、批評時時刻刻提醒著我寫書是多大的一份榮耀，謝謝你們。請不吝跟我聯絡：Twitter@lindagreenisms，臉書的Fans of Author Linda Green，以及我的網站（www.linda-green.com）。讓我知道你們對這本書的看法——喔，那個在亞馬遜上針對我的前一本小說，說：「這是我讀的琳達．格林的第一本書——也是最後一本。」希望你能找到更好的書看！

Storytella 88

完美未婚夫 After I've Gone

完美未婚夫 / 琳達.格林作 ; 趙丕慧譯. -- 初版. -- 臺北市 : 春天出版國際, 2019.06
面 ;　公分. -- (Storytella ; 88)
譯自 : After I've Gone
ISBN 978-957-741-193-8(平裝)

873.57　　　108001588

ISBN 978-957-741-193-8
Printed in Taiwan

作　者　琳達．格林
譯　者　趙丕慧
總編輯　莊宜勳
主　編　鍾靈

出版者　春天出版國際文化有限公司
地　址　台北市信義路四段458號3樓
電　話　02-7718-0898
傳　眞　02-7718-2388
E－mail　frank.spring@msa.hinet.net
網　址　http://www.bookspring.com.tw
部落格　http://blog.pixnet.net/bookspring
郵政帳號　19705538
戶　名　春天出版國際文化有限公司
法律顧問　蕭顯忠律師事務所
出版日期　二〇一九年六月初版

定　價　399元

總經銷　楨德圖書事業有限公司
地　址　新北市新店區寶興路45巷6弄6號5樓
電　話　02-8919-3186
傳　眞　02-8914-5524
香港總代理　一代匯集
地　址　九龍旺角塘尾道64號 龍駒企業大廈10 B&D室
電　話　852-2783-8102
傳　眞　852-2396-0050